U0075291

新世紀福音戰士ANIMA 3

山下いくと

CONTENTS

#1適任者

■人的價值

在地面劇烈搖晃後，啵♪響起鈴聲，傳來人工語音的廣播。

〈判定方才的地震是震源東二十五km的斷層型地震。修正預測。十二小時內發生板塊間地震的機率，於現在十一點時為百分之四十。〉

這輛裝甲車是NERV JPN的移動指揮所。在車內抓住通訊站鐵架撐過地震搖晃的美里，聽到頭掛耳機傳來的聲音後，忍不住用過去的頭銜稱呼對方。

「冬月副司令？你怎麼會在那裡？」

『就是因為妳跑到那種地方去了吧。』

美里不清楚在她離開箱根之後的情況，說教時間冷不防地展開。

在北非摩洛哥的阿特拉斯山脈一角，滿是奇形怪岩的山谷之中，NERV JPN總司令葛城美里與

代理副司令鈴原冬二率領的日本團隊平安會合。

美里帶來的反叛者綾波零No.卡特爾並沒有特別抵抗。將她偷偷移交給同行的警備部後，美里經由代替地球質量減少而飛散的通訊衛星的平流層飛船網路，與位在地球另一端的箱根第三新東京，NERV JPN本部取得聯絡。

然而在通訊機對面的人卻是對工作很嚴厲的前上司，讓她在通訊轉接到想立即通話的科學部技術部兼任主任伊吹摩耶之前先被狠狠訓了一頓。

美里這次的失蹤，始作俑者是No.卡特爾。

但無法否認美里因為在賽普勒斯島探索的加持被基爾議長的遺留品吞噬意識所帶來的衝擊而放棄職務，也是導致這起事件的原因之一，形成就像老師斥責曠課學生一般的構圖。

——啊，討厭啦——為了戴上頭掛式通訊耳機而撥開的頭髮，等注意到時已沾滿沙塵，沒辦法用手指好好梳開。美里在遭到No.卡特爾與她的0・0EVA變異體綁架後，進行了一趟就像電視機在不停轉臺似的奇妙旅程，將近瞬間移動地來到地中海東側的賽普勒斯島，以及北非這裡。當她在這些場所遭遇到超乎想像的情境後，終於重新認識到自己緊繃的模樣。

在指揮所裡，身穿工作服與防彈夾克的NERV職員們全都忙得團團轉。

由於總司令遭到誘拐是只有讓部分人知道的機密事項，所以大家全都擅自認為，在這裡遇到的總司令要不是來進行突襲視察，就是根據反恐指南匿名參與這次的行動。只是她在偷來的歐盟兵軍服底下，仍穿著幾天前的基地內服裝～穿著窄裙還灰頭土臉、一頭亂髮的她，在眾人之中格外顯眼——這樣看來，保證就連臉色都很糟呢。

冬二用一隻手拍了拍頭頂後，做出「那裡有沐浴間」的手勢。

當他將工程師的連身服與防彈背心擺在放著類比地圖的桌面上，不妨礙通話地做出「請換上這套衣服」的嘴型後，美里用單手向他回禮。

——鈴原你也真是的，既然冬月副司令在，就先跟我說一聲啊。

冬二在門口吐了吐舌。「啊。」

『這真的是明日香跟貳號機嗎？』第三新東京傳來摩耶的詢問。

「目前還無法確定，但孩子們是這麼說的。」

那是以ＥＶＡ作為原形的紅色巨人，表面結構主張著女性的體型特徵，要說那是明日香，看起來也是有這種感覺。但至少美里並沒有像真嗣或EVA EURO II的駕駛員小光說的那樣，有著能斷言那就是貳號機與明日香本人的確實證據。

展開部署的NERV JPN職員們似乎也抱持著相同的意見，會宣稱那尊請來的紅色雌神像是明日香的人，在會合的職員之中就只有冬二一人。

「也就是只有孩子們才懂呢。」『大家都十七歲了，再把他們當小孩子看待，可是會生氣的

唷。』

「可是在這種情況下，也沒有其他話好說了吧。」美里粗魯地搔著頭髮。

「只靠直覺判斷事情的話準沒有好下場，不僅無法負起責任，也沒辦法盡到責任。」

『這的確是成年人，也是社會人的基本呢。為了能讓他人理解，必須拿出證明。』

「但那些孩子大概不需要證明就是了。」

『請容我說句話，葛城司令。』冬月介入對話。

『讓事態明確化吧。說句難聽的，那架紅色機體是否為貳號機、惣流是否生還，現在都無關緊要，因為是在很早之前就失去的戰力。問題在於現有最大戰力的初號機——超級ＥＶＡ破損一事吧。』

■破戒的初號機

美里在換裝後戴上頭盔，一面因為燃燒的金屬、塑膠、油料，以及血肉開始腐敗的味道蹙眉，一面在蹲下進行緊急維修的初號機周圍再次走了起來。儘管不像零No.卡特爾的０・０ＥＶＡ變異體那樣有著異常的形狀變化，但遭到ＱＲ紋章侵蝕的部分裝甲與肌組織依舊變了色，到處都能看到變化。

——只有這種程度的變化，是因為真嗣在持續抵抗吧……不過——

EXW-038E Niall——這座連同肩部組件一起的能量火砲實驗武器，從日本趕來的回收部隊想必也預想到大概全毀了吧，所以同樣在巨人運輸機上裝載相應的交換零件與手持武器——不過，幫它裝上沒問題嗎？

「武器是——武器是刀啊……就只讓它裝備打擊系武器。」

「只有這樣行嗎？電力裝備武器在交換組件後，似乎也能勉強修復FCS（射控系統）喔，如此一來也可以用射擊武器了吧？」對於這句詢問，美里用食指在胸前擺出叉叉，這讓冬二注意到在美里心中，真嗣與超級EVA已變成無法信賴的對象。戰力別說是歸零，視情況還會是負值。有可能會演變成比冬月提醒的還要棘手的情況。

被奪走心臟的超級EVA，現在是靠著EVA EURO II（Heurtebise）所強行給予，疑似敵方首領的黑色巨人阿爾瑪洛斯的鱗片——QR紋章，設法延命下去。

對NERV JPN來說，相同案例有著綾波No.卡特爾的宇宙型0．0EVA失控，卡特爾在精神失調後形成扭曲自我，EVA也在超乎常規的變化後攻擊友軍逃離，成為準敵對存在的苦澀過去。

真嗣與S（超級）EVA儘管現在仍能保持理智，但無法保證接下來的情況。

在返回移動指揮所的途中，就連美里也不免對將來感到不安。

『ＳＥＶＡ呼叫移動ＣＰ，請麻煩進行通訊與數據鏈路的測試。』真嗣並非以自己是超級ＥＶＡ的意識收發訊息，憑著感覺進行通訊，而是用換上的通訊組件進行聯絡。

「ＣＰ收到，檢驗圖的收發與診斷會由這邊處理。哎呀？那個像惣流的紅色傢伙怎麼了？」

紅色巨人不見了。

『她不肯乖乖待著不動，剛剛跑去追AKASIMA了。啊……回來了。』

「看來是靜下來了呢，把AKASIMA從運輸機上拿過來的肩部組件拿走吧，有兩個肩膀的部分。就算只有外觀也要弄乾淨啊。至於眼睛、骨折，還有內臟損傷，就等回日本再處理吧。」

在冬二的回覆後，美里跟著詢問起一件她很在意的事。

「真嗣，告訴我在ＱＲ紋章進入體內之後，你在身心兩方面上有感受到什麼變化。」

你沒問題嗎？聽起來像是在確認他身為人類夥伴的這點。

稍微等了一會才得到答覆。『胸口彷彿一直在燒，手腳卻像是冰冷麻痺一樣……雖然很抽象，但有種非常討厭的感覺。』

「老實說吧，超級ＥＶＡ怎樣了？」

『發揮不了以前的力量，覺得現在的拘束裝甲很沉重，還感到莫名的不安……引起像是負面情緒般的感情──總覺得變成一架無法掉以輕心的機體了。』

儘管如此，在目前這種受到各國軍隊環視的狀況下，也無法表明超級ＥＶＡ有失控的危險性。一旦喪失運用能力，NERV的上層組織聯合國，這次絕對會從NERV JPN手中將真嗣與SEVA奪走吧。

就像歐盟混合航空聯隊在前陣子假借聯合國軍的名義，以北海道為立足點突襲NERV JPN本部未遂時的說詞所表明的一樣，NERV JPN必須一直展現自己有能力毫無差錯地運用所保有的EVA。

所以不能讓S EVA在破損的狀態下，毫無武裝地送回去，得在現場確實維修給外人看。都面臨世界危機了，還在依循這種愚蠢的步驟，擔任指揮的冬二也有著這種自覺。

只是在卡特爾身上看到的潛在危機仍是事實。儘管很冒險，但美里認為現在不得不這麼做。就算萬一S EVA被阿爾瑪洛斯的意識支配而失控，只要攜帶武器不是槍械類，損害就能保留在手持武器的揮舞範圍內。

超級EVA開始交換肩膀組件，但由於其中一隻手舉不起來，所以不得不借助AKASIMA幫忙。在插入栓傳來的通訊中，真嗣說道：『美里小姐。』

「什麼事？」『對不起。』這讓美里大感意外。

「關於這次的事件我也是同罪，等回去後就兩人一起挨罵吧。」

在咚咚響起充滿精神的腳步聲後，一名有著軍人體型與髮型的人物敲著指揮所的內門，由冬

二應對著。「春日二佐？」

「鈴原部隊長，重機具已全數組裝完畢，移交給這裡的現場人員了。」

「好的，我收到通知了。你們似乎立刻就幫我們著手處理，真是有勞各位了。」

「然後要是超級ＥＶＡ可以自行走動，目前就不會立刻需要AKASIMA協助吧。多國部隊那邊請求我們協助撤除巨大生物的屍骸，所以我想讓遠藤操控AKASIMA去那邊幫忙，可以嗎？」

「我們這裡是無所謂，但接這種雜活般的工作，春日先生沒意見嗎？如果願意，我這邊可以找理由幫你們拒絕。」

戰略自衛隊的大型威脅個體戰專門部隊長春日咧嘴笑起。

「這可是個求之不得的實地驗證機會，因為你們這裡還有歐盟的ＥＶＡ大鬧一場的反動，讓他國對AKASIMA這種看起來像能確實靠人類操控的機械，懷有高得莫名的期待感——哎呀？」

就在這時，他朝美里看去。

「真沒想到總司令大人也來了。下官也很喜歡現場主義，既然是匿名前來，就等日後再向您問好了。」

以手掌輕輕抵著太陽穴後，春日便留下哈哈笑聲，消失在門後離去。僵住的美里這時才總算問道：「那是誰啊？」

「唉，該說是希絲的朋友吧——」

■託付之物

『哇！』ＳＥＶＡ的外部揚聲器，向外發出駕駛員的驚叫聲。

眾人驚訝抬頭，「！怎麼了？」冬二也靠到移動指揮所從車外看過來就跟裝甲牆一樣的不可逆視窗上，仰望著外頭的景象——正好是紅色巨人從自己背後拔出插入拴，並打開艙口倒過來甩動的時候。

「等……！等等！」

所幸最壞的預想沒有成真，駕駛員並未從插入栓裡頭被甩下來。但是，真嗣等人的另一個壞預感似乎成真了。

從敞開艙口中窺看到的插入拴座椅上沒有任何人。

「果然——是這麼一回事啊。」物理型態的明日香失去了形體，曾是明日香的個體以與ＥＶＡ融合的形式，作為眼前的紅色巨人存在著。

在認識明日香的眾人大感失望的另一頭，紅色巨人天真無邪地不斷甩動著插入栓。但隨後便像放棄似的垂頭喪氣，把插入栓朝著超級ＥＶＡ遞出，就這樣靜止下來。

「什麼？」看來是在等他反應。

『真嗣！』腳邊的冬二拿下自己戴著的附攝影機的通訊耳機揮舞著。

真嗣踏入曾是貳號機的巨人的插入栓之中。內部配置跟福音戰士的插入拴一樣，然而所有的東西都是紅色的。這個畫面經由頭戴式攝影機傳送到第三新東京的NERV JPN本部，真嗣耳邊傳來摩耶回覆的感想。

『在這附近設置感應器——你說過最初就像泥塊一樣吧。所以現在看到的東西，全都是根據記憶重新構築的吧。』

「根據——記憶嗎？」

『規格並非出動時的宇宙型，到處參雜著最常看到的地面型的影子喔。』

內部跟依照通常的插入栓退出程序排出ＬＣＬ之後一樣，濕淋淋的——

「啊。」因此讓一本書黏在濕潤的內壁上。那是在這個偏紅色系的插入栓之中，格外顯眼的藍色書本。

在明日香前往月球武裝偵察之際，為了不讓她在路上無聊、不會感到鄉愁，她的朋友們贈送了達到容積上限的禮物讓她帶上路。而這本書則是真嗣贈送的，能在浴室觀看的防水海洋生物寫真集。

連泡在ＬＣＬ裡頭也能看唷——儘管是根據這種感覺所選的禮物，明日香當時的反應卻不怎麼好——不對，是相當傻眼的感覺……「為什麼只有這本書……」

翻開書本後，只見一群躍出海面的太平洋斑紋海豚的跨頁照片——心中猛然湧現某種情緒——在斷絕後路的宇宙看這種寫真集，會是怎樣的心情啊……此外再想到半途死去的綾波零No.珊克的身影，在悲傷與懊悔的驅使之下，真嗣啪啦啪啦地翻著書頁。

『真嗣，停下來，讓我仔細看看。』摩耶開口制止著他。

變得情緒化的真嗣為了掩飾感情而停止翻書。「抱歉，可是這本書就只是……」

『不論哪一頁的畫面都很奇怪吧？ＭＡＧＩ２開始辨識文字了喔。』

——咦？「……可是，這就只是本寫真集啊。」他邊說邊把手電筒靠過去，仔細看著——原以為是海洋生物寫真集的東西——是細小的記號集合體。

「這是什麼……」

『最起碼不是普通的文字呢。』他連忙翻開其他頁面。

無論哪一頁，上頭的美麗海洋與奇形怪狀的生物群，全都是由細小的記號群所構成的。

被視為明日香與ＥＶＡ整合體的紅色巨人，是想把這個交給他吧。

在真嗣跳到以伸手姿勢停止的Ｓ　ＥＶＡ上後，方才所在的插入栓便伴隨巨大手臂的肌纖維磨

擦聲遠去。紅色巨人撥開頭髮？把插入栓收回原本的位置。

說到底，她知道自己交出的東西是什麼嗎？就表現來看讓人十分懷疑。

因為在那之後，她的興趣就像是移到在遠處單膝跪下停止的歐盟EVA（Heurtebise）身上的樣子，朝著那邊走去。

「咦……哎呀？明日香快停下來，到那邊去會踩到人的啦。」

真嗣的呼喚讓她一度停下腳步回頭，但接著就走向從腳邊經過的大型迷彩履帶車～儘管看似姑且有避開人類與東西～就像在水邊發現烏龜的小孩子一樣，興致勃勃地——「明日香，不要亂戳，會嚇到人的！」真嗣在大喊後——

——我這是在說什麼啊……或是說，她為什麼會這麼孩子氣啊？

眼下只能去揣測她的真正意圖，因為她什麼也不說。

■遙遠的再會

女性操作員將冬二交給真嗣的通訊耳機的替代品送來。

「已將系統重置，分配了給鈴原部隊長的通訊協定。」

「然後，歐盟立即反應部隊第6軍，哈特曼司令旗下的技術軍官克勞塞維茲中校發來通訊，要找部隊長。」

「很好，來了——等等……該怎麼辦啊？」他在歡呼之後呻吟起來。

就像早知道他會這樣似的，女性操作員用雙手倏地拉開一條短電線。

「自動翻譯會顯示在PDA上，指揮所這邊也會檢查是否有出現誤譯，你就放心吧。」「抱歉，讓你們這麼費心。」

總覺得大家都很配合冬二的這幅景象，離家出走的上司美里以監護人的視線旁觀著。

——克勞塞維茲……是德國NERV的最高負責人啊……

「美里小姐，不對，葛城總司令，暫時代理的指揮權在返回本部之前無法歸還，理由妳也很清楚吧。」

「畢竟我不該出現在這裡呢，了解。」

「還有就是……」咳咳，冬二難為情地輕咳了幾聲。

「能稍微給我一點時間嗎？」

他會幹勁十足地處理這份工作的理由——「能見面嗎？」

在美里詢問後，冬二不再扭扭捏捏，確實立正站好。

「但條件是我方只能派一人過去。」

「這樣啊，那就去吧。這段時間現場就交給我了，部隊長大人。」

「麻煩妳了。」冬二在衝出移動指揮所後，就滑下紅色岩石的碎石坡跑走了。

「跑吧、跑吧～♪」美里在窗後目送他離去。

下方有警備部準備好的運動型多用途車（SUV）與護衛在等著他。

這座紅色岩山圍繞的山谷裡，在他國軍之後展開部署的NERV JPN回收部隊正井然有序地處理職務。由於他們身處冬二的指揮之下，職員們都認為該由自己等人去彌補他尚不成熟的指揮，只要簡單命令就能妥善處理好一切。

而且還連同操作員在內借來了戰自的機動兵器。

——這是冬月副司令的指示嗎？……要是這樣，照理說就會是鈴原留守，所以不是吧。他很努力呢——

NERV JPN代理副司令鈴原冬二，不懷希望地向EVA EURO II的管制部隊提出要與ＥＶＡ駕駛員直接對話的要求。雖然有幾個附帶條件，但這件事獲得了允許。

看來他們就連在歐盟軍之中也屬特別，沒與其他部隊混雜，不讓任何人進入地占有一整塊紅色大地。立即反應部隊第6軍不是簽訂召集契約的各國軍隊，而是常設的歐盟軍，是為了閃電投入ＥＶＡ所設立的部隊，因此人員規模不大。不過為了讓這個部隊得以成立而直轄於歐洲軍聯合司令部，擁有陸海空三軍的無限制指揮權。

預先通知過的ＳＵＶ沒被制止，直接駛進他們的地盤之中，但毫無疑問是被徹底掃描過了吧。這次會面是私人行程，所以沒有大批人馬前來迎接，車子筆直駛向單膝跪在大地上的白色Heurtebise的腳邊。

下車後就看到正在維修的陽電子步槍。與日本的不同之處在於產生粒子的迴旋加速器並非圓環狀，而是從跟天使脊柱的主燃燒室一樣的圓錐型開始，然後折疊起長長的電磁加速槍管。

由於表面是耐電磁塗層的金色，看起來就像長號之類的管樂器。

「這樣確實是天使會拿的玩意啊。」

當這座巨砲映照下來的影子移動，從中出現一名熟知的人物後，冬二也離開自己的護衛獨自前進。知道歐盟軍的警備兵正在不遠處將這裡團團包圍，但以ＥＶＡ駕駛員的警衛來說這並不為過。

「啊——那邊的戰鬥服是舊版本啊。」

小光像是到這時才猛然驚覺自己的模樣似的，慌慌張張地用雙手到處遮掩，卻怎樣也遮不了全部，「請、請不要對穿著提出任何意見……或是說，別一直看啦——」

最終，她將雙手交叉擋在前面，彎腰駝背起來。

——太好了，確實是小光呢——

因為在北海道以S EVA與小光的EVA(Heurtebise)對峙的真嗣說她的反應很奇怪，像是受到某種精神控制一樣，所以讓冬二之前非常擔憂。

「小光，妳打算怎麼做？」「嗯……」

「就這樣跟我一起回日本吧，我會好好跟他們說的。」

「冬二，這個給你。」她遞來一個鋁管，裡面裝著一個玻璃安瓿，一舉起來就發出沙沙聲響，白色晶粒在裡頭跳動著。

「這是兒玉姊。」

「什……！」她們一家是被綁去歐洲。

襲向北非以及歐洲、俄羅斯一帶的人類鹽柱化現象。

——照到朗基努斯的光芒了？

冬二認識小光的姊姊，是位個性開朗的女性，冬二都叫她大姊……

「……怎麼會這樣——怎麼會這樣！」

難以言喻的不講理壓在他的心頭上。

有股想要大聲咆嘯的衝動，但應該最悲傷的人語氣很平靜，所以他只能強忍下來。冬二閉上眼，祈禱左手義肢的人工肌肉不要因為內心動搖而做出意外舉動，慢慢地、慢慢地將安瓿放回鋁管裡，蓋緊蓋子。

「請幫我帶回去箱根。」

——什麼？冬二嚇了一跳，「不對，妳等等，這可不是我隨便就能拿走的東西吧？小光，這該由妳好好保管——」見小光溫柔地笑著，讓冬二當場語塞。

「只要冬二願意帶走，我就一定會回去那裡的，回得去的。」

「！」小光這麼說的意思，就是現在不會回去吧。

她是這麼決定的，所以歐盟方才會這麼輕易就讓他們見面。

小光朝Heurtebise的腳邊緩緩走去，冬二稍微保持距離跟隨在後。

「希還在德國。」那是小光的妹妹。

「他們是這樣威脅妳的嗎？既然如此，小希就由我們去——」

冬二擠出聲音低語著，小光卻微微搖頭。

「不只是希，我還理解到許多事情。」

小光在這麼說後，用手掌輕輕拍打著EVA EURO II（Heurtebise）的腳。

「能搭乘這架ＥＶＡ的，目前就只有我一個。」

這是對方的問題。被以近乎誘拐的方式帶走，為什麼還要幫對方說話啊？

「不對，妳不用負這種責任吧。」

小光轉頭看著無法接受的冬二，就像在介紹重要的人一樣告訴他。

「不是這樣的，EVA II Heurtebise這孩子，也是明日香的母親唷。」

「！這怎麼可能……」不對，這是有可能的，冬二回想著過去資料的記憶。

建造貳號機的是當時的德國ＮＥＲＶ支部——對了，摩耶小姐和日向先生都推測這架EVA EURO II可能是貳號機的廢棄軀體。

「這孩子是明日香的貳號機核心固定失敗的軀體，所以靈魂跟著明日香一起在貳號機裡頭，這邊的或許只是殘留思念。今天早上德國ＮＥＲＶ的人是這樣跟我說的喔。」

小光呼地吁了口氣，苦笑起來。「全部都是今天早上才聽說的呢。」

「看看她。」小光指著紅色巨人。

「Crimson A1嗎？」這是NERV JPN剛決定好，用來代指明日香與ＥＶＡ整合體的暫時代碼，小光卻說：「不行唷。」微笑著要求訂正。

「要是不好好叫她明日香，便無法突顯出她的存在。必須不斷地呼叫明日香，從中找出明日香來，否則她是回不來的喔。」

「咦？那個跟惣流不一樣嗎？」「明日香怎麼可能這麼大一隻啊？」

她咻咻笑起。該怎麼說好……居然被ＥＶＡ駕駛用一般論反駁，讓人無法接受。

「那個還不是明日香唷，她在出現時已經混雜著其他存在……我不知道為何會有這麼多各式各樣的生物與她重疊混合在一起。雖然不知道，但在那股生物的洪流中，貳號機裡頭的明日香母親，將明日香之所以是明日香的部分覆蓋儲存在ＥＶＡ上，打算藉此保護著她呢。」

偶爾會響起轟隆巨響——是掩埋在山谷裡各種時代的生物遺骸正在崩潰。

明日香與ＥＶＡ整合體所抖落的生物資訊，寄宿到埋沒在這座「人體之谷」裡的無數巨像、過去世界戰爭中的ＥＶＡ意念的形體上後，就以ＥＶＡ尺寸取回各自的生物型態，歌頌著僅僅一晚的生命，如今歸於塵土。

重機具與特別強化科學取樣和分析的耐ＡＢＣ戰（註：ＡＢＣ戰＝原子、生物、化學戰）觀測車輛穿梭在巨大生物的屍骸之間，在它們失去形體之前不停地採集樣本。

他們說不定認為這些生物會是找出「方舟」的某種線索。然而這群生物的情報，是遠在月球上的「方舟」強制流入貳號機與明日香之中的東西，儘管無法說是毫無關係，但就只是很巨大的屍骸。昨晚大家到底是在興奮什麼啊？士兵們從崩潰的消化器官之中回收著被吃掉、吞噬的夥伴痕跡。

同時也沒忘記以透地雷達與聲音探測尋找「方舟」的下落。

雖然那早已被阿爾瑪洛斯從此處帶走，但一隻手變成鹽巴失去，帶著這種傷勢從這裡消失無蹤的劍介，並沒有在洩露的情報之中包含方舟的移動。人們在宗教傳說上追求著救濟。

早在冬二等人之前湧來此地的歐盟各國軍部隊，與聯合起來防衛他們的北非各國軍部隊一面互相牽制，一面比昨晚的瘋狂還要理性地尋找著方舟。但在經過方才的地震之後，他們的動作再度慌張起來。是全面撤收的動作。

因為板塊性的巨大地震即將襲來此地的警告，由歐洲、中東，以及南非的地震觀測機構，一齊以時間預報的形式發出。

在Heurtebise對面的岩石大地上，擔任這架白色ＥＶＡ空中管制的大型ＶＴＯＬ機（垂直起降飛機）降落下來。

為了接收周圍情報，以及控制ＥＶＡ而持續啟動大量電子裝備，只靠ＡＰＵ（輔助動力系統）的輸出似乎不夠的樣子，就連降落地面的期間，其中一座主渦輪機都在持續運轉發電。不過運轉聲隨即變得更加尖銳，看來是渦輪機全都在準備發動了。從管制機中走出的人物叫著小光，她回應著這道呼喚。「說是時間到了。」

幾乎同時，冬二的口袋震動起來，看到ＰＤＡ的液晶螢幕上飄過地震預報。

「妳在歐洲能好好幹嗎？」

「德國ＮＥＲＶ的人向我保證，Heurtebise不會再以替身插入拴為主進行操控了。不過完全拆除的話，我會被漆黑鱗片吞噬掉精神，所以好像不行的樣子……」

「咦？這話能信嗎？」

「放心吧，就算想繼續用藥物操控我，到時Heurtebise也將不會再度啟動。」
「明日香的媽媽會罷工啊，還真是了不起的勞資交涉呢。」
怎樣也無法接受小光決心的冬二回以乾笑。
但出乎他意料的是，小光突然撲到他的懷中。
冬二連忙將她抱住。
歐盟方的警備兵倏地做出反應，冬二帶來的護衛也警戒起來。他接受著小光的投懷送抱，就這樣舉起雙手，慢慢地朝周圍環顧，用行動表示這沒有問題，也不會發生問題。
把額頭抵在他胸前的小光喃喃說道。
「其實，所有的記憶都是到今天早上才終於恢復的。昨晚在黑暗之中有好幾百人死去，當中也有因為我操控ＥＶＡ而死去的人吧。」
小光把臉埋在他的胸前，以壓抑感情的語調這樣說道——她在發抖啊。
「我不會說這是沒辦法的事，但操控ＥＶＡ就是這麼一回事——嘖，我在說什麼啊……」
冬二忍不住咒罵起自己的發言。因為他想起過去毆打真嗣的自己。
他會變得能這樣想，是因為即使沒有駕駛ＥＶＡ，如今他依舊是站在指揮ＥＶＡ運用的立場上，變得能計算犧牲與效果之間的討厭平衡的緣故。
「可是在這之前，我也曾試圖打倒碇同學。」小光提起了北海道之戰。

「那是被替身插入拴操控的吧？」

「不過那也是我啊，所以我現在無法回到你身邊。我無法原諒自己，也無法原諒造成這種狀況的那些人，卻也討厭著這樣的自己。」

小光抬起頭，以為難的表情笑著：「所以請給我時間。」

她是打算藉由分離，同時整理失去的時間才這麼說的。但冬二覺得要是小光今後會因此逼迫自己，那還是把她帶回去會比較好，於是開口說：「喂，還是……」然而她的話語卻阻止了冬二這麼做。

「對不起，光是要你答應我的要求。我知道冬二在想什麼，就只有你在忍耐，對不起。」

——不對！才不是這樣。倒不如說妳……

只是既然小光都這麼說，那也無可奈何了。

冬二無法徹底任性到在這裡採取強硬手段。

彷彿腦細胞受到灼燒的焦躁感。

小光將自己的嘴唇瞬間壓在冬二的嘴唇上，隨後放開手，倒退似的遠離他。

最後展露的笑容依舊是一臉為難，黃色的戰鬥服轉身離去。

高空作業車的吊艙在把登上Heurtebise插入拴的工程師放下來，換小光搭上去後，就將她推上由人類創作的天使的指揮座上。

「頑固的傢伙。」喃喃說出這句話後，冬二便為了回去工作而轉身。「嗚哇！」

直到方才應該還在看著北非、摩洛哥軍隊操控的大型重機具作業的Crimson A1——明日香與EVA的整合體，看來是對作業過程厭倦了吧，等注意到時已在附近朝著這邊蹲下，把手肘靠在膝蓋上，撐著臉頰直盯過來。

直盯著走回來的他。

直盯著他伴隨著護衛搭上SUV——

冬二在搭上車前把身體探出車外，用力揮舞手臂。

「怎樣啦！有意見的話就儘管說啊！」

儘管發出怒吼，但是見到明日香EVA整合體即使蹲下來也還是很高的腦袋微微右傾後，冬二也莫名地提不起勁了。

「也是呢。雖然盡是些不如人意的事，總之就從現在開始努力吧。」

歐盟的白色EVA在背後展開機翼，讓重力子浮筒發出轟鳴聲後飛上天際。

■舊世界的忘卻

在各國軍隊響起警報呼籲全軍撤收時，警告文字也在NERV JPN職員的個人終端上飄過，AI以人工語音向展開的陣地告知。

〈板塊褶曲極限第二十二次預測修正，在格林威治標準時間十五點後的六小時內，發生地震規模8級地震的機率為百分之七十五。〉

「剛剛那是？」就在美里詢問時，冬二衝進了移動指揮所。

「是地震預報！終究還是發出高機率認定警報了啊。」

「像剛剛那樣的地震還會再來嗎？」

「科學部職員他們說剛剛那場就跟開場戲沒兩樣——」

冬二將通訊耳機的設定切換成向全終端發訊。

「啊——各單位注意，請邊進行撤收作業邊聽我說，要在一小時內完成撤收。捨棄S EVA拆下的外部零件與重機具，並麻煩各班緊密進行點名。」

冬二向美里重新說明：「板塊性的巨大地震要來了。」

「要來了……能預知到嗎？」

「——這座阿特拉斯山脈本身就是這樣形成的皺褶，但聽說這次會更嚴重。根據預測模擬所得到的結果，這座山谷大概會在下次的大地震時，被周圍崩塌的岩山掩埋起來，消失得無影無蹤。」

美里轉頭看向窗外。「人體之谷會消失。」

被SEELE吞噬精神的加持容器說過，世界會因為「洪水」而重新啟動。

但根據情況，罪業深重到無法徹底重置的意念，就連在新世界裡都會留下形體。那便是掩埋在這座山谷裡，理應為自然岩的巨像群，上百架ＥＶＡ在最終戰爭時留下的執念。這些無數的執念在與Crimson A1抖落的生物資訊融合後，罪業的形體就因為能各自變成想要模樣的自由而斷氣了。

美里思考起阿爾瑪洛斯與SEELE所謂的下一個世界。

「會變成相當安靜的山谷呢。」

在人體之谷西南方十公里處的平地上、歐盟混合航空聯隊的機體在上空陸續飛離的天空之下，NERV JPN徵借的聯合國航空機群已完成起飛準備，等待著姍姍來遲的回收部隊。回收部隊的撤收比預定遲了將近一個小時。這是因為受到要從溪谷離去的非洲各國軍部隊，以及歐盟軍的起飛潮所牽連。

讓牽引著移動指揮所的越野拖拉機與其他車輛先行後，超級ＥＶＡ就牽著Crimson A1的手走到這裡。

「明日香，妳在不高興什麼啊？」不知是怎麼回事，這架明日香ＥＶＡ整合體一直指著東北東的方向，不肯先往起降地點的西南方移動。

儘管要讓這架完全無法安分待著的Crimson A1搭上巨人機似乎是件非常困難的事，但由於回收部隊也有設想到ＳＥＶＡ失控的情況而將停止信號插入拴帶來，所以打算趁她不注意時設法讓她睡著。

至於剩下的機體分配——在另一架巨人機要搬運超級ＥＶＡ還是AKASIMA這點上，真嗣本來主張要自己飛回去。問題卻在這時發生了。

絕對領域無法集中在ＳＥＶＡ左右兩側的Vertex之翼上。

過去絲毫不用在意這種事，就能像是被巨大力量從背後推開一樣，燃燒著空間飛行起來的巨人——

「啊……！」超級ＥＶＡ在眾人面前跌倒了。

真嗣總算注意到自己飛不起來。

「飛不起來！——變得沒辦法飛了？」

與此同時，Crimson A1從倒下的ＳＥＶＡ身旁穿過，蹬著岩石猛然跳起。在兩束像是頭髮的機翼？微微展開後，就這樣飄在空中。「咦？」

她抓住驚訝的真嗣~超級EVA的一隻手，就這樣把機體拉到空中去。

「哇！」對於失去平衡的S EVA，明日香EVA整合體繼續抓著S EVA的一隻手，靈巧地上下交換位置，從下方把他推上去。然後，等接著抓住他——折斷垂下的另一隻手後，再度交換位置，這次是用雙手把他拉上天空。

是因為驚訝吧？真嗣沒有感到疼痛，只是看傻了眼。

不對，自己也要設法加強升力——他試著努力產生絕對領域。

隨後，邊飛邊看著真嗣的明日香，將他拉到更高的天空上。

沒有發出推進的排氣聲，而是響起有如振動聲在合唱一般的多重和弦。

「無法理解重力子浮筒是怎麼在那種狀態下運作的。」

科學部職員再度驚嘆起來，正要搭乘運輸機的美里也抬頭仰望著她的身影。

他們之前還以為Crimson A1那個像是明日香的頭髮與Allegorica之翼混合起來的形狀，就只是過去外形所留下來的痕跡。

「那麼機翼上那兩個圓形物體果然是N^{2}反應爐了……而且還能拉起比自己還重的機體！」

真嗣思考著為什麼不能飛了——能量下降的影響果然很大嗎？

超級EVA的心臟——收納著從高次元流入的複合波動的中央三角。在那個被奪走以前，憑

藉飽滿力量產生的絕對領域之翼，現在無法順利連上天空。說不定也是被阿爾瑪洛斯打得破爛不堪的機體損傷造成的影響。

他一面被牽著手，一面設法斷斷續續地產生升力場。

還知道了一件事。

儘管QR紋章會伴隨著襲擊精神的黑暗持續輸送能量，但在離開地面之後，就感覺到能量下降了——為什麼覺得強迫觀念也跟著增強了？

超級EVA被打爛了一隻眼，在進行過影像修正的虛擬顯示器前，真嗣不得不去思考之後的各種事情。不過一旦感到不安，那個QR紋章的漆黑印象就會像是要吞噬真嗣一般地從背後逼近。

然而在他受限的視野裡，紅色身軀像是要驅散不安似的出色飛舞著。牽著他的手面向這裡的Crimson A1宛如在盡情遊玩，看起來似乎是在對著他笑。

——好像想起了什麼……被牽著雙手的感覺——很懷念？

夏天——泳池開放、換氣、踢水。

——對了……明日香是在教我飛行的方法——

她飛得高高的，不斷拉著真嗣飛往遙遠的日本——第三新東京。

直到這時，真嗣才發現她之前是在筆直指著自己該回去的地方，於是呵呵笑了起來。

兩架巨人機的其中一架裝載著AKASIMA，並跟著空載的另一架一起點燃機翼下方的火箭推進器，留下猛烈的煙霧起飛，離開這塊應該是人類誕生之地的大陸。

當超級ＥＶＡ在Crimson A1的牽引之下飛越「人體之谷」上空時，藍色天空正因為電場異常導致的極光，飄盪著令人毛骨悚然的七彩帷幕。下一瞬間，超巨大地震襲向北非一望無際的廣大山岳地帶，風景就像是一齊咳嗽似的變得白茫茫一片。但好不容易才專注在飛行上的真嗣並沒有注意到。

他們在那個地方所見所聞的事物盡數崩塌，只剩下了傳承。

#2沒有路標的旅程

■人的價值

空運EVA的兩架聯合國超超大型巨人機，以及六架大型、中型飛機組成的NERV JPN超級EVA回收部隊中，目前空載的一架巨人機正一面飛行，一面用探照燈照著被明日香EVA整合體的紅色巨人牽著飛行的超級EVA。

伴隨機就只有從巨人機機翼上分離的一架N^2側衛戰機。

這雖是冬二的代步工具，但他目前正因為疲憊，在巨人機內CIC（戰情中心）旁的走道上抱膝睡覺，魔改造的側衛戰機便以無人操控的狀態，在緩慢飛行的巨人機周遭巡邏。

被明日香EVA整合體牽著手在空中牽引的S EVA無法達到噴射運輸機的經濟巡航速度，因此載滿機材與職員的其他機體基於對燃油效率的不安，沒有配合S EVA的低速飛行而先行離去。追在後方的真嗣等人橫越著印度大陸上方的夜空，朝著自己等人的家東進。

空中有著在高度兩萬km處一面繞行、一面延伸的朗基努斯之槍，它形成一條極細但閃耀的線條，目前是從西南方的地平線橫越上空，抵達東北方的地平線形成一個巨大的弧，將天空分割開來。

當這條線最終連成一個環時，能預測到如今也在壓榨地球的神祕力量將會達到頂點，讓人類迎來破滅。但早在前一個階段，地面就已陷入持續發生巨大地殼變動的騷亂之中。

天上能看到的景象也截然不同。未完成的朗基努斯環於地球與月球之間形成的界面，就在前些日子遭到剝離，膨脹到一倍以上的月球震驚全球，此時正要沉入後方的地平線。

雖是夜晚的天空，但放眼望去，地平線因為電場異常，看起來像是一道發光的圓弧。右側遠方劃過閃電，左側遠方有著毛骨悚然的極光——是如此美好的天空景色。

CIC裡的美里一面在畫面上確認著巨人機下方，被照射得有點發白的Crimson A1——明日香EVA整合體與SEVA的模樣，一面向還很遙遠的第三新東京的摩耶提出疑問。

「QR紋章是黑色阿爾瑪洛斯的東西，也就是敵人吧，會讓量產EVA屍體的天使載體動起來——卻持續提供能量給歐盟EVA(Heurtebise)與超級EVA，為什麼啊？」

『因為不成對手吧。』摩耶的答覆非常直接。

只不過，與交戰對手的戰力不對等是儼然的事實。

『這要我跟妳賭也行。我們認為是敵人的存在，想法非常單純唷。』

「是啊，這我也隱約察覺到了——」

「神」觀點的存在，不會一一在意人類瑣碎的情況。

現在日本時間是清晨，摩耶明顯是徹夜未眠。她不打算陪美里聊太久，立刻搶在之前說出所擔憂的事。『葛城司令所擔心的是，ＳＥＶＡ會以生存換來汙染，就這樣淪為阿爾瑪洛斯的尖兵吧。』

「沒錯。」

『還不清楚是否會變成像卡特爾機那樣……畢竟是在量子波動鏡的內側。我反倒是在意被奪走的心臟，高次元之窗的情況——啊……請等一下——又有地震了……或許有點大——』

通訊就在這裡突然中斷。

「摩耶？」不只是經由編碼的語音通訊，就連資料通訊以及包含氣象資訊在內，所有連往第三新東京的導覽連結都一度中斷。通訊站的螢幕上顯示著找不到目標，請問是否要再度嘗試的詢問。

■謊言

回收部隊的其他飛機並沒有全都前往日本，其中一架續航力強的情報部機體，沒有告知目的就早早離開了編隊。為的是搜索在北非下落不明的綾波零No.特洛瓦，折返回震災後的當地。

她下落不明的消息，是在美里會合之後，只有美里、冬二，以及其他數名職員知道的祕密。相對的，美里把偶然抓到，處於心神喪失狀態下的綾波零No.卡特爾當成No.特洛瓦，收容在巨人機的醫務室裡。

這是為什麼？

為的是將超級ＥＶＡ帶回去。要是真嗣知道她下落不明，美里判斷他直到最後都會主張要去搜索零No.特洛瓦，拒絕離開現場。

另一方面，冬二有率領部隊的責任。當然，他並非不擔心零（特洛瓦）。但他同時也背負著職員的性命，要是繼續搜索而不進行撤收，顯然會連同地面部隊一起遭到隨後發生的大規模地震吞沒，被掩埋在北非的地底下。

在起飛之後，大多數的職員都俯瞰著因為巨大地震崩塌，瀰漫著大量煙塵的地面而鬆了一口

氣，就只有冬二一人想像著「沒有撤收的情況」，打從心底發毛起來。

「綾波？」被Crimson A1牽著手勉強飛起的真嗣，下意識地將飛在上空的巨人機其中一扇窗戶的影像放大。窗內昏暗，不過S EVA感受到了視線，在對影像進行增感修正後，確實形成了綾波的面容。

真嗣因為被隱瞞真相，所以才會這麼想。

「綾波……特洛瓦明明是自願陪我來的，我卻讓她遇到這麼可怕的事。」

就在他這樣呢喃時，「啊！」發生異變。

他抬頭仰望著巨人機，所注視的窗戶附近的艙門伴隨著煙霧飛走。在以緊急程序硬是打開加壓艙口後，綾波的身體就像條破布似的被氣壓差吸出機外，於空中飛舞。

「為……為什麼啊！」真嗣連忙進行插入拴的解放操作。

讓初號機的插入拴退出並打開艙口後，來不及排出導致沸騰般化為蒸氣散開的LCL就在低溫下瞬間凝結，形成一條白雲拖曳在超級EVA的後方。

「緊急呼叫CIC！綾——！」

真嗣想要大聲呼喊，但置身在時速將近五百公里的強風之中讓他無法好好發出聲音。正當他以不穩定的絕對領域支撐住墜落的綾波，想把她拉到插入栓這邊來時，由於失去專注在飛行上的注意力，讓S EVA放開與明日香EVA整合體牽著的手，跟著綾波一起自由落下。

在低溫低氣壓的環境下，肺部收縮將空氣一口氣排出而導致意識模糊的感覺中，真嗣儘管如此依舊伸手抓住綾波的手臂，把她拉進到插入栓裡。

「艙——艙口關閉！開始插入。」

超級EVA自從得到心臟之後，真嗣就不再需要進行插入程序，因為他與EVA是一心同體，不過指令仍保留著。插入栓系統開始修復因為緊急彈射而產生異常的環境，真嗣將注滿的LCL～比平常高溫的LCL吸滿空蕩蕩的肺部，「哈——」吐了一口氣。

因為氣壓與室外溫度結凍的肺部膨脹收縮，傳來一陣劇痛。

——真危險……

他連忙將抱在懷中穿著工程師制服的綾波叫醒。

「特洛瓦，妳在做什麼啊！被吸出機外時，要是有哪裡撞到！因為氣壓差而昏迷！剛剛早就死好幾次了！」

真嗣忍不住朝她怒吼，但隨即注意到有些不太對勁——是綾波的舉動。

就像個壞掉的人偶一樣，綾波的紅色眼瞳注視著空無一物的上空——

——糟糕……是撞到哪裡了吧……「綾波！快吸LCL，大口吸……！」

綾波的眼睛視焦突然與真嗣對上。現在超級ＥＶＡ正朝著地面墜落，在無重力的插入栓裡滑溜地坐起身來的綾波背後，警告視窗接二連三地開啟，紅光突顯著她脂粉未沾的臉部輪廓。

警告類別為系統錯誤，內容是搭乘者基準思考混濁，插入拴讀取到綾波的思考了——糟糕！

他在情急之下，把自己以外沒有進行思考保護對策的「他人」拉進超級ＥＶＡ裡頭了。如果是以前的初號機，只會導致領域產生力下降與指令辨識度不佳，但是ＳＥＶＡ——而且還是目前這種狀態的ＳＥＶＡ，完全不知道會變得怎樣。

看著不知道該如何是好的真嗣，綾波喃喃低語。

「將碇同學——將我，帶到遙遠的地方——最為……遙遠的地方。」

「呼——」真嗣突然像是胸悶地痛苦起來，隔著戰鬥服抓住胸口。

——他直覺性地察覺到理由。埋在真嗣的另一個身體、超級ＥＶＡ胸口上的ＱＲ紋章在回應著呼喚。綾波的話語，是朝著現在驅動超級ＥＶＡ的漆黑鱗片、阿爾瑪洛斯的ＱＲ紋章念出的詛咒。

「如果碇同學不肯解放世界——如果我哪裡也逃不了……至少帶我到連接大地的邊緣……世界的盡頭吧！」

像是要將手指插入肋骨之間似的抓著胸口，真嗣在這時注意到了。

「綾波……是卡特爾嗎！為什麼——」

超級EVA保持著伸出一隻手的姿勢朝地面墜落。

S EVA的裝備重量超過四〇〇〇噸，要是就這樣墜落，肯定會撞出一個大坑吧。只不過目前這塊巨大的印度大陸整個朝北大幅傾斜下陷，看似要鑽進下方地激烈推擠著喜馬拉雅山脈，S EVA所會造成的傷害已經算不了什麼了。

巨人運輸機內掀起一陣騷動。

外部艙門被緊急爆破的狀況，以刺耳警報聲在寬廣的機內瞬間傳開，除了值班人員外，就連鑽進睡袋裡徹底熟睡的NERV職員也連忙爬起。主要區域的加壓有維持住標準氣壓，不過聯合國的操縱人員仍舊依照操縱指南立刻降低巨人機的高度，巨大機體就像壓下機翼似的劃開雲層，機內開始啪嗒啪嗒地微微搖晃。

美里在CIC朝著駕駛艙喊道。

「停止減壓警報！在下方飛行的超級EVA怎麼了？」

脫離的艙門與被吸出機外的物品，很有可能會砸中勉強飛行中的S EVA。

追隨著S EVA的機外監視器上，顯示著自空中落下，墜落在印度大陸德干高原東側上的超級EVA，就這樣宛如魔法地被吸入地面的瞬間。

「——消失了……全放射LOST。」不過這到底發生了什麼事，他們也立刻就察覺到了

因為這是他們最討厭的預感，一直害怕著ＳＥＶＡ會變成這樣。與像這樣出現、消失的敵人交戰過好幾次，是擁有ＱＲ紋章的巨人的空間轉移。下次遇到時，ＳＥＶＡ說不定也會遭到汙染成為敵人，就跟０・０ＥＶＡ(卡特爾機)一樣。

美里按下機內對講機的按鍵。

「醫務室，卡特爾在那裡嗎？」答覆不用聽也知道。

■幻想迴廊

被認為是ＱＲ紋章，以及從屬其下的Victor們的空間轉移，並非瞬間就會出現在下一個場所，會伴隨著短暫的時間經過。

之前被０・０ＥＶＡ(卡特爾機)綁架的美里，將這段體驗評為儘管只有一瞬間，但就像是在地底下奔馳的樹根一樣。彷彿在地底蜿蜒奔馳的雲霄飛車。

不過並沒有物理性的構造與運動。因為完全感受不到加速度，除了自己快速飛過的通道之外，還能隱約認知到周圍的通道構造。

在衝過這條通道後──「哇！」

超級ＥＶＡ冷不防地被從某處的地面吐到空中。

真嗣還以為背部會撞擊到地面，所以縮起脖子、繃緊背肌，卻沒遭受到任何劇烈撞擊，這次是背部朝上地被拋向天空。

看來轉移前的運動會被帶到出現時的樣子──俯瞰到的風景是……

是遭到蝗蟲侵襲了吧，放眼望去是一面枯萎的純白大森林。

超級ＥＶＡ的大重量在飛到將近五〇〇公尺的高空後再度墜落，一度遠離的景色這次迎面撞來。

「！」ＳＥＶＡ用雙手護住臉部，感覺壓斷了枯萎的樹木──

不過就在撞擊地面的瞬間，他再度被吸進大地進行轉移，在短時間內通過那個通道，這次出現在山腹有著冰河的岩山裡，並在墜落谷底之後再度轉移。

山岳、平原，ＳＥＶＡ在各種有陸地的場所，胡亂進行著空間轉移。

「到底是要去哪……！」

接著飛出的場所，不知道是因為剛發生的地震還是海嘯，導致半島的根部沉入海中，以前恐怕有著相當高標高火山的外輪山。即使逐漸沉沒，依舊守護著內側的山湖與所包含的都市，擋住

從四周湧來的大海嘯，宛如一座海島——

等進入下一次轉移後，他才注意到。

——剛剛那是「第三新東京……！」感受到那個地方瞬間遠離了。

「卡特爾……回去剛剛的地方……！」「…………」

「卡特爾！」不發一語的卡特爾讓他火大。

仔細想想，她可是殺害自己的人。真嗣回想起在ＥＶＡ（卡特爾機）的伽馬射線雷射照射之下，自己的身體逐漸沸騰消失，讓他整個人毛骨悚然的感覺後，「滾開！」

他抓住坐在自己膝蓋上的卡特爾的後衣領，用力往一旁推開。

卡特爾沒有抵抗，順著為了輸送兩人份的呼吸氧氣而加快流速的ＬＣＬ循環流飄浮起來。遭真嗣緊抓不放的連身工作服拉鍊伴隨著喀啦喀啦的斷裂聲損壞，被推向一旁的她撞上受到全像顯示的投影擋住看不見的插入栓內壁，發出沉重聲響而回彈。但真嗣只是瞪著前方，沒有理會。

——必須回去那裡……！

「快回到剛剛的地方！」

他在循環流裡以右手緊抓著卡特爾的衣服，用左手不顧一切地動著操縱桿。

「回去！給我回去——！」然而真嗣的願望沒有實現，ＳＥＶＡ並未改變方向，在神秘的傳送迴廊（地下構造）之中不斷奔馳著。

■回收部隊／德干高原上空

在失去ＳＥＶＡ下落後，巨人機暫時盤旋滯空。

讓N^2側衛戰機在空中靜止，詳細觀測消失地點，但結果是早就明白的事。

一如預期。既然是ＱＲ紋章所引發的轉移，既有的觀測手段便得不到任何資訊。

正當眾人不知道接下來該怎麼辦時，頻繁在消失地點周圍走動的紅色巨人Crimson A1——這架明日香ＥＶＡ整合體就像是忽然下定決心似的蹬地躍起，朝著原本的前進方向飛行。

「明日香注意到真嗣與初號機已經不在這裡，也不會回到這裡了呢。」

美里的說法沒有任何根據，卻也沒有人反對。

「我們也走吧。」即使待在這裡也無濟於事。

第三新東京斷絕通訊的事已傳達下去，眾人也都明白是該離開了。飛得很笨拙的搭檔不在之後，明日香ＥＶＡ整合體就開始以出色的速度飛行，已經沒有慢飛理由的巨人機也將微微降下的廣大後緣襟翼收回機翼之中，增加機速開始爬升。

■幻想迴廊2

一切都在遠去。

這次的轉移跳躍很漫長，讓真嗣的焦慮與憤怒也跟著慢慢變成茫然。

等注意到時，卡特爾的上半身正從撕破的衣服底下完全裸露出來，右臉頰因為內出血紅腫，整個人飄蕩在LCL的循環流之中。

而自己的右手就像在拉扯她似的，緊抓著她的衣領——

「——！」真嗣被自己的所作所為嚇得渾身發寒。

他連忙把她從循環流中拉過來，自己離開座椅讓卡特爾坐下。

「綾波……卡特爾……」她就只是注視著行進方向。

彷彿緊緊壓迫著胸口的罪惡感讓真嗣感到困窘，想幫卡特爾把亂掉的衣服穿好，但壞掉的拉鍊不論怎麼弄都無法恢復原狀。衝向黑暗的顯示器上不時閃爍的光亮映出綾波零No.卡特爾美麗的胸形，但那反射光芒的蒼白肌膚，如今就像在斥責真嗣一般，刺痛他的良心。「可惡……都怪妳——不好啦。」

儘管後悔，卻也不想道歉——他放棄地將衣領的魔鬼氈隨便左右貼上。

紅腫臉頰令人心痛地微微動著嘴唇。「這也是……碇同學所選擇的未來……」

「……不要什麼事都怪罪到我身上來。」

現在真嗣他們也能認知到自己以外行進在相同通道上的存在。

在向前衝的ＳＥＶＡ前方，有塊直徑兩百公里以上的灼熱岩塊以相同的速度前進。

那個紅黑色的巨大質量，在一個氣壓近乎真空的低重力世界離開通道。

那裡有著黑夜般的天空，強烈日照卻讓一切看起來像是單色調的場所。它瞬間從眼前離去

——剛剛的地方該不會是——

迴廊持續著，所前往的場所似乎更加遙遠。

跟和Victor２、３交戰的時候一樣，是空間通道本身在不斷延伸嗎？儘管真嗣也這麼想過，但看來是真的很遠的樣子。

然後等他注意到時，像是樹根般在周圍互相糾纏、散發壓迫感的動脈網已在遙遠的後方，感覺現在只剩下一條通道。

——而且愈來愈細……

■回收部隊／中南半島上空

「明日香！那裡不行！右邊！往拿筷子的方向飛！」

在將美里的聲音轉換成經過類比調變的訊號雷射，打在她身上後，Crimson A1就像理解似的，以不甘不願的模樣稍微向右移動前進方向。

這架紅色巨人不論是在哪國上空，都毫不在乎地想以最短路徑飛過去，所以每當她想這麼做時，美里就會抓起麥克風，大聲尖叫起來。

第三新東京依舊毫無音訊。當他們越過南亞的中南半島時，回收部隊的先發組傳來視為緊急的通報。「這是哪裡啊？」

收到的畫面是一張航空攝影的照片，是首次看到的地形～巨大的陸地與一座島嶼……

該不會──數名職員開始嘈雜起來。

「等等……小田原和沼津到哪裡去了！」聽到冬二這麼說，得知那個看起來像島嶼的地方是伊豆半島後，ＣＩＣ裡頭稍微騷動了起來。

因為他所提到的地方──與本州連接的根部已陷入海中，導致半島孤立在海上。

「安靜！」美里以頭掛耳機聽著先發部隊傳來的通訊，進行補充說明。

「似乎是板塊的撞擊接點發生了大規模下陷。」

「這種事——！」一名職員叫道。

是不可能的。那裡確實是乘載伊豆半島的菲律賓海板塊與乘載本州東北部的北美板塊交接點，位處第三新東京北側附近，也經常發生地震。

但這可不是一般的地震災害。板塊下方可是有著非常厚重的地函。像這種彷彿底層消失，兩個板塊同時下陷的情況，通常是不可能發生的。

冬二恍然大悟。

「——也就是地基被抽走了……終於連這裡也被拿走了——是這麼一回事嗎？」

——大深度（註：大深度為日本用語，係指地下四十公尺以下深度，或是建築地基下十公尺以下深度）地殼物質的連續消失——

冬二在這趟旅程中，見識到最頻繁發生此事的歐亞中央的慘狀。這是在朗基努斯之槍分解開來，一面逐漸形成環狀，一面開始繞行軌道之後所發生的怪現象，是地球收縮的直接原因。

最初是科學機構的粒子加速器朝地底射出的基本粒子確認到這件事，如今則是達到連地震儀也能經由地球規模的地震波將這個狀況顯示在螢幕上。

但沒想到居然會在身邊，而且還是比過往還要淺層的深度上發生！

「第、第三新東京呢！」偏偏就位在下陷地盤的附近。

收到更加接近後的畫面。於本州與伊豆半島之間形成的新水道上，有座突出海面的島嶼。

「箱根山……！」在島上凹陷的中央北側，以幾何學圖樣整齊排列著白色都市群。

是第三新東京市區與NERV JPN本部。

不知該高興，還是該慘叫，職員們在看到畫面後表情全都僵住了。

箱根山火山臼擁抱著冬二與美里等人的日常風景，伴隨著周圍大地一起下陷數百公尺，所幸原本的標高夠高，才能變成島嶼。

由攝影高度俯瞰，並沒有看到大規模損壞的情況。

不過毫無疑問是經歷過劇烈地震，即使想飛奔過去幫忙也還太遠。

說到底，就連要從何處幫起都不得而知。所有人都充斥著異常的焦躁感。

「這場地殼變動讓蘆之湖縮小了呢。」美里說道。

「啊。」那個不是啦——冬二回道：「是湖水被希絲排掉後縮小的。」

小不點綾波零No.希絲在之前操縱著F型零號機，與侵入舊Geofront的桑德楓幼體對決。當時她以領域侵攻銃〈天使脊柱〉打穿地盤，讓舊Geofront現在灌滿著蘆之湖流入的湖水。

這整件事的來龍去脈，在同一時間遭到卡特爾ＥＶＡ綁架的美里並不知情。

「你們……到底在搞什麼啊？」

她傻眼的聲音，讓差點因為慘狀陷入恐慌的ＣＩＣ職員們的臉恢復血色。

「蘆之湖的湖面標高有七百公尺，就算稍微下降也沒這麼容易——」

沒問題的，冬二這樣說服著自己與眾人。家人也在那裡。

包括第三新東京在內，火山臼內的設施也涵蓋著居住地區，有八成採用高度的耐震設計。這與其說是防震對策，不如說是為了讓不速之客通過，不得已而做出的準備，因此維生管線也設計成難以斷絕的構造，並基於三年前本部戰的守城戰教訓，擁有獨立的能源基礎建設。

經由後續回報，得知駿河灣以及相模灣方面的機場不是下陷就是遭海嘯吞沒後，先發部隊便開始挑選可供機體降落的場所。

先發的另一架巨人機吊著戰自的機動兵器AKASIMA。

該部隊的指揮官春日與戰自的濱松基地取得聯繫，得知一度被湧到內陸的大潮淹沒的該基地，因為跑道旁有如小山堆的避難所發揮機能，所以有辦法修復跑道。

歷經了地球半周的旅途，卻喪失棲木的金屬飛鳥們，朝著那裡展翅飛去。

■幻想迴廊／終點

漫長的轉移跳躍；真嗣與綾波零No.卡特爾漫長的沉默。

通往無人造訪、無人理會的最遠之處，卡特爾所心心念念的場所究竟是——

認知到聯繫的根——轉移通道變細了——

變得無限細小，有如蜘蛛絲般的那個線頭，是個等待著被剪斷的遙遠場所。

這條通道很快就會斷了。正當真嗣這麼想時，薰的聲音冷不防地在他的意識之中響起。

——你沒有溢出人類的容器真是太好了……雖然我很想這麼說——

但那副模樣是怎樣啊？感覺到不在這裡的薰，正指著真嗣胸口上的QR紋章。

——你明明是聚光燈下的主角，不過那可是在舞臺底下奔走的工作人員的通行證唷——

「這是什麼意思啊？」正當真嗣這樣反問時，突然感受到有如耳鳴般的聲音。

薰咯咯笑起。

——明明早就只是一場幕間劇了，你們卻超乎了我的預想——

這道聲音也變得扭曲。耳邊響起鏘的一聲。

「這個——好像很糟糕……」就連意識也逐漸遠去的感覺——

「——！」

下一瞬間，他好不容易恢復了意識。看來是在某處離開通道了。

與預想相反，這裡有著空氣。還以為會被帶到比月球還要遙遠，位於某處的遙遠天體——像是火星或是金星——這種其他星球上去，但看來還在地球。

就乾枯大地的意思而言，感覺跟之前所在的阿特拉斯山脈沒有太大的不同。

「……薰？」已感受不到他的氣息。電波朋友的電話一直都是單向的。

待耳鳴和胸痛稍微平復下來後，真嗣將插入栓裡的ＬＣＬ排掉。

液面下降，卡特爾有如魚缸裡的水草般飄蕩的頭髮與工作服慢慢貼黏在她的肌膚上。相當於重量的浮力消失，身體深深躺在插入拴座椅上。

站在座椅旁的真嗣雙腳也恢復重量，抬起腳跟讓鞋底不再吸附地面。

讓插入栓退出，準備打開艙口時，警報響起——是環境感測器。

「潛水夫病的警報——為什麼？」

顯示的外部氣壓很低，相當於高山地帶。

在這種情況下，剛處於ＬＣＬ循環的人體會有這種危險。此外，ＡＩ還發出外部放射線量的長時間曝露警告。原以為是舊核試爆場或是核廢料堆置場，不過看種類並非如此，似乎是在講降下的宇宙線。

打開艙口後，太陽自天上火辣辣地照下來——但空氣很冷。

氣壓很低，天空是藍黑色的——是哪裡的高原嗎？——

看不到膨脹的月球，目前是在另一側吧。

不過這是怎麼一回事啊？「……看不到朗基努斯環。」

「超級ＥＶＡ真嗣呼叫移動ＣＰ。」

真嗣開始用無線電進行呼叫，然而沒有回應。接收不到平流層飛船網路的導航信標。說起來，電波環境也是一片寂靜。

視線從外頭耀眼的光芒之中，回到插入栓內部的黑暗。「卡特爾，這裡是哪裡？」

隔了一會，從黑暗中傳來一句答覆。「……遙遠的地方——」

「遙遠——是哪裡啊？」他有些不耐煩。

「遙遠的地方唷……這裡是嗎？……這裡是哪裡？」「那個，我才想知道啊……」

沒完沒了。他吁了口氣，形成一道白霧。

跳上目的地不明的列車，總之先搭到終點站——是這種感覺嗎？

——好像在哪裡聽過這種事——

真嗣回想起他剛來到ＮＥＲＶ的時候。

——儘管逃走了，但是第三新東京處於半封鎖狀態，哪裡也去不了，結果只是在市區與山腳下到處徘徊……對了，當時我遇到了劍介——

一如當時的真嗣應付不來周遭的人際關係與ＥＶＡ，如今的零（卡特爾）也應付不來阿爾瑪洛斯的詛咒束縛與滿溢而出的感情嗎？

他一面以側面控制臺輸入發出求救信號的指令，一面喃喃說道。

「那今天的我就是劍介了嗎？不過這邊可是一場災難啊。」

被這麼說的卡特爾愣愣地看著真嗣。是在困惑嗎？她到底想怎樣啊？

「為什麼會變成這樣啊……把我帶到遠方就滿足了嗎？」

「……我不懂什麼是滿足……沒有滿足過。」她自言自語似的說道。

「當從一個人的『我』分成四個人的我時，就只覺得害怕……我理解了恐懼。碇司令不在了，碇同學沒有選擇我。要是沒有恐懼，就不會注意到這些事了。」

綾波零No.卡特爾神情恍惚地坐在座椅上，然而室外低溫讓濡濕的衣服冰冷，她蜷縮起身體，開始發抖。

「所以想要被補完。只要選擇世界的碇同學不在了，這個世界說不定就不會消失——這樣的話，就能再度進行補完計畫——」她是這樣想的啊。

「原來如此。」真嗣把手放在因為她的襲擊而喪失心臟的自己胸前。

「可是黑色巨人沒有改變決定……世界被重新構築——那麼就把你帶到遠方，或是帶到世界之外——」

「妳想逃到非常偏遠的地方度過滅亡？同時也懷著要是我不在了，它就說不定會改變決定的希望？」

她點了點埋在膝蓋裡的頭。「碇同學……好冷喔。」

真嗣在關上艙口後，用手指滑過控制板，調高插入栓內的溫度設定。

超級EVA走在乾枯大地上。這裡沒有綠地，放眼望去全是一片黃褐色的起伏綿延，是個沒有變化的大高原地帶。GPS之類的衛星早已因為重力減少而飄離地球，函式庫裡沒有符合的地形情報，也沒有人回應呼叫。為了至少估算出位置情報，真嗣開始觀測太陽的方向，過了一會後，他發現到一個異常事態。

即使經過數個小時，普照大地的太陽依舊高掛天空。

這個地球沒有在自轉。

■靜止的大地

一旦認知到這是個詭異世界後，沙漠化的山野與天空這兩種色彩，看起來就像是在表現異常心理的超現實主義繪畫般逼迫而來。
沒有任何動靜，但太陽證明了沒有動靜即是異常。
儘管不知道該警戒什麼才好，ＳＥＶＡ還是一面警戒四周一面前進。

過了一會後，觀察機的警告打破寂靜。
響起滋、滋、滋的連續短音，是不曾聽過的警報。
「不對……在北非搭載新型刀時，好像有在連結測試時聽過的樣子……」
新型刀的兩端，柄頭與鞘尖部位掛載著新系統的感測器。
左右都有，所以總共四座。根據簡短解說，這是將量子波動鏡轉用作為感測器陣列的裝備
——在響起警報的同時，自動地圖以二十公里的範圍開啟～由於沒有符合的地形圖，預測距離的位置是一片空白。但在那裡出現了一個閃爍圖示。
「〈出現預測〉——這是什麼？」
是收到ＳＥＶＡ訊號的某人嗎？但要是這樣，「出現」是什麼意思啊？
真嗣有種不好的預感，停止一直在發送的求救信號。「出現」圖示以出現場所為中心，在直徑3公里的範圍內不斷改變位置，然後逐漸收攏到一個地點上——
滋——♪在變成長音後，圖示停止閃爍。顏色是敵對顯示色。

冷不防地出現〈０・０ＥＶＡ變異體──機率百分之六十二〉的訊息。

「什麼！──怎、怎麼辦到的？」究竟是怎樣偵測到的，真嗣忍不住朝著顯示器問道。就是因為不知道方法，至今才會一直遭到玩弄。

──不對，現在先別管這了！真嗣戒備起來。０・０ＥＶＡ變異體是指在遭到ＱＲ紋章汙染後，產生異形般變形的０・０ＥＶＡ卡特爾機。

據說卡特爾機目前是在SEELE化的加持控制之下──

「…………」看向曾是該機駕駛員的卡特爾，她依舊面無表情。

真嗣並不知道她發生過什麼事。

奇怪的是，看到眼熟的敵人圖示讓他總覺得鬆了口氣。因為不動的太陽與毫無變化的風景，這種彷彿被關在時間牢籠之中的異常封閉感讓人幾乎瘋狂。

天使載體、０・０ＥＶＡ變異體，還有Victor，這些靠ＱＲ紋章運作的阿爾瑪洛斯眷屬以及其使者的行動非常隱密，一直難以在事前察覺到它們的動向。

這次要是成功偵測到它們的出現，將會是首次的創舉。儘管如此，真嗣仍主動靠近，因為他想要某種對於這個地方的解答。

趕緊再度注滿ＬＣＬ。將距離目標最短，且能以雙方之間的地形作為掩蔽的路徑與地圖重疊，超級ＥＶＡ開始奔跑。

——不曉得行不行……將意識集中在Vertex之翼上——跳！

試著像貼著地面一樣的低空飛行。

「喔。」ＳＥＶＡ大幅前傾，仍然拖在地面上的腳尖揚起塵沙滑行著。儘管難以說是飛起來了，但比用跑的快上許多。

胸口陣陣發燙，那個不穩定的ＱＲ紋章也在靠近地面後相對穩定下來。

「看來是有個好老師呢。」

牽著自己～ＳＥＶＡ的手飛行的明日香ＥＶＡ整合體。

巨大的她自由而天真無邪地在空中飛行。

真嗣最初也覺得她的行動很孩子氣～認為她幼兒退化了。

但看著看著便好像明白了——那是明日香的「內在」——

明日香意外地對什麼都很感興趣，不論什麼都能輕易地嚇她一跳。不過她很討厭把這種個性表現出來。做出彷彿不感興趣、無精打采的反應，擺出一副瞧不起人的態度。這是明日香自身的偽裝，也是她的風格。

「因為她會生氣，我絕對不會說出來就是了。」

與ＥＶＡ融合的她會聽美里與冬二的話，好好飛回日本嗎？

■在盡頭的邂逅

新感測器顯示的0．0EVA變異體出現預測地點。

與目標之間的距離，只要用飛？的話很快就到了，為了觀望情況，他在距離剩下四公里處降落，以雙方之間的山脊代替遮蔽物，將攝影機探出稜線。

橫搖鏡頭的攝影機停止。

「居然真的在……！」0．0EVA變異體。扭曲、詭異的奇美拉巨人。

與右臂融合的伽馬射線雷射砲。從三年前在本部戰中擊敗的量產型EVA身上挖出，作為外裝反應爐背負的S[2]機關嵌入了軀體之中，最後是從天使載體Ⅲ型身上奪來的漆黑翅膀在背後展開。

那就是0．0EVA卡特爾機被植入QR紋章之後的下場。

「摩耶小姐說不定很厲害耶……！」

真嗣宛如自言自語般，讚賞著科學部技術部兼任主任的伊吹摩耶。

而且對面還沒發現自己——是在找什麼嗎？

０．０ＥＶＡ變異體從高處移動到另一個高處，每次移動都會環顧著四周。

「～冬二，為什麼不給我槍砲類的武器啊……！」

真嗣站在插入拴座椅旁握著操縱桿，同時被外頭的情況引走注意力，沒發現在背後的座椅上，卡特爾本來像是空殼的表情在不知不覺中充滿負面情緒。

「……妳——妳——！」因此聽到她有如呻吟般發出的喊叫時，他問道：「卡特爾？」

「為什麼會在那裡！」她大喊。

應該只會接收真嗣的語音指令的通訊環境在對卡特爾的聲音產生反應後，以她在受到敵對認定之前的通訊碼進行高輸出發訊。

聽到叫喊的０．０ＥＶＡ變異體轉過身來。「什麼！」真嗣嚇了一跳。

他連忙改變機動，瞥看著卡特爾提出抗議。

「這下被發現了啦，卡特爾！本來或許能先發制人耶！」

然而她卻越過真嗣的肩膀，凝視著０．０ＥＶＡ變異體。

並朝著那個人放聲大喊。

「特洛瓦！整合的我！」「咦！」

ＳＥＶＡ接收到真嗣的思考，將未受損的那一邊視覺放到最大。

刺在０．０ＥＶＡ變異體胸部裝甲上的ＱＲ紋章前方，站著一道人影。

加持披著隨風擺盪的黑色大衣看著這裡。

在他動嘴後，『源堂的人偶。』這邊的水中聽音器就發出他的聲音。

『——沒有壞掉啊。還有……是碇源堂的兒子啊，你是怎麼偵測到這邊的啊？』

即使精神遭到SEELE奪取，語調依舊是加持——這對認識他的人來說很難受。

真嗣也忍不住退縮了。「加持先生！」

當ＳＥＶＡ繞過去後，就看到在加持敞開的大衣之中，還站著另一個人。穿著不知何時被卡特爾帶走的，特洛瓦的黑色短禮服的——

「綾波——真的是特洛瓦嗎！」她對真嗣的聲音起了些許反應。

特洛瓦直直地望過來，從背後抱住她的加持揚起嘴角笑了。

『你想要我這麼說嗎？「你沒聽說過嗎？真嗣……」——』

「……你說話的方式，在變成敵人後……讓人相當火大啊。」

真嗣雖然回嘴，實際上卻因為不知道特洛瓦在對面的理由而陷入混亂。

吞噬掉加持精神的SEELE，起初是操控著卡特爾在控制０．０ＥＶＡ變異體，但是在北非的人體之谷，她卻因為精神僵化導致了機能障礙。

失控的0．0ＥＶＡ變異體因此墜落大地，不過當時在那個場所，遠離美里等人單獨行動的綾波零No.特洛瓦正因為失去了自己的歸所到處徘徊。加持的容器在輕易發現並捕捉到ＥＶＡ操縱裝置特洛瓦後，就將派不上用場的操縱裝置零No.卡特爾當場捨棄，同時正在尋找特洛瓦的美里就這樣保護了被他捨棄的卡特爾。

「特洛瓦，有聽到嗎？那架ＥＶＡ有問題，妳也會被汙染的！」

對於真嗣的呼喚，特洛瓦不改端正的表情，斷斷續續地回答著。

『無法阻止碇同學，也無法變成鹽柱……我是人偶，沒有辦法表現自我，待在這裡的話就能什麼都不用去想——所以……不要呼喚我。』

不明白意思的回答讓真嗣翻找起記憶，「……啊！」是在與阿爾瑪洛斯對決時，真嗣因為太過憤怒，拒絕了擔心自己，試圖阻止他的特洛瓦。「當時是——」他正要辯解……

「別開玩笑了！」卡特爾就在這時插話。

「明明只有妳是什麼都有的〈我〉！為什麼要假裝是自己是人偶啊！」

本來像是個斷了線的人偶般的綾波零No.卡特爾，一雙紅眼充滿憤怒地瞪著有著相同模樣的No.特洛瓦。

「呃！」伴隨著卡特爾的激動情緒，真嗣的胸口感到前所未有的絞痛。

——胸前的ＱＲ紋章又被卡特爾帶動，再次活性化了嗎！——

全像顯示再度接二連三地開啟錯誤訊息——但這次就連這種拒絕反應都被漆黑之力壓制，開始遭到奪取。ＱＲ紋章的汙染擴大了。

卡特爾不在乎地繼續喊道。

「當黑色巨人經由我侵蝕我們時，〈整合的我〉妳將自己的負擔推到其他的我身上。」

異常的反饋讓操縱桿晃動起來，真嗣連忙壓制著——

「其他的〈我〉都只有不齊全的碎片！妳將〈幼稚且自我中心的我〉給了No.希絲，No.珊克在生命結束時，將〈交際性且妥協的我〉還給了妳——然後。」

「卡特爾！夠了，給我停下來！」

預感到超級ＥＶＡ，也就是自己身體的變質，真嗣忍不住地大叫。但卡特爾仍沒有停下。

「然後將〈恐懼且畏縮的我〉給了這具身體！」

怒不可遏的綾波零No.卡特爾用指甲抓起自己的胸部，滲出的鮮血溶解在ＬＣＬ之中。

「妳明明就擁有一切！」

彷彿以此為信號，ＱＲ紋章開始將漆黑之力過剩注入Ｓ ＥＶＡ之中，這股力量與恐懼感超出真嗣本以為能設法控制住的黑暗，就要在被奪走心臟的這架巨人體內失控了。

#3蘋果核

■地球模擬器

耀眼的金色光線倏地照來，沙丘瞬間氣化，山體本身就像是由爆炸物構成似的猛然炸開。

「……2、3、4、5……」

真嗣讀秒著——計算0・0EVA變異體下一發的充填間隔——

「57秒唷。」卡特爾說出自己機體的性能規格。

「57秒……」真嗣照說一遍——卻立刻蹙起眉頭。

「我忘了剛剛算到哪裡了……」

「14、15、16……」卡特爾綾波接著讀秒。

0・0EVA變異體的伽馬射線雷射砲，人類所開發出的EVA最強狙擊火砲，將山脊程度的障礙視為無物地貫穿了。不過對方並不是能隔著山看到自己。瞄準是根據自己在躲進地形之前的動向預測未來位置，所以並非沒辦法避開。

「……55、56、現在！」

在進入山背的瞬間，真嗣以要讓Ｓ ＥＶＡ墜落的打算下降，就在膝蓋揚起塵沙的瞬間，右手側的山峰表面轟地破裂，龐大熱量從Ｓ ＥＶＡ的頭上橫掠過，將左側的沙丘也一起炸掉。

「快飛！不清楚地形。」

卡特爾這是要他在下一次攻擊之前，利用時間掌握周邊狀況。

「我正要做！」

真嗣不高興地回答，變得像是小孩子被要求整理房間時的藉口一樣。

卡特爾從ＱＲ紋章之中以數倍的功率取出能量，在從降落轉為上升之前，Ｓ ＥＶＡ砰的一聲踢著大地。真嗣向卡特爾發出疑問。

「卡特爾，ＱＲ紋章是經由地面與阿爾瑪洛斯連接的嗎？」

「嗯，大概是吧──那個轉移跳躍的傳輸網路說不定也是這樣……所以一旦飛離地面，就會感覺動力源中斷了對吧。」

一面這麼說，運用ＱＲ紋章的經驗較為豐富的綾波零No.卡特爾也早已在跳起之前取出充足的能量，讓Ｓ ＥＶＡ撞進因為敵雷射擊中所揚起的爆炸煙霧之中，一個勁地往天空衝去。

「哇！」有別於Ｓ ＥＶＡ的心臟，是宛如毒品般的力量。

以猛烈的速度突破升起的蘑菇雲，那個雷電交加的雷雲層，超級ＥＶＡ一口氣爬升到天際。

久違的亢奮感。

放眼俯瞰的真嗣喊道。

「有個斜向的山谷！就沿著那裡……」

然而，他卻沒能把話說完。因為他所指示的山谷對面，所要前往的地面——

並不存在。

在地面中斷的對面，藍黑色的天空就這樣化為黑暗向下墜落。

——這裡是……什麼地方。他實在是忍不住了。

「太陽靜止了，地面不見了！加持先生，這裡到底是什麼地方啊？」

忍不住向再度開始廝殺的對手問道。

「朗基努斯之槍沒在繞行！膨脹的月球也不見了！」

『——這裡沒有月球喔。』他以輕佻的語氣回答問題。在雷射轟炸讓大氣離子化所導致的電磁干擾之中，加持以斷斷續續的聲音回答。

『這裡的月球——衛星，在太古時被送去撞擊地球，作為讓你口中的月球產生的材料與能量唷。』

霎時間，無法理解他在說什麼。與真嗣的認知銜接不上。

「咦——這裡是——地球……」

朝著困惑的真嗣，加持的容器把話說下去。

『光是衛星的質量還不夠，所以也從等實驗結束後就不需要的這塊場地上，挖了不少地面去拼在衛星上的樣子。因此地面才會是這樣，由於沒有月球，所以花費漫長的時間停止了對太陽的自轉——這樣就行了吧？』

在插入栓內，ＬＣＬ的流動之中，真嗣忍不住看向卡特爾，但這個綾波也像是無法理解事態的搖頭。

「我想問的是，這裡是地球的哪裡？為什麼會變成這種狀況！」

『這裡不可能是地球吧。』

「——什麼！」對真嗣來說，這與其說是驚訝，不如說是他不想聽到的答案。

因為他早有預感。當沒有在天上看到應該是作為絕對性的存在繞行天空的朗基努斯之槍時，要說他沒有預料到這裡不是地球是騙人的。

不對，就算是這樣——「可是這裡有空氣——也有重力……！」

『因為這裡是實驗場地，為了補完計畫所準備的地球模擬器唷。這樣啊——你是在不知道這件事的情況下來的啊……你們到這顆「蘋果核」來有什麼事？』

「蘋果核……？」ＳＥＶＡ再度降落，在根據反映觀測地形情報的新地圖躲進地形裡後，立刻改變位置——緊接著。

轟隆！脆弱岩山在0．0EVA變異體的伽馬射線雷射照射下爆炸，讓S EVA蒙上大量沙塵。為了得到充分的通訊速度，彼此連上的使用頻寬使用了相當高的頻率，所以能輕易偵測到發訊方向。

『……請等一下！什麼模擬器還是核的——不對，我不是要問這個！你說這裡不是地球……那地球在哪裡啊！』

根據真嗣的聲音，0．0EVA變異體配合著躲在地形裡的S EVA的移動，緩緩轉向。在胸部裝甲上，抱著特洛瓦站著的加持容器將藏在大衣裡的右手高高舉起，指著在天上不動的太陽。「就在那對面。」

「永遠被太陽隱藏著，無法看見。你至今所處的地球就在隔著太陽的正對面。而你現在正待在另一個地球上——對了……就算在哪裡發現插座，也要注意一下方向啊。」

真嗣他們聽不懂這種老電影的笑話。

加持的容器咯咯笑起，補上一句話。

「歡迎來到蘋果核——別名為樂園『伊甸』。」

『你在說什麼神話故事啊？』

「這裡是人型所創造出來進行測試的樂園遺跡，聽起來的確有點神奇呢——這裡的地面與月

球聚集起來，撞擊在地球上了。也就是說到頭來，吃了蘋果的可是地球啊，很好笑吧。」

加持的容器忽然收起表情，在特洛瓦耳邊低語：「——跳吧，碇的人偶。」

聽到耳語的綾波零No.特洛瓦震了一下，開始轉移。趁著無法理解意思的真嗣還在混亂時，0・0EVA變異體放棄戰鬥，開始移動，倏地沉入地面之中。

『這個場所的「聯繫」變得又薄又細這點，你在來的路上有感覺到吧。我來補上最後一刀切斷，失去回去道路的你就在這裡等死吧。』

「啊！」聽到加持突然丟下的這句話，真嗣慌張起來，但已經太遲了。

當超級EVA從山脊後方飛出時，0・0EVA變異體早已消失無蹤。

「卡特爾，快追！」

「沒辦法，不知道他們去哪裡了。要是再靠近一點，就能與『流向』同步——」

咚滋滋！SEVA揚起塵沙落地。

「嗚——哇！」

舉起的拳頭與驚愕的激動情緒，無論哪一邊都無法放下的真嗣吼叫著。

「那就立刻回去！他真的會讓我們回不去唷！」

在零（特洛瓦）從眼前消失後，零（卡特爾）激動的情緒便迅速冷卻，看來在剛迷失到這個世界時的無意義問答，似乎又再度回到兩人之間。

真嗣差點再度發飆。不過他搖了搖頭——等等……冷靜下來……

因為宣洩憤怒的對象離去，ＱＲ紋章的侵蝕也總算平復下來。要是受到恐懼與憤怒驅使，就會再次遭到那個漆黑板子的黑暗吞噬。

ＱＲ紋章刺在ＳＥＶＡ的胸口上，原本在那裡的心臟被奪走了。

他說月球被從這個已知不是地球的世界奪走了。

火星級的行星撞擊地球，當時飛散的碎片形成月球。這個假說在以物證補完的現代，逐漸成為月球起源的定論。自古以來就眾說紛紜的衛星（月球），近年不論是在物理性上還是生態系上，終於都逐漸證明它對地球來說是決定運行與環境節奏的重要節拍器，也就是地球的心臟。那顆撞擊地球的行星，就是這個世界的月球嗎？

在失去星球的心臟而靜止的場所，有著一樣被奪走心臟的真嗣。

除了自己等人以外的活動物體離去，這個場所再度歸於寧靜。

真嗣讓超級ＥＶＡ往飛起時能看到地面中斷的場所移動。藍黑色天空從水平望去是一面美麗的深藍，而在來到俯瞰角度後，就變成一面漆黑的星空。

很久以前當人們還認為地球是平的時候，在世界想像圖上所謂的世界盡頭，要是有的話，

一定就是這種景象吧。腳邊的懸崖是外傾岩壁，無從得知下面是怎樣的情況。不過，在遙遠的下方，有著覆蓋雲層的結構，ＳＥＶＡ用腳踢落的石塊朝著那裡掉落。

「……等等喔？」從激動情緒中清醒過來後，他注意到一件不自然的事。

成為SEELE的加持容器如果目的是要將真嗣他們孤立在這個世界裡封閉起來，或是要讓他們跟著這個世界一起消滅——「為什麼要特意跟我講啊……」

■總司令的歸還

伊豆半島的根部，平均下陷沉沒了將近四〇〇公尺在海中。

就在這個新海峽，擁有NERV JPN的箱根山火山臼於海面正中央形成一座島嶼。在大下陷之際，地盤以逆時鐘轉了十五度，讓東西南北的基準亂掉了。不過在奇蹟般的幸運之下，火山臼內的地盤在大下陷時幾乎沒有傾斜，保持著水平下陷。

「幸運？別開玩笑了，火山臼地盤整個往東傾斜0.4度很嚴重耶。要讓粒子加速器與超平滑工作樓層恢復水平，可是忙到了今天早上。妳想聽看看變形打不開的門有幾扇嗎？」

從難以安排到ＶＴＯＬ機的濱松花費兩天時間抵達後，美里等人對眾人平安無事表達欣喜，摩耶則回以這句話。

美里苦笑起來。「就拜託妳了，我會立刻想辦法避免儲備物資耗盡的。」

地盤在最初的劇烈搖晃後，似乎是緩緩下陷。

但死傷人數不是零，出現大量傷患，死者也達到兩位數。最令人痛心的是失去了道路與鐵路。

這裡沒有機場也沒有港口。確保大量修復資材的物流動線是當務之急。

「歡歡歡歡迎回來！」在戴著工程安全帽的日向衝進指揮所之後——

「回來啦。」「冬月副司令，給您添麻煩了。」

美里向跟著走進指揮所中甲板的冬月低頭問候。

「日向也平安無事真是太好了。話說回來，湖裡的那個是什麼啊？」

「妳看到啦。」

從水位下降的蘆之湖湖面中，突出了一個像是巨大蛋殼的曲面體。

猶如彩色玻璃般透明，上頭開了個圓洞，裡頭裝滿從洞口流進的湖底沉積物與砂土。看來是正要調查吧，鷹架剛組到一半。

「一切不明，什麼也不知道……不過。」日向說道：

「不過，外徑跟舊Geofront的時間停滯球完全一致——」

他看向摩耶，而她接著說明。

「這雖是沒有確證的推測，但假如就跟黑色阿爾瑪洛斯所傳達的一樣，世界是為了補完計畫不斷重複的存在——那個便是從舊世界來到這裡之前的莉莉斯容器——『上一個』時間停滯球的殘骸也說不定。」

「停滯球……有殼嗎？就跟蛋一樣？」

「完全不明，就連湖裡的那個是物質，還是穩定狀態的空間扭曲都……」

冬月對摩耶的回答作了補充。

「說到底，在第三新東京開工之前，本來就有對周邊的地底，甚至湖底進行過全面感測了，但這是當時完全沒發現的東西。」

「很堅固——或是說，就連能不能傳達衝擊都無法判斷。」

「日本政府的轉移計劃組被箱根的下陷嚇到，退回去松代了。剛好跟你們交換。當中好像也有團隊想把那個改裝成避難所，但作業中止，從中挖出一把混在砂土裡的巨大弓型物體，說是要代替運費地交給了我們……」

摩耶朝中斷發言的冬月聳了聳肩，「詳細不明～或者該說是廢鐵。」

■世界認知

ＳＥＶＡ向右看著這個巨大懸崖的邊緣持續飛行，結果大約在兩天半後發現了自己留下的足跡。也就是說他繞了一圈，回到原本的所在位置。看來這就是這個「世界」的樣子。真嗣的腦海中，浮現以前在歷史課本上看過的中世紀以前的世界地圖。

「感覺就算是大航海時代之前的人們，宇宙觀也沒有這麼隨便吧。」

看來目前所處的地方，是一塊乾枯且最大直徑約五千公里的大陸尺寸臺地——

「沒有像是能下去懸崖的地方啊。」真嗣之所以會這樣喃喃自語，是因為他開始在意起由高度恐怕有數千公里的外傾岩壁支撐的大地底下。

「有水的味道——不覺得嗎？」

卡特爾沒有回應他這句非理論性的發言。

儘管如此，考慮到她曾在短時間內非常合作，而且要是沒有她的協助，就無法讓ＳＥＶＡ現在的心臟活性化，應該連要以飛行進行地形勘查都辦不到。

實際上，緊急口糧與飲用水也不知道能不能再撐兩天。一旦生存面臨危機，不想回去原本世

界的零（卡特爾），說不定也會命令ＱＲ紋章進行回歸的轉移跳躍，他心中同時有著這種盤算。

超級ＥＶＡ再度從那個超出常識的懸崖邊往下望。就這樣不停地往下望後，終於在腳邊的遙遠下方，看到一塊覆蓋著雲層的陰暗塊狀物。

由於ＱＲ紋章侵蝕而活性化後，ＳＥＶＡ的損壞部位有幾處完成自我修復，等注意到時，左眼已經恢復視力。用雙眼仔細觀看，真嗣發現在雲層的遙遠對面，能看到一塊隱約帶著玫瑰色的鋸齒狀輪廓。

當他看出現在所處的大地與陰暗塊狀物，還有對面的紅色輪廓是排成一直線的位置關係時，腦海中忽然閃過加持所說的「蘋果核」這個詞彙。

「果核……啊。」真嗣腦中浮現某種啞鈴狀的行星——

——就物理學來講這樣很奇怪吧……這種形狀姑且不論小行星，在能感到１Ｇ的行星規模下，即使形成堅硬的岩石塊，以行星規模來看也跟液體差不多，照理說應該會被自重壓垮收縮成球型。

「假設……」——假設自己現在的所在位置，是吃完蘋果之後的蘋果蒂，那麼眼前看到的會是什麼——如果懸崖底下覆蓋雲層的暗處是蘋果的中心、吃剩的種子部分，那麼在對面看到的便是——

「蘋果核的對面……那邊該不會也有一塊大陸吧？」

有如鋸齒狀花瓣的大地。

倘若這邊一直受到日照，對面就一直都是夜晚的世界吧。

「卡特爾，妳覺得能飛到對面嗎？」

綾波零No.卡特爾無精打采地以一副怎樣都好的感覺回答。

「飛過去做什麼？」「那個……」

當前有必要跟這個不合作的綾波No.卡特爾好好相處，所以真嗣重新想了一下要怎麼說。

「妳打算帶我到『盡頭』吧？世界的盡頭說不定就在對面啊。」

——想過的結果就只是這樣啊。話才剛說出口，真嗣便立刻對自己一下就會被看穿的膚淺話語感到後悔。然而綾波零No.卡特爾卻回答了。

「那個能在途中看到的場所、雲層覆蓋的地方有著強大的重力峰值……看起來不像是質量聚集所作用的重力，而是以作用的重力將質量連接固定起來的樣子。」

「所以會怎樣？」

「靠近的話，會比地球的表面重力還要大，一旦被吸過去，能否脫離還是個未知數，如果要飛去對面，就得好好避開，不要靠近眼前的那裡。」

她沒說會掉下去。

「——那就飛吧。」

「……認真的？」

「是啊——卡特爾，助我一臂之力吧。」

真嗣沒有注意到，但卡特爾困惑了——困惑到最後……

「——好的。」她這樣回答。

綾波零No.卡特爾在獲得自我以來，總是不斷地在譴責他人，或是被他人譴責自己。然而被人拜託的經驗，包含還是特洛瓦之中的統一存在時在內，這其實是第一次。

卡特爾根據S EVA在修復後仍有點脆弱的光學觀察機器算出距離，由預測到0．0EVA變異體出現的量子流動傾斜儀的紀錄讀取出偏重力分布。

距離懸崖下被雲層包覆的中心約有六三〇〇公里，對面也幾乎是相同的距離，也就是從這裡算起的兩倍距離一二七〇〇公里的對面有著一塊紅色大地，經由數次的計算得到這個結果。

這跟地球的直徑幾乎相同。

一如加持所言，是吃剩的「蘋果核」，這似乎就是這個世界的模樣。

奇妙的是，這顆蘋果儘管被吃掉大部分，依舊有著跟地球相同的重力(距離)。

「就跟高度五〇〇〇公里的傘一樣。這塊大陸為什麼沒有垮掉？無法理解……」

卡特爾一面這樣碎碎念，一面開始計算能抵達對面那塊看起來像紅色的大地，不會中途墜落的彈道。

「能飛喔——能好好飛過去……不過這整顆行星確實有某種奇妙的力量在作用著……」

■大陸間次軌道飛行

前往對面大地的跳躍成為一件要持續飛行數小時的大工程。

途中經過被雲層覆蓋的中心部時，能從雲縫之間看到漆黑的表面。

「是海洋呢……就像顆球一樣——」

考慮到一旦離開地面，途中將無法取得ＱＲ紋章的能量供給，所以最後決定不進行單純的次軌道飛行，而是選擇在途中一度降落的一種重力助推方式，因此靠近了中心部位。

「騙人的吧……剛剛有什麼在動！有什麼掀起了能在這種高度看到的大浪？」

「……一般在高重力下，生物照道理來講應該會變小……碇同學，要加速了——軌道曲線底部，標記！」

真嗣靠著Vertex之翼展開的領域，用力踏著中央部的大氣上層飛起。

「機體好重——！」

越過中心時，他也理解了對面大地是紅色的理由。

道理就跟月蝕是紅色的一樣，至今所處的太陽側大地的大氣與中心的雲層吸收藍光，能穿透過去抵達夜晚側大地的光是宛如黃昏的紅光。

在繞到被晚霞照得有如紅色巨大蘑菇的這塊大地上後——

「快看，卡特爾——」

夜晚側大地的邊緣，樹木為了獲取從下方照來的夕陽光芒伸展枝葉，形成一片一望無際的大森林。

SEVA一個踉蹌——飛越中心的安心感讓他達到極限。當超級EVA啪咔啪咔地撞倒樹木著地時……

「嗚——哈、哈！」

真嗣為了飛行一直維持的集中力中斷，就像一整天沒呼吸似的氣喘吁吁，整個人搖搖晃晃地排出LCL，打開艙口。

插入栓滑出機外——流進來的空氣很濃郁——帶有濕氣。

就連觀測外部環境的程序也省略，他深深吸了一口氣。這裡的空氣為什麼不會通通掉到那個中心裡，則又是一個謎了～當這裡充滿芬多精氣息的空氣沁入真嗣的肺腑之後，也讓他自覺到自己因為疲勞而變得有點興奮。

「卡特爾，下去看看吧。」那是一片不可思議的光景。

與太陽側大地顛倒，陽光這次是從懸崖下方照來。

這些光將夜晚側大地的大氣染紅，突顯出樹木的漆黑輪廓。

——總覺得，這道黃昏的光……很眼熟——

從SEVA手上下來的地面上，真嗣忽然留意到某種有規則性的物體。追尋般望去後，在樹木的陰影裡、雜草堆中發現了生鏽的——

「金屬……——是鐵軌嗎？」看來真嗣找到了廢棄鐵路吧，以狀況來說是這樣。不對，這種時候該說是「發現到文明的痕跡」吧？

只不過，要是完全相信加持容器的說詞，這裡有著什麼東西的時間點應該是行星時間規模的太古時代。裸露在外的金屬鐵軌頂多就是維持住形狀——

當他碰觸到布滿紅鏽的鐵軌時——

「啊！」

叩叩、咚咚——腳邊有節奏的搖晃，讓真嗣忍不住抓住吊環。

「咦！」他連忙環顧四周。

他站在行駛中的列車裡——叩叩、咚咚——

等注意到時，只見一名男人正坐在前方的長條座椅上。儘管對方連頭也不抬一下，但真嗣認得那副肩膀。

「真嗣——還能繼續嗎？」對於男人的詢問，真嗣不知為何很自然地回答。

「還能繼續……還沒有結束唷。」

「開拓道路也會無法停止的。」

「沒關係……我煩惱的反倒是完全沒有能筆直開拓下去的感覺啊。」

「——這樣啊。」在灑落的夕陽中，真嗣不可思議地與父親平靜交談。

直到方才所發生的事情從意識中消失，他放開吊環，要坐到父親身旁時——

「碇同學……！」有人從身後抓住他的手呼喚著。

真嗣嚇了一跳，轉頭看去。

「卡特爾——……！」他之所以驚訝，是因為那個穿著高中制服的綾波並非應該跟他在一起的綾波零No.卡特爾，而是一眼就能認出是已經死亡的零No.珊克。

稍微高了一點，舉動也顯得有點成熟的零。這樣的她在注視他人的視線中，帶著急迫的表情。能做出這種事的，在四個綾波之中果然就只有她一個。

「珊克！」

綾波零No.珊克。真嗣喊出在地球與月球之間的寂寞空間裡悽慘消失的綾波之名。然而——不對，她是……被加持先生操控的綾波No.特洛瓦嗎？

真嗣一時之間也曾這樣想過。因為在珊克死亡時，她的記憶跨越遙遠的距離，流入作為主體的綾波之中了。不過跟加持在一起的特洛瓦穿著黑色禮服，更重要的是她拒絕像這樣自主行動……不對，是彷彿感到倦怠似的放棄了——那麼，她果然是珊克嗎？

然而她沒有給真嗣陷入混亂的時間。

搶在真嗣詢問之前，珊克用力抓住他的手腕。

「不能在這裡久待！姑且不論身體在那邊世界的時候，在這邊的當下要是被其他的意念深深捲入，會變得回不去的！」

可是，充滿夕陽的車內、鐵軌接縫刻劃在車廂上的節奏聲，全都讓人感到懷念，沒有任何暗示危險狀況的存在。反倒充滿著遙想回憶的幸福感……

「——呃！」珊克在握住手腕的手上施力。疼痛將真嗣拉了回來。

「就說會回不去的……！快想起來自己現在在哪裡，真的是在這種地方嗎？」

這種地方是指這輛列車？還是指這顆行星——？

「——對了，我現在正跟卡特爾在奇怪行星的大地邊緣……注視著生鏽的鐵軌……」

當他抬起頭，露出想到答案的表情時，珊克就像母親般瞇起眼睛微笑。

「再見了，碇同學——」

「珊克——妳……」那個綾波有點依依不捨地放開真嗣的手。

她垂下眼簾，「再見了……雖然不知道會是以怎樣的形態——嗯。」

她下定決心似的抬頭後，朝著遠方呼喚。

「卡特爾！被恐懼擺布的我！妳在附近吧，快把他帶回去！」

等真嗣回過神來時，列車早已消失，在生鏽鐵軌間正要跑開的他被穿著工作服的綾波No.卡特爾拉住背後的手制止了。這裡是永遠黃昏的森林之中。

■永夜大陸

在這塊夜晚側的大陸外圍，黃昏世界的植物似乎是一般會進行光合作用的植物，就真嗣他們看來也是能稱為樹木的形狀，但在前往照不到陽光的大陸深處後，情況便相當不同了。

白色植物的森林，不對，是菌類吧，看來廣泛、深入且寂靜地覆蓋著一層似乎不太需要光的生態系。這裡之所以沒有一片漆黑，是因為有著不知是從大陸邊緣導光，還是自行發光的發光植物，並在周圍形成了積極進行光合作用的生態群。這些植物散發著五顏六色的光芒，或是在照耀下透著淡淡光暈。

經過四次痛苦倒下的失敗，在第五次發現到能吃的果實，現在ＳＥＶＡ裡的真嗣與卡特爾正一面吃著果實，一面俯瞰著發光的植物群落，在夜晚側的大陸深處飛行著。

宛如夜市一般。

「總覺得就像是在祭典途中，用魔法把人變消失了一樣。」

真嗣在喃喃自語後，發現綾波No.卡特爾直盯著他的臉瞧，突然感到很難為情。

「就、就是很熱鬧，但是非常安靜──我只是想這麼說啦。」

「──魔法？」

「這樣啊──」綾波咬了一口紅色果實。

真嗣會說「就像是把人變消失了一樣」，是因為這裡充滿著某種氣息，說不定就像那條鐵軌一樣，這座森林底下也埋著某種東西──不對，想必真的埋著吧。

有棵巨大的樹木。光是突出樹海的高度就將近有ＥＶＡ的五倍。

所有的樹枝像是掛著成千上萬的燈籠一樣發光著。真嗣瞇起眼，以可見光外的波長看過去，

發現發光的並非那棵樹，而是以那棵枯萎巨木作為聚落的攀緣植物的花朵。

「在設施時——我曾在一本剪貼畫的繪本上看過像這樣發光的樹木唷——不過這棵樹已經枯萎了，不曉得還活著的時候是怎樣的一棵樹啊？」

「那個繪本……」卡特爾被這句話引起興趣。

「咦？」

「是你喜歡的繪本嗎？」

他稍微回想了一下，「不太記得了，恐怖但很漂亮。」

「恐怖但很漂亮——」卡特爾只懂得當中的「恐怖」。因為這個不配合的綾波——在反叛後一度殺死真嗣的她——自我是基於恐懼形成的。

不過出乎意料的，是那個與恐怖搭配的詞彙讓她有了某種感觸吧——

「那麼，那個也是『恐怖但很漂亮』吧。」

就連地球最大的紅杉類巨木看起來都像是小樹的威容，在黑夜裡高舉著閃亮的立體星座，讓卡特爾在S EVA繞行期間一直用眼睛追隨著。

就在這時，那個警報聲響起了。

兩人猛然回神，超級EVA降低高度，改為進行警戒機動。

然而偷偷靠近後所發現的卻非加持與特洛瓦的0．0EVA變異體，而是彷彿深深躲藏在白色菌界森林裡站著的一架天使載體。

■白色守護者

佇立在深綠之中的白色巨人。

帶有翅膀與兩座QR紋章的天使載體（III型）。

它的胸口沒有繭，在肋骨包住的空間之中，飄浮著裸露在外的使徒幼體。

它所帶有的使徒幼體，是顆不時倏地浮現干涉條紋然後消失的黑球——

「雷里爾……！」

看得到的那個模樣本身是影子，本體則是潛伏在虛數空間吞噬一切的那傢伙的迷你版。將那顆黑色小球狀的使徒收納在胸口裡的天使載體，宛如遺跡一般地站在巨大植物之中動也不動。即使更加靠近也沒有反應。

——載體死了嗎？

但QR紋章沒有破損，只是漆黑一片，紅色紋路消失了。

真嗣所知道的雷里爾，是在國中時代將初號機與自己吞噬的那傢伙。裝在天使載體繭中的雷里爾，真嗣並未見過。當時的他已經死了。正確來說是在他被伽馬射線雷射蒸發得無影無蹤，作為超級EVA誕生之前發生的事。

根據日後聽到的狀況說明——當時明日香的EVA貳號機應該用朗基努斯之槍漂亮地刺穿天使載體的繭，載體卻利用繭中的雷里爾——那個黑色虛數空間的身體吞噬朗基努斯之槍，巧妙地奪走它後當場消失無蹤。

就真嗣所知，朗基努斯之槍有兩把。

現在像是要圈住地球般繞行的朗基努斯之槍，是在三年前迎擊亞拉爾時，零的零號機進行長距離對空投擲後，遠遠飛到月面上的槍。

另一把則是在舊本部戰時，偽裝成群起攻來的量產型EVA所持有的武器，在補完計畫的最終局面貫穿作為祭儀犧牲品的貳號機胸口的槍。這把由NERV JPN保有。而被雷里爾奪走的就是這把。

後者的槍是複製品，被視為SEELE所製造出來的原版複製品。

當時碇源堂也為了避免SEELE主導補完計畫，將槍遺棄在難以觸及的場所——就結果來說是在月球上，然而SEELE卻準備了複製品。

「也就是說……這是怎麼回事啊……」真嗣思考著。

從貳號機——人類的手中奪走槍，恐怕是黑色巨人阿爾瑪洛斯的意思吧。

——假如從人類手中拿走後，擺放到高處收起它的架子就是這個「蘋果核」——0・0EVA變異體出現時，變成SEELE的加持先生在這個世界找著什麼東西。

而且還為了將真嗣他們趕出這裡，特意預告要切斷通往這個世界的道路。

「加持先生是在找這架天使載體，還有雷里爾——因為『槍』就在雷里爾體內……SEELE所複製的朗基努斯——」

■前往最終作戰的招待

紅色巨人Crimson A1——明日香EVA整合體，今天也從修復作業中的都市地區來到真嗣的西瓜田，在空中小跳步著地。

就在她為了避免擋到陽光，要在北側坐下時，發現了在田裡動來動去的圓形物體～小不點零No.希絲與來澆水的N型機器人——看來她似乎認為那是害蟲，靈巧地捏起，用手指彈飛。

——乓，噹！火山臼迴盪起噹噹回音。因為地球直徑收縮，讓第二宇宙速度也下降得差不多，N型機器人程度的物體有點簡單地成為了宇宙旅行者。

「不行啦～！」「汪！」在明日香EVA整合體腳邊揮著雙手的希絲與狗的抗議之下，剩下兩臺嚇得到處亂竄的N型機器人才免於變成星星。

箱根山火山臼上稜線較為筆直的山脊，從南側的大觀山到白銀山為止的這個地方，在外輪山內側成為聯合國租借地之前，也曾有過公路之類風光明媚的兜風路線。

這裡的山脊頂部在希絲操縱的F型零號機以「天使脊柱」進行水平射擊之下無情粉碎。以絕對領域整平後，打進無數個單分子振動帶的基礎，不足的部分則把挖掉的砂土用絕對領域固定成形。靠著連夜趕工漸漸生出四千公尺級的飛機跑道。

這裡就暫稱為〈大觀山機場〉。不過這座新機場沒能趕在NERV JPN總司令葛城美里自聯合國會議歸來之前完成，讓她搭乘重型VTOL，在堆滿本部基地的預置物資而變得十分擁擠的直升機停機坪上降落。

鈴原冬二代理副司令在此迎接她。

「總司令，辛苦妳了，廣島的大和好像要在月底來換裝N²反應爐，給他們本來第二發電廠計劃要用的那顆可以嗎？」

「必須大手筆一點才行呢。要是像這樣災害頻傳，能行使的強權也有限唷。」

「那麼。」冬二進入主題。

「安全理事會對於歐盟的那項作戰……」

「承認了喔。目前正在挑選開戰候補地點——也向我們提出請求了。」

「畢竟已經證實能用ＳＥＶＡ的複製心跳聲把它們引來了呢。」

站在前頭的冬二推開起降場的大門。美里穿越門口，脫掉一直被風吹著的軍禮帽。

「被心跳聲引來的阿爾瑪洛斯眷屬一定會現身，我方能自由設定戰場、盡情設置迎擊的陷阱，敵人也絕對會自投羅網，我想這大概是無庸置疑的吧。」

■真嗣的世界

「找到了啊。」

當加持的容器在夜晚側的大陸操控著0．0ＥＶＡ與綾波No.特洛瓦，終於找到雷里爾的天使載體時，已經過了半個月以上的時間。正要靠近那個白色巨人時，加持之中並非SEELE，反倒是加持自己的謹慎發出了警告。

他眼尖地發現超級ＥＶＡ踐踏過～儘管真嗣有隱藏～的痕跡。

他方才雖然命令懷中的特洛瓦讓０．０ＥＶＡ變異體靠過去，現在卻要她張大翅膀向前拍打，靠著產生的力場讓這架異形巨人在空中緊急煞車。

「源堂的兒子……察覺到了啊。」

加持的容器摸著伸長的落腮鬍環顧四周。

然而沒有從雷里爾體內取出槍的跡象。這個使徒基本上只會吸入物體，要是違背這個不可逆的過程，硬是從中取出什麼東西，就會噴血死亡。

周圍沒有Ｓ　ＥＶＡ的氣息——真嗣在想什麼？

「妳知道源堂的兒子打算做什麼嗎，人偶？」

綾波零No.特洛瓦被加持的容器從身後抱著，站在０．０ＥＶＡ變異體的肩膀上，似乎因為幾乎不眠不休操控ＥＶＡ的疲勞，以及些微發燒而泛紅著臉。

「——我不知道。」

特洛瓦以一臉恍惚的表情回答，讓加持的容器嘖了一聲。

「妳還真是無趣呢。」

加持在其他地方也發現Ｓ　ＥＶＡ的足跡。他將這些痕跡連接起來，推測著真嗣的行動。特洛瓦的喃喃自語遭到無視，她卻依舊如發燒囈語似的繼續說下去。

「我不知道——因為他逐漸離我遠去了……——我……」

——我愈來愈像他的母親，究竟會讓他疏離，還是會讓他期待……總之無論如何都無法讓他認為我有著其他人格……但我沒有傳達自己在這裡的手段——

「就像是倒退飛走一樣……是在四、五天前吧——算了。」

當他能保證難以應付的謹慎——屬於加持的這個部分終於妥協，0・0EVA靠近天使載體。

在讓EVA右手的伽馬射線雷射砲充能完畢後——

「動手！」隨著加持的容器命令，零產生反應，0・0EVA將左手用力刺進雷里爾之中

——載體隨即有了動作。

被認為死後變得像石頭一樣的QR紋章恢復原本顏色甦醒，看來似乎是這樣的機關。

就在載體伸出右手抓來的瞬間，0・0EVA變異體抬起右臂——

——滋砰！幽暗的菌界森林瞬間亮得有如白晝，伽馬射線雷射將載體其中一邊肩膀上的QR紋章粉碎了。

載體承受不住衝擊，跟著胸口的雷里爾一起向後退開。0・0EVA變異體順勢從雷里爾體內咻溜地抽出左手，那隻沾滿鮮血的手上正握著一把槍柄。

能貫穿一切物體的絕對之槍——開啟人類補完計畫的主鑰——朗基努斯。

「很好，就這樣拔出來！」長柄哧溜溜地被拔了出來。

「黑色巨人——這個沒有時間與效率的概念，光是個子大的混帳齒輪——對於補完計畫本來原始要素所沒有的東西，即使有用也像是毫不在乎，是當我們為了製造這把複製品花了多少工夫啊？」震動著空間，充斥周遭的刺耳高頻率聲音，是被撕裂的雷里爾發出的臨死慘叫。

「總之這樣一來，就不用再留在這個地方了。」

就在這時。

「啊……」被加持抱在懷中的綾波零No.特洛瓦露出微微驚訝的表情。

在雷里爾的慘叫聲中，一個緊握著槍的拳頭跟著朗基努斯之槍一起從雷里爾體內被用力拔出，鐵腕及肩膀隨之出現！「——等等，人偶！」

儘管事態出乎意料，加持依舊瞬間識破其意圖並加以制止——卻為時已晚。

「源堂的兒子——！」

——嘎啊啊啊啊啊啊——！

伴隨雷里爾猛然噴出的血沫，在突然出現的弓形頭角之後鏗地開啟的遮罩後方，發光的雙瞳一口氣逼近。

『特洛瓦！快切斷神經反饋！』

真嗣叫喊。超級ＥＶＡ在以左手握住槍，渾身是血地跳出來後，就用緊貼在身上的右手之刀一揮，以龐大離心力將雷里爾的鮮血劃出一道圓環。

０．０ＥＶＡ還不及展開護盾──

──吱嘎！這一刀本該粉碎胸前的ＱＲ紋章。

「啊──！」慘叫的是特洛瓦。加持的容器粗暴地抓住懷中零(特洛瓦)的右手，擋在她胸前，產生反應的０．０ＥＶＡ變異體以相同動作，用右手～伽馬射線雷射砲格開刀的軌道──

雷射砲被劈成兩半，長長的聚焦槍管飛上天空。

軌道被格開的ＳＥＶＡ的刀「婆娑羅」以些許之差沒能擊中ＱＲ紋章──

咚！橫掃過０．０ＥＶＡ變異體的胸部裝甲，留下深刻傷痕後，飛散的碎片劃破加持臉頰，割掉他一隻耳朵。這些事情全在一瞬之間發生──

──咚咚！

脫離雷里爾的虛數空間牢籠，超級ＥＶＡ的雙腳立於大地。

ＳＥＶＡ就這樣順勢撞向０．０ＥＶＡ變異體，從失去平衡鬆開的０．０ＥＶＡ手中把槍奪走，跟手中的刀交換──

只不過，他就這樣從０．０ＥＶＡ身邊跑過，像是在助跑一樣。

「失敗了！第二計畫！卡特爾，要好好幫我計算軌道啊！」

「碇同學才要好好投。」

SEVA助跑著，接著把槍高舉。最後踏出一步，將上半身大幅後仰——

『你在做什麼！』加持的容器慌張大叫。然而無所謂。「去吧！」

——咻轟！

獲得猛烈的初速。發出轟響的朗基努斯之槍輕易擺脫「蘋果核」的重力，轉眼間就消失在星空之中。一切都是瞬間發生的事。

『你這是在做什麼——源堂的兒子。』

「就算你問我在做什麼……加持先生手上有人質吧？」

一旦無法解決0．0EVA變異體，就算取回朗基努斯之槍，要是他以特洛瓦作為人質要脅歸還，便前功盡棄了。

這是真嗣的判斷。但他犯了一個根本上的錯誤。

朗基努斯之槍是地球目前陷入的大災難——地球直徑縮小的根源，要是能讓人類取得其複製品，就不是該說什麼犧不犧牲的事態。

「毀掉補完計畫的時候也是這樣——你就只看著自己身旁的小世界。」

穿著真嗣戰鬥服的零（卡特爾）喃喃低語。現行戰鬥服可以抑制假想值百分之四百級的同步，能防止在雷里爾體內的同步過剩溶解。預想到如今跟ＥＶＡ是同一存在的自己不會再溶解，真嗣便將戰鬥服讓給了卡特爾。

與卡特爾交換衣服，現在穿著工作服的他倘若真心想要拯救世界，在發現雷里爾時，首先就應該立刻把槍奪回，即使得逼迫卡特爾，也要靠著ＱＲ紋章再度跳躍回地球才對。

但真嗣並沒有這麼做。既然知道特洛瓦來了，他就想要將她救回。

結果演變成這個狀況。卡特爾「唉」了一聲，語帶嘆息地說道：

「看吧，結果什麼都沒有留下。」

「要妳管！」真嗣一面回嘴，一面將婆娑羅刀再度換到右手上，以左手握住右肩懸掛架上的另一把刀袈裟羅。

「袈裟羅刀，預備——標記。」

「碇同學，我之前一直認為你錯了。」

鏘——喀噹！

支撐懸掛架的轉臂向前倒，將另一把新型刀從鞘中抽出。

「咦——妳說什麼？」朝著回問的真嗣，卡特爾說道。

「你是因為喜歡才創造出這個不自由的世界呢，你在三年前並沒有錯。」

#4 對稱座標

■大樹之下

「不過，稱不上是聰明喔。」

「這我也知道——大概啦。」

能夠理解但無法接受，對於以這種感覺說出這句話來的綾波No.卡特爾，真嗣這樣回答。

隔著太陽，位在地球對稱座標上的缺損行星「蘋果核」。

在這顆停止自轉的其他天體的夜晚側大陸深處，菌界森林之中，面對兩架巨人，超級EVA用雙手抽出一對新型刀〈袈裟羅、婆娑羅〉。

兩人共乘的插入拴，偶然變成綾波No.卡特爾從超級EVA胸前的QR紋章取出能量，由真嗣操控的形式。

在他們眼前的是兩架敵對巨人。

一架是過去的０．０ＥＶＡ No.卡特爾機，現在由零 No.特洛瓦擔任控制器，對精神被SEELE吞噬的加持唯命是從，異形怪狀的０．０ＥＶＡ變異體。

另一架是左肩損壞的天使載體Ⅲ型，腹部帶有的使徒雷里爾幼體雖然在虛數空間內的槍被拔出後死亡，白色巨人卻未停止機能。

「左肩沒有ＱＲ紋章，是加持先生破壞的嗎？我們被雷里爾吞進去時明明毫髮無傷。」

「……不過，現在載體會聽從那個SEELE的命令。」

「妳確定嗎？」對於真嗣的疑問，卡特爾說出她在賽普勒斯的體驗。

「那個SEELE能控制他所碰觸到的ＱＲ紋章，當那架０．０ＥＶＡ還是我的身體時，也是這樣被他奪走的。」

問題所在的槍——在這個世界的盡頭，藏於使徒雷里爾幼體之中的朗基努斯之槍複製品，被真嗣丟棄到宇宙了——然而……

『你以為這樣就能騙過我嗎？』加持的容器傳來呼喊。

『朗基努斯之槍終究會回到地球，你給予了它會在幾個月後抵達地球的軌道。』

「——一下就曝光了……」

在超級ＥＶＡ的插入栓內，卡特爾在真嗣背後喃喃說出這句話。

「可、可是，總比被當場奪走……」

見真嗣沒有對外回答，保持沉默，在全像顯示上放大的加持便舉起右手，朝著自己抱在身前的零No.特洛瓦的纖細脖子——用拇指與中指掐住她的頸動脈。

『我就依照你的預測，殺掉這個人偶喔。』

「！」「別慌——」卡特爾制止焦急的真嗣。

她特意打開頻道，讓通訊發出自己的聲音。

「他做不出這種事。他只能存取QR紋章，無論是單獨跳躍，或是不經由適任駕駛員操縱EVA，那個SEELE都辦不到，要是能的話他就自己一個人來了呀。」

『咯咯——但是真嗣，源堂的兒子啊，你覺得現在的地球還有時間在那慢慢等著槍從宇宙的另一頭回去嗎？』

實際上，這也是真嗣最在意的事。

「蘋果核」，被SEELE吞噬意識的加持容器，也將這個停止自轉的世界稱為補完計畫的實驗場地伊甸。真嗣與卡特爾來到這個畸形的其他天體已過了半個月以上。跟如今正在日益崩壞的地球相比，這裡雖說是異界，但還真是和平啊。

然而地球就連在這段期間——

『今後會發生的事情非常單純。』加持的容器說道。

『充分膨脹的月球會靠向地球，直接吞噬大地與海洋。』

——什麼！真嗣忍不住與卡特爾面面相覷。

「——！這難不成是……」

黑色巨人阿爾瑪洛斯經由綾波之間的精神連接，不只一次宣告過的話語——

『沒錯，是「大洪水」。』

「載體動了……！」卡特爾低語似的說道。天使載體飛越0．0EVA變異體，用手中杖狀武器的槍尖向前刺來。

——這要是真的，我們究竟能做什麼啊——

包含SEVA在內，如今在場的三架巨人早已獲得，或是被強行植入阿爾瑪洛斯鱗片——QR紋章，並以此作為動力源運作，這只能說是諷刺了。

讓人覺得「無論怎麼掙扎都逃不出它的手掌心」。被賦予QR紋章的下場是以凶惡力量換來日益遭到汙染，並不時成為阿爾瑪洛斯話語的代言人。除此之外，不管是成為敵人或夥伴，對甚至能創造天地的存在來說根本無關緊要吧，毫不介意的感覺令人害怕。

載體手中的杖狀武器前端，有如裝上刀刃的刺叉（註：日本江戶時代，捕快用的逮捕工具，外型是在長達2～3公尺的木棒前加裝U字型的鐵叉）狀槍尖帶著類似絕對領域的護盾使出的突刺攻擊，

掠過了ＳＥＶＡ。

之所以在千鈞一髮之際才避開，為的是要以我方的反擊回攻，用這把新型刀——

「好，展現威力吧！」

以左手刀將對手的突刺往側面格開，將右手刀刺出。

突破音速的刀身卻沒能貫穿天使載體的護盾——在撞擊護盾的瞬間反倒產生斥力，咚地彈開。

「呃……！」載體從ＳＥＶＡ身旁穿過，一面撞開散發朦朧白光的菌類樹林與地面，一面著地。真嗣朝後方大跳，拉開距離。

「跟說好的不一樣啊……！」

雙刀架裟羅、婆娑羅的裝置名稱是領域劈裂者。

遺憾的是，以渾身力道刺出的新型刀並沒有發揮一如其名的效果。

真嗣隔著螢幕看向手中的刀。

「沒開鋒嗎？這刀！」

『你拔出兩把刀了吧，真嗣。』

子視窗開啟，突然響起不在此處者的聲音。

「摩耶小姐！」

『這是錄影。我沒空準備說明書，就以口頭隨便說明了。』

子視窗裡的摩耶說道。

『新型刀要是有效便罷。一旦無效，請立刻把刀收回鞘中，之後就會想辦法處理好的。』也太隨便了。

看來是有什麼辦法吧，真嗣讓ＳＥＶＡ把雙刀收回肩上——

「你在做什麼！」待卡特爾質問，他這才猛然回神。

ＳＥＶＡ現在手無寸鐵。摩耶的聲音隨即又補上了一擊。

『雙刀的再調律需要兩百零一秒，請注意。』

「什麼！」要在這種狀況下赤手空拳三分多鐘，可不是鬧著玩的。

ＳＥＶＡ的手連忙握住刀柄，卻拔不出緊緊鎖在刀鞘上的袈裟羅與婆娑羅而感到後悔莫及。不曾見過的立方形視窗開啟，告知關於裝備的某種程序開始。不過他現在可沒空理會。

從非洲出發時，ＳＥＶＡ沒有刀劍以外的裝備。

現在的ＳＥＶＡ有著受到ＱＲ紋章引發失控的危險性，考慮到萬一的情況，美里不允許他在他國領域內攜帶槍械。

要是肩上雙刀被封住，便只剩下右大腿外裝的一把小刀。就在他要連忙將它抽出時——

「碇同學，左邊！」太慢注意到載體的再度攻擊。以低空飛行衝來的白色巨人已近在眼前，這次以連同龐大身軀一起的動能衝撞過來。

無法避開。儘管難受，他依舊展開護盾，但是，「呃！」

在猛烈衝撞之下，ＳＥＶＡ遭到撞飛，於菌界森林留下直線狀的破壞痕跡。

背部撞上起伏很大的地面——不對，撞上的物體粉碎成乾枯的纖維質狀碎片了——是那棵枯萎聳立的巨大樹木的樹根。

有著ＥＶＡ數倍高度的大樹被撞得微微搖晃，樹枝上發光的寄生菌類猶如降雪般地飄下發光孢子。

０．０ＥＶＡ變異體傳來加持的聲音。

『要在過去的〈生命之樹〉下成為屍體嗎？那是代表這個世界的兩棵大樹之一，作為墓碑正好吧。』

相較於天使載體，０．０ＥＶＡ變異體目前尚未展現積極攻擊的態度。

加持的容器所尋找的朗基努斯之槍複製品被真嗣丟棄到宇宙。

——要飛過去追，槍實在太快了，他擅長的空間轉移只能在有大地連接的場所之間跳躍，不可能進行回收，也就是說，操控０．０ＥＶＡ變異體與特洛瓦的SEELE加持先生失去了來到這裡的理由。

但他應該能以行動逼真嗣說出歸還軌道吧，為什麼沒有動作？

「小心……」卡特爾說道。

「０．０ＥＶＡ的右手──被砍斷的雷射砲槍管斷面開始自我修復了……看來是想用被砍斷的長度射擊喔。」

０．０ＥＶＡ的伽馬射線雷射砲要是穩定輸出，會是ＥＶＡ的最強武器。

把我交給載體對付是為了這個啊──真嗣假裝沒注意到而回問加持。

「另一棵代表樹在哪裡？」

『你沒在太陽側大陸的中央看到嗎？那邊風化得很厲害，即使是那棵〈智慧之樹〉也早在太古就枯朽倒下，只留下像是樹樁的底座。』

──智慧之樹、智慧之果、禁果……啊。

如果咬一口就能從這座樂園被驅離，無論再難吃都想挑戰看看的心境。

──對方也在爭取時間。

「既然如此，等到最後被帶入二對一的局面實在很無趣呢。」

把ＳＥＶＡ撞飛的載體在對面站起。

SRM61a 領域劈裂者／袈裟羅刀
■兩把領域劈裂者之一。
會配合對象的領域特性產生侵蝕型的特有
絕對領域。
跟 Vertex 之翼一樣，由實驗運用中
的領域誘發元件構成，能藉由改變
其分子排列進行變更模式的調律。
故以具備再燒製能力
的專用懸掛架運用。
刀身形狀與成對的
婆娑羅刀（SRM61b）
有著些許不同。

姿勢很奇怪，左手就這樣無力下垂。

似乎是在撞擊時，讓本就破損的左肩粉碎了吧。

真嗣也讓ＳＥＶＡ爬起，這次確實地握著小刀。然而載體依舊保持距離，將其強固的能量盾宛如看不見的拳頭般朝這裡發射過來。

「！」見菌界森林的孢子因為壓力而像波紋般地發光起來，讓真嗣注意到它的攻擊——ＳＥＶＡ咚的一聲跳開地面，光之波紋則在下一瞬間抵達該處，產生爆炸。

真嗣回頭瞥看到卡特爾的臉，像是發燒似的，比真嗣還痛苦的樣子。

「卡特爾——妳還好吧？」

「０．０ＥＶＡ在緊急修復時的概算——以槍管在那個長度下的泵作用與收斂率來看，只要遠離三十公里就無須害怕。沒辦法從地平線端進行狙擊……但若是在格鬥戰射程內，焦點熱量是ＭＡＸ的１／４左右，具有充分的威脅性……」卡特爾喘了口氣。

她鼓起胸部，讓肺部吸滿ＬＣＬ，然後緩緩呼出。

「……這架機體——能無限量地注入能量呢……每當進行戰鬥機動，ＱＲ紋章的支配率就不斷地上升。」

「別勉強自己——沒辦法這麼說啊……我也想要能量，真是傷腦筋呢……」

超級EVA憑藉森林的光芒，不斷靈巧地避開載體所發出看不見的拳頭，但最終還是被預測到下一步動作，讓跳躍的著地點遭到攻擊。

一塊巨大岩棚從爆炸四散的地面朝SEVA飛來，真嗣判斷就算是提高輸出的高振動粒子刀，也很難將其一次粉碎，於是把難以像絕對領域那樣控制的QR紋章護盾能量注入小刀——

轟隆——岩棚粉碎了。實質上跟方才載體發出的是相同力量。

「——做得到嗎？」「我來輔助。」

SEVA的雙肩傳來刺燙感——怎麼了？

當天使載體再度以護盾攻擊時，SEVA也跟著發出護盾。

——以遠距離產生絕對領域的要領。「去吧！」

轟地讓森林炸開的相同力量衝突，己方卻因為力量不足而被轟飛了。

「卡特爾！」

「能量跑到其他地方去了！」

突然間，他猛烈感到雙肩在發燙，「是新型刀嗎……！」

「發熱的是新型刀架裟羅與婆娑羅、肩部的刀械組件、護套的內部——狀態顯示是……」

〈實行焠火處理——重新排列刀身晶體。〉卡特爾閱覽著武器視窗。

狀態沒有異常——

「……這把刀大概跟F型裝備與這架EVA的機翼一樣，是採用絕對領域誘發材質……」

「什麼意思！」

「就是將方才沒能貫穿對手護盾的斬擊反映在資料上，當場改變刀的領域特性喔。」

——怦咚——

SEVA像是血流改變似的震動了一下。

「——喝！」

真嗣抓住胸口。QR紋章好難受。

「你看，領域形狀改變了。」

——滋滋滋——

「奇怪——刀的能量消耗量確實很龐大，可是QR紋章積極地要將能量線擴大到刀的系統上……這樣彷彿是——」

地鳴般的聲音，有如小振幅地震般的震動。漆黑鱗片的能量怒濤般地流入雙肩的刀上。

「呃，太燙了！總覺得情況不太對勁！」

「感覺像是要附身在刀上一樣。」

——鏗！被雙肩響起的聲音嚇了一跳。啵♪地發出〈再燒製完成〉的信號。

轉臂再度轉動，抽出燒製完成的兩把刀。

等你很久了！一副這種感覺的ＥＶＡ將雙手在臉前交錯，粗暴握住雙肩上的刀柄。

「怎麼了！」

「什麼？」

「意識和超級ＥＶＡ的動作有誤差。」

搶在真嗣的意識之前，ＥＶＡ就先動起來的感覺。

摩耶的訊息進展至下一個項目。

『冷卻刀身，讓晶體再度固定。如果有河川或海水——』

他沒空聽接下來的訊息，再度遭到近距離攻擊，但超級ＥＶＡ毫不在意地一面倒下，一面拔出雙肩灼熱的袈裟羅、婆娑羅雙刀。

ＳＥＶＡ滾動破壞著菌界森林。真嗣讓雙手分別持有的袈裟羅、婆娑羅在ＳＥＶＡ掌中轉了一圈，改成刀柄在上的握法後，將燒紅的雙刀下向刺進大地。

轟隆！地面膨脹開來——下一瞬間，森林匯集的地下水分便因為刀身傳來的龐大熱量氣化膨脹，讓大地爆炸似的炸開，從地底噴出的水蒸氣使周遭變得純白一片。

看丟ＳＥＶＡ的天使載體不以為意，舉起杖型武器衝進濛濛瀰漫的蒸氣之中。

「源堂的兒子做了什麼？」

就在加持喃喃自語時，某種物體旋轉讓空氣嗡嗡作響的不舒服聲音突破蒸氣，載體的杖狀武器飛到他們的0．0EVA變異體面前，咚地插在地面上。

上頭還握著載體的手臂。

「連同領域的盾一起斬斷了嗎？」

被轟出蒸氣外的天使載體儘管在樹木之間彈跳滾動，依舊抬起血肉淋漓的右手，朝白霧之中的SEVA咚咚地發出看不見的拳頭。

——咚！龐大身軀一躍而出。

突破蒸氣之牆，拖曳著漆黑航跡飛出的S EVA讓雙刀交叉，將重疊部分的護盾加到最厚，不閃不避地撞開載體的攻擊，就這樣一口氣縮短距離衝過去，砍在對手最後的護盾上。

響起彷彿慘叫又彷彿切割金屬般不舒服的聲響。交叉的雙刀穿過護盾、抵達載體的頸部後，握刀的雙手便一口氣左右劃開。

從左右兩側，袈裟羅、婆娑羅交互穿過載體頸部，殘存的右肩QR紋章也像一同死去般地粉碎了。

刀雖然握在S EVA手上，然而感覺就像是QR紋章直接伸出一雙漆黑之手握住雙刀，以異常的能量直接揮舞著刀。

「——呃……！就、就不好的意思上太適合了！——力量……」

無法控制。現在超級ＥＶＡ——不對，是雙刀袈裟羅、婆娑羅已無分敵我，只想要斬殺一切會動的物體……

——砰！之所以立刻蹬地衝出，為的是理所當然似的襲擊０．０ＥＶＡ變異體。

０．０ＥＶＡ變異體連忙以左手握住插在地面上的天使載體的杖狀武器，舉在身體前方，然而超級ＥＶＡ刺出的婆娑羅刀迸出火花，貫穿其側面，接觸到０．０ＥＶＡ變異體的領域。

針對載體護盾調律過的這把領域劈裂者，無法切開０．０ＥＶＡ的領域，儘管如此依舊強行闖進了０．０ＥＶＡ變異體的領域之中，嘎喳嘎喳地注入凶暴的殺意。前方是０．０ＥＶＡ胸口的ＱＲ紋章。

ＱＲ紋章前方站著加持的容器，而他將特洛瓦抱在胸前——

「呃！」就在最後一刻，真嗣在空中停下了被附身的刀。

「——哈、哈、哈！」

強行撬開護盾的刀尖，停在零No.特洛瓦的面前顫抖著。

特洛瓦沒有避開——或者該說她就像甘願受罰般地露出死心的表情喃喃自語。

『沒錯，碇同學打從最初就該這麼做了，如此一來槍就是碇同學的東西，能跟No.卡特爾〈對恐怖絕望的我〉一起帶回去。』

——她在說什麼啊……？在壓制住刀的真嗣背後，卡特爾回應著。

「是啊，當時不應丟棄朗基努斯，而是該用槍連同〈整合的我〉No.特洛瓦一起貫穿0．0EVA。」

『沒錯——所以現在殺掉我是正確的。這樣就行了……我一無所有，事到如今要是會造成妨礙，寧願你殺掉我。』

「是啊，要是自己會造成妨礙，就應該排除——其他的『我』想必也會這麼判斷。」

真嗣強忍逼迫自己的衝動，氣喘吁吁——一旦鬆懈，袈裟羅刀就會瞬間殺掉特洛瓦與加持。

「很吵耶，妳們兩個……！」

指向特洛瓦的刀尖以領域發出嗡鳴聲——我明明就想阻止，為什麼要若無其事地叫我殺掉自己啊，為什麼能一臉這是理所當然的表情啊——加持先生呢……！

加持的容器——從身後抱著特洛瓦，嘴角依舊掛著冷笑，在一旁聽著他們的對話——這個人……！

『加持先生，將0．0EVA與特洛瓦——只有特洛瓦也行，請放開她。』

「人偶們可沒這樣要求喔？」對於真嗣的呼喊，加持彷彿覺得好笑似的回答。

「你們之間應該先統一意見吧，多數決的話似乎對你不利喔。」

他瞥看著０．０ＥＶＡ變異體的右手，被真嗣砍斷的伽馬射線雷射砲的前端……就快要修復了——

『我——碇同學，會隨著時間到來成長為你的母親唷。』特洛瓦說道。

——又是這個——真嗣蹙起眉頭。最初提出這個話題的是零No.卡特爾。

零No.特洛瓦繼續說道。

『就算那個時候到來，我也無法想像能斷言「我是不同人格」的自己……我看不見自己的形狀。』

——這算什麼啊……！——

『我不要這樣——到時候我說不定會就此消失。』

特洛瓦的這句發言讓真嗣驚訝——同時也感到不快。

「我就明說了，我才沒有把綾波們跟我的母親視為同一個人。被卡特爾這樣說時，我確實有種被說中的感覺。不過那是——」

『碇同學回想起母親喜歡的顏色後，把那個顏色的衣服送給了我。』

「綾波看到那件衣服會怎麼想，我沒仔細想過——是我不好啦。」

『要我讓綾波零消失，成為碇唯……』

「才不是這樣！」真嗣怒吼著。被氣勢壓倒的綾波沉默下來。

真嗣在ＬＣＬ裡用力搖著低垂的頭。

「真好呢，明日香和大家——送人禮物時，他們看起來都很開心，選得很開心啊！但我就連要送什麼禮物都不懂，連去想也讓我很痛苦啊！……只是想要一個契機送出去的東西，為什麼必須——為什麼必須被妳說到這種地步啊！」

一旦重視某樣事物，就一定會和他人有所牽扯。討厭他人的侵入與接觸而將一切都看得很輕——這就是三年前的真嗣，他在十四歲之前的模樣。

這點隨著願景一同甦醒。那是他在這三年內努力捨棄、不願再想起來的感覺，事到如今回想起過去的自己，讓他很不舒服，感到火大。

「妳覺得自己缺少了決定自己是誰的某種東西——我不懂是不是這樣，說不定妳真的沒有。卻不要擅自認為那個自己所沒有的東西——我——自己以外的其他人就一定會有啊！這種事我同樣不懂啊！」

他就像惱羞成怒似的——「——沒錯，我不懂……碇同學也是嗎？」

宛如被說中了一般，綾波的表情變了。

氣急敗壞的真嗣沒有餘裕留心她的變化，粗魯地回答。

「是啊！我不懂！無論是他人的心情！還是自己缺少的東西！」

「——是這樣啊……我也不懂，那個看不見形狀的東西……難道不是大家都看得到嗎？」

「這種事誰曉得啊！」

兩名綾波同時低語。

「——是這樣啊……」

「動手！」加持的容器在背後耳語著絕對命令的瞬間，特洛瓦震了一下，０・０ＥＶＡ變異體的手臂肌肉嗡嗡作響。再生成短槍管的伽馬射線雷射砲轉過來，於零距離下對準眼前的超級ＥＶＡ後，立刻開砲。

——砰！這一砲命中了〈生命之樹〉。０・０ＥＶＡ變異體的手臂在開砲之前就噴血飛到空中。

刀指向天。

超級ＥＶＡ以右肩撞擊０・０ＥＶＡ，同時從下方將袈裟羅刀往上揮出，把０・０ＥＶＡ變異體的雷射砲從上臂斬斷。

『——呃！』再度被斬斷手臂的零No.特洛瓦連叫也叫不出來，差點陷入休克狀態。

「綾波！」真嗣朝著特洛瓦喊道。

「下次送妳禮物時——到時我會找到適合妳的顏色，我絕對會的……！」

伴隨著他的話語，手被斬斷的劇痛反饋到零No.特洛瓦身上。

至今讓她們能站在機動中的ＥＶＡ身上的領域解除。由於Ｓ　ＥＶＡ的接觸，在傾斜的胸部平臺上，加持與特洛瓦就像被拋出去似的摔倒。

同時，有人看準時機動作了。插入栓內的ＬＣＬ停止循環。驚覺這件事的真嗣注意到插入栓向後退出，回頭便見卡特爾正要打開艙口。

「卡……——！」在他追問之前，嘴巴就被雙唇堵上。在排出ＬＣＬ的聲音中，沉默瞬間降臨。

「能認為那個『綾波』也包括我吧。」

「——妳在做什麼啦，卡特爾！」

她嗖地離開座椅站起——像是很痛苦似的壓著右手。

「剛剛我和特洛瓦同步了——是碇同學做的唷。我將歸途的前進方式與朗基努斯之槍複製品的計算軌道告訴我……不對，是告訴她了。你就把她帶回去吧。」

「妳這是什麼意思！」

０．０ＥＶＡ變異體靠在超級ＥＶＡ身上，停止動作。

因為特洛瓦痛得無法控制。雖說兩架ＥＶＡ靠在一起，依舊有著會令人腳軟的相當高度，卡特爾卻輕盈地跳到傾斜的胸部裝甲上部，靠近倒下的特洛瓦。

「I have control——整合的我，以妳的主體權限關閉我對朗基努斯之槍複製品的記憶存取，把我對槍的軌道的記憶鎖上吧。」

「——壞掉的人偶想做什麼！」

加持的容器險些從胸部裝甲上摔落，只靠著雙手勉強支撐著。

卡特爾手動輸入身上這套真嗣戰鬥服的遠動操作指令，對自己的右手注入鎮定劑，為了正式繼承方才感到的「痛楚」。

她像是順道一提似的向加持說道。

「SEELE，就由我來陪你吧。雖然也能在這裡把你處理掉，但『我』認識的人們不希望那個容器死亡。」

掙扎著想要站起的特洛瓦看起來很虛弱。

「……為什麼……？」

「這架０・０ＥＶＡ本來就是我的身體，所以還給我吧。請妳跟碇同學回去第三新東京，再這樣下去是無法解決的。」

「無法……解決……或者該說最糟糕的——You have control，完整的我——謝謝妳。」「別再逃了，沒發現已經完整的我。」

兩名少女的協議當場做出裁定。

超級ＥＶＡ總算擺脫刀的詛咒束縛，把手靠過來要將兩名綾波一起帶走，站起來的特洛瓦卻被卡特爾一把推下平臺，讓真嗣連忙用Ｓ ＥＶＡ的手接住她。

——滋！從Ｓ ＥＶＡ手中滑落的袈裟羅刀刺在地面上。

在刀傾倒之前，零No.卡特爾就讓０・０ＥＶＡ變異體開始空間轉移，真嗣連忙從插入栓艙口探出身子——

「卡特爾！」

她轉頭仰望著真嗣。不過正當真嗣想些著說些什麼時，異形巨人就連同卡特爾與加持一起像是吸入地面般地消失了。

「特洛瓦！妳還好吧！」

目送卡特爾離去後，真嗣叫喚著Ｓ ＥＶＡ手掌上的零No.特洛瓦，然而她卻蹲在那裡，動也不動地抱住自己的肩膀，凝視著０・０ＥＶＡ變異體消失的地面。真嗣擔心地靠過去。

「回去吧，綾波——特洛瓦……？」

這時真嗣看到綾波露出他最難想像的表情。

她扭曲著臉嚎啕大哭起來了。

■留下來的人們

此時的地球上開始全面限制在開闊場所的物體移動。

起初是人們注意到交通事故愈來愈頻傳。從車輛到自來水，大家體會到對於這些早已習以為常的運動物體的方向轉換與緊急停止，難以脫離至今所學的運動預測。

流體動能不會消散，讓海浪出乎意料地湧到內地，這是基於物理性的理由。大深度地殼物質消失，地球直徑收縮導致的重力減少來到肉眼可見的程度。

結果，儘管人們心急如焚，仍舊不得不過著慢活生活。

大下陷後曾是伊豆半島根部的海峽裡，第三新東京所擁有的箱根山火山臼於此形成島嶼，在地理上遭到孤立。在這裡臨時趕工完成的大觀山機場也開始正式輸入物資，現在總算是有震災修復的樣子了。

超級EVA與真嗣雖然依舊下落不明，生存情報卻在半個月前的某一天，出乎預料地藉由小不點綾波零No.希絲「嗚！」就像吃到酸梅一樣皺起來的小嘴告知眾人。

「碇同學和No.卡特爾一起吃了很酸的紅色果實。」

不知是受到干擾，還是獲得個別自我的緣故，綾波之間只能斷斷續續連上的精神連接在這瞬間恢復了。眾人雖然理解到這點，卻無法查明他們的所在位置。

儘管如此，知道他們還在某處生存著，可說是一個好消息。只要能查出位置，便能派出搜索吧。

另一方面，零No.希絲對於情報部詢問在北非下落不明的No.特洛瓦位於何處，每次都回答她什麼都聽不見，並補上這一句話。

「或許是自我封閉了。」

歐盟主導的誘「敵」出洞反抗戰，舞臺就設定在俄羅斯的某處。現在各國軍的預定編成還是流動性的，也就是尚未決定作戰日期。

在NERV JPN本部上空的Crimson A1——明日香EVA整合體依舊對人類社會的瑣碎雜事不感興趣，彷彿游泳般地慢慢繞行著。

「為什麼聲音會這麼悅耳啊？」

科學部主任伊吹摩耶正碎碎念著的，是讓明日香EVA整合體飛翔的階梯狀重力子浮筒的嗡嗚聲。

本來是跟明日香一起送往月球的EVA貳號機Allegorica上凹凸不平的機械翅膀，如今卻與動力設備的N^2反應爐一起整合得相當精簡，融合成她柔順長髮的一部分。而且還是Allegorica之翼時

的刺耳不協調音，如今變得有如風聲在合唱般的悅耳和弦。

理當下降的效率不知為何提升了。假如是靠超越人類智慧的力量辦到也就算了，然而人類藉由知識的靈機一動、技術與計算打造出來的成果，以這種不正當的把戲高效率小型化，對技術人員來說——「無法接受啊。」摩耶垂頭喪氣地聳了聳肩，傻眼地嘆了口氣。

「畢竟事實就擺在哪裡了。」

面對ＥＶＡ技術的研究者與技術人員，得在某個環節像這樣看開是很重要的。

儘管要是全都這樣想，有時也會看漏重要的變化，不過因為這種無法解析的謎題意志消沉，再也振作不起來的優秀人才可是不計其數。

摩耶現在登上的整備室，目前正在進行Ｆ型零號機的Allegorica系統最終調整。當中雖然也有準備反抗戰的意圖，但主要是現在NERV JPN本部就只剩下這架ＥＶＡ。

Ｆ型零號機基於將ＥＶＡ的身體結構轉作為專用武器的特性，少了一隻腳。也就是機動性受到限制，必須靠Allegorica之翼來彌補。

雖然也能讓留在軌道上的最後一架０・０ＥＶＡ（希絲機）降落，或是讓駕駛員升上軌道，但若要運用在地面，一樣得變更規格。如今在希絲成為Ｆ型零號機的專屬駕駛後，就算增加ＥＶＡ的數量，到頭來依舊湊不齊駕駛員的人數。目前悠哉地於「島」的上空飛行的明日香ＥＶＡ整合體的機翼，也有在改造零號機時稍微供作參考。

那個曾是明日香的存在，唯一帶回的是一本藍色書本。

這是明日香前往月球武裝偵查時，真嗣送給她在漫長旅途中作為消遣的海洋生物寫真集。就只有這本書沒有失去形狀，但每一頁都寫滿著大量情報回到地球上。

「話雖如此，這些當然不是用手畫的吧。儘管一度被混濁的情報吞沒，終究還是再度構成形體，情報就是在這時添加上去的。紀錄內容可以斷言是明日香在無意識中創造發展出來的新語言，語言本身隨著記載進度不斷進化，所以難以翻譯。」

摩耶使用指揮所的螢幕向主要職員們進行說明。

在讓美里、冬月、冬二全都大吃一驚的內容上，能看到地球消失的大深度地殼被運到月面上的情況，讓他們終於理解月球膨脹到異常大小的理由。

「明日香在月球背面——她的最終抵達點看到的視覺影像，也壓縮印在這本書上。」

摩耶顯示在螢幕上的畫面，是根據明日香與貳號機感測器可說是記憶的各種情報，重新構築而成的某個場所的三次元影像。那是月面上一個半埋在地中的藍色巨大立方體聚合物。

美里在非洲看過一樣的東西。

「……方舟……？」

「——咦！就是這個嗎？」

立方體的表面滲出光芒，在滴落月壤之前化作小型使徒的模樣。而就像要抓住它似的，天使載體的手臂先一步從月面長出來。

「那就是敵人的大本營嗎？」

「明日香也這樣認為，倒不如說這樣還比較好一點。」不過——摩耶說道。

「不只有使徒的情報，那個立方體聚合物裡頭有著讓這個世界開始的一切。明日香連同ＥＶＡ一起闖進去，被那個吞沒了。」

「一切——？」

「總司令在非洲那一夜看到了什麼？」

在她詢問之下，美里回想起那場彷彿將生物的進化拘限在一夜之內的祭典。

起初，在當時還不知道是明日香ＥＶＡ整合體，混雜著一切的存在衝過去後，埋在廣大山谷裡的怪岩群、巨石群便接二連三地改變模樣——

「生命湧出……各式各樣的。」

「被這些情報群吞沒的明日香意識，不知是記錄還是推測，在最後寫下了這句話。〈為了將未見成功的補完計畫全部行程，從數億年縮短至數萬年不斷重複的全生命角色構造的存檔。〉表示這就是方舟的本質。」

黑色巨人阿爾瑪洛斯過去曾經透過綾波發出宣告。根據歐盟方面的管道，聽到它的聲音，像綾波那樣以自己腦中的語言組成訊息的人們儘管不多，但似乎依舊有著相當人數。他們說出的共同內容是——要求上演失敗的演員離開舞臺，要為了下次開幕以大洪水將舞臺整地。所以才讓人產生了世界在朝著補完計畫邁進的預感，就像要將一度倒塌的石塔再度堆起一樣不斷重複著。

「哎呀。」冬月嘆息。「生命進化的路程本身並非現在這個世界的現實，而是藉由重新構築遙遠過去而省略的經過……讓人覺得眼前看到的世界全是拍攝電影的布景啊。」

日向與青葉同樣難掩憤怒。

「為什麼月球也有那個方舟——」

「因為這次是月球要成為地球吧……」

冬二帶著不同的想法看著藍色書本的內容。

——在情報的洪水之中，貳號機裡頭的明日香母親，將明日香的情報覆蓋儲存在ＥＶＡ上，打算藉此保護她呢——這是短暫再會時的小光說出的話。

——所以，惣流試圖將她在朗基努斯界面對面，月面上看到的東西全都留下來啊——

「耍帥的傢伙。」他不經意地將內心的想法說出。大人們雖然一臉不可思議，卻仍直接詢問他的意見。

「事到如今，我們也拿那個世界結構的嚇人箱沒轍，是說——有可能讓惣流與ＥＶＡ分離

嗎？」就某種意思上，這是眾人難以啟齒的問題。

「很難吧。」摩耶的反應──並不樂觀。「實際上好像還有相當數量的生物資訊留在她的體內，就連在資料上，MAGI2都還沒將糾纏在一塊的情報解開。」

「我還以為在非洲大鬧的時候，明日香體內的生物資訊就全部跑到外頭來具象化了。」

「儘管大半都沉睡著，沒有浮現到表面上，不過就連基因都受到這些生物資訊影響，導致鹼基序列變得非常混亂。」

「沒辦法解決嗎？」

摩耶沉思了一會，「跟NERV USA聯繫看看吧。那邊正研究以駕駛員候補的基因改造，蓄意製造出會被EVA選上的適任者。」

「具體來說是？」

「詳細不明，但並非以人類這種複雜的意識連接EVA，而是為了能更加單純地存取，將其他動物的基因編入EVA與EVA駕駛員雙方的基因之中。」

「關於這件事。」冬月插話道：「碇是知道的。理論上能讓EVA的發動條件大幅降低。不過這是很可能失去人類形體的高風險手法，編入的動物特性會表露出來。當時這種做法儘管能成為戰力，卻無法擔任開啟補完計畫的人選，遭到SEELE拒絕了。」

不過──老人說道：「我聽說在四號機嚴重毀壞後，組織就分崩離析了？」

「沒錯——在這種偽裝之下，有好幾個專案正消費著美國的國家預算與資源。這樣看來，或許連四號機的失敗都是偽裝。」青葉說道：「說起來，與其他生物的基因結合要是公諸於世，那個國家的宗教界大概不會保持沉默，或許是趁著事故之便轉為地下活動了吧。」

「我們不是要合成，而是要讓明日香分離吧。」

聽到美里這樣說，「也就是相反的程序呢，很吸引人對吧？」摩耶說道。

「畢竟我們得從基礎研究開始……順便把歐盟的模擬心跳聲技術弄來吧。雖說不難，但做起來也挺麻煩的。」

「那個，摩耶，別說得好像同時叫披薩和拉麵的外賣一樣……」

「明日香在月面的方舟附近，發現德國ＮＥＲＶ在北海道戰下落不明的量子波動鏡車輛，請拿去當交涉材料吧。」

「騙人的吧。」

＃5前往北方之地的邀請

■調整人種

降落在箱根山火山臼大觀山機場上的聯合國巨人運輸機，將印著美軍標誌的大型貨物卸下。臨時機場的相關人員還以為會看到面朝下方，以直立狀態固定的巨人出來，卻看到不一樣的東西。

「那是什麼……？」

匍匐在地的人型——雖然看起來也像是這樣，不過當插入拴以與歷來機種不同的角度插入，開始動起來後，印象就立刻變了。

貼在地上的雙手、身體還有後腳漂亮地連動，動得十分流暢。所以在動起來的同時，看起來也不像人型了。從前腳前端到身體，接著進展到後腳的動作沒有在某個環節中斷，是四足獸特有的一連串運動。前端突起的四足野獸——他們認為這才是正確的說法。

不過，這架機體也是憑藉禁忌的力量——黑色阿爾瑪洛斯的QR紋章在運作。

「那就是美國的ＥＶＡ嗎？」

看來是模仿歐盟Heurtebise的方法，取得了ＱＲ紋章。基礎機身的來路不明，但懷疑是在三年前ＮＥＲＶ本部戰之後下落不明的其中一架量產型ＥＶＡ屍體。

「武裝是怎樣啊？那種機動型態沒辦法手持武器吧。」

在指揮所觀看大觀山機場情況的青葉向冬月說道。

「或許是將壓制火力交給陸海空三軍支援，讓ＥＶＡ專精格鬥戰吧。」

「實質上，大半戰鬥都是帶入格鬥戰這點，從我們的統計資料來看也是顯而易見。論他們的軍事力，火力支援也是有可能的吧。」

「但要說那是ＥＶＡ總覺得有點那個呢。」

「不要用第一印象判斷……我雖然想這麼說，但捨棄人類姿態的ＥＶＡ會失去存在意義，不只是SEELE，就連碇也這麼說過。」

「是指在神話上扮演的角色嗎？未免也太蠢了——現在已經是無法說這種話的神話狀況了呢，三年前也在空中看到差點完成的生命之樹大圖式了。」

摩耶所想要的NERV USA以人工製造適任者的基因調整資料，其中一部分意外地是以實物直接登門拜訪他們的形式揭露成果。

在距離歐盟策劃的最終戰計畫終於只剩一個禮拜時，長年潛伏的NERV USA突然表明準備參戰，而前往決定作為戰場的俄羅斯的這批團隊，便以中途加油與拜會的名義造訪NERV JPN。

那個她「喵」叫了起來。

綾波No.希絲光是這樣就對她充滿興趣，注視著這名跟自己差不多高的栗髮少女。

「她是真理。」像是技術軍官的男人介紹著。據說這名跟希絲看起來差不多年紀的小女孩，是美國暗中製造的EVA駕駛員。

「雖然聽說是與動物的基因融合體，但外表是普通的女孩子——是人類呢。」

儘管這麼說著，但日向話才剛說完就被嚇到了。名喚真理的少女頭上～日向本以為大概是頭部介面裝置的貓耳造型物體顫了一下。

「不對——並不普通……」

看似可愛的存在，隨即轉為奇異的印象。

關於玩弄人體這件事，NERV JPN完全沒資格譴責他人。

但人類都是自我中心的，看到他人與自己不同的研究途徑，總會無視於自己的作為，覺得那是惡魔的行徑。或許是理解到這點吧，對方也向他們稍微解釋。

「耳朵有正常地好好長在頭旁邊唷，頭上那個並非特意弄出來的生物造型。而是為了排除心理問題，每當與強化動物性衝動的ＥＶＡ進行同步測試，融合生物的特性就會反應在駕駛員的性狀上。」

總司令葛城美里蹲下來，配合真理的視線。

「妳好，真理，感覺如何？」

「很好唷，無論是我，還是群體的大家。」——群體的大家……是指這個團隊嗎？

技術軍官搖了搖頭。

「她是指融合生物作為個體活在自己體內唷。」

「不是我的體內，是跟我在一起啦。」

真理加以糾正，ＵＳ職員卻一臉受不了的表情，一副想說真理是在胡說八道的模樣。

「這是不可能的。」不過看來有一名與一隻信以為真。

「好羨慕喔♪」「汪！」是雙眼閃閃發光的希絲與狗狗安士。

巨人機輕搖著過於巨大的機翼，讓機身掉頭來到方才在跑道上降落的位置後，隨即為了起飛而以最大輸出發出轟響。美ＥＶＡ部隊一行人在結束加油期間慌慌張張的會面後就匆匆飛離，朝著集合地點俄羅斯飛去。

「冬月代理副司令輔佐，你認為他們為什麼要以我們作為中繼站？只要越過北極海，就能不

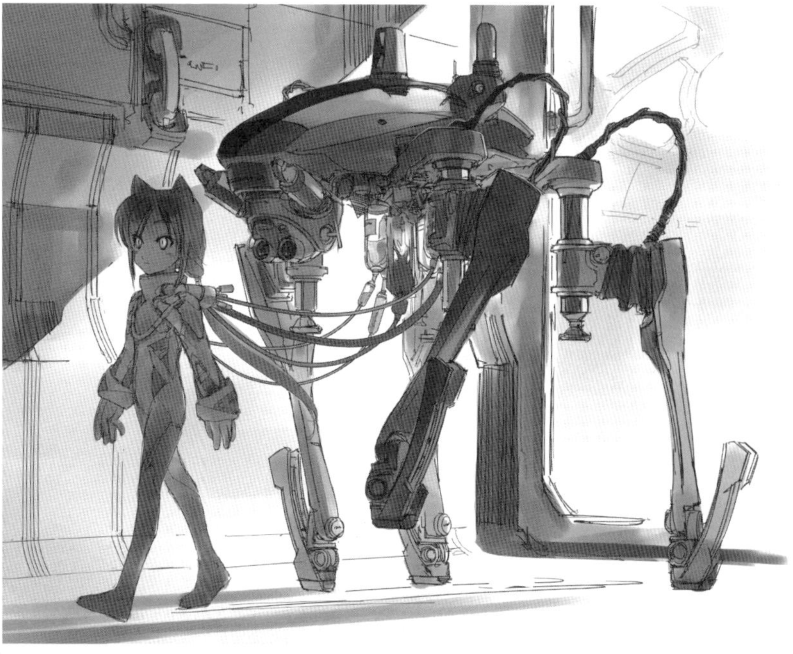

用加油立刻抵達，卻特意繞到西邊來。」

「儘管不清楚他們是不是想表明對技術提供要求的積極態度……總之是將隱藏至今的自國EVA技術開誠布公，確實會想要盡情炫耀吧……那麼，讓運輸機吞下寶貴的噴射機燃料，有換到值回票價的收穫嗎？」

「剛好是禮金的行情價呢。」

■東京海域

運氣不好的摩耶錯過了美國EVA。她當時正與明日香EVA整合體待在戰自艦大和的甲板上。這艘舊世紀的大戰艦在終戰後歸還，經過數次改裝將鍋爐從煤碳換成重油，但隨後就被繫留在港口成為戰敗紀念碑。這次則是換上N^2反應爐，再度獲得航行的動力。避開外海的異常波濤，在關東灣內的公試（全力運轉試驗）剛剛結束。

謠傳這艘戰艦說不定會成為獲選國民的避難船。

這件事雖然很可疑，不過提供反應爐的可是NERV。為的是在全球規模的災害中，物資供給逐漸中斷的狀況下通過無理要求，與日本政府進行的易貨貿易的一環。

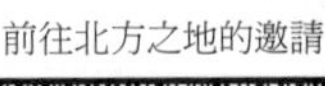

「不過即使這麼做——冬月代理副司令輔佐是說這是什麼補陀落吧。」

聽到這個計畫時，冬月就將這評為是二十一世紀的補陀落渡海，指的是搭船集體自殺，意圖抵達淨土的一種偏激宗教行為。不過摩耶並不清楚箇中含意。

儘管已確認一如預期的動力性能，但摩耶還有事要做。

「明日香，拜託妳了。」她是陪摩耶一起來的。

在被叫到之前，明日香EVA整合體就在氣候有點惡劣的天上，不斷進進出出著流雲嬉戲。手上拿著一把巨大的弓——大概是弓吧，但沒有弦。明日香EVA整合體拿著這把弓，降落在成為直升機與VTOL起降場的飛行甲板上。

「抱歉了。」

很遺憾的，能否將現在的明日香分離成人類姿態的研究才剛剛開始。

不過她現在已經能認知自己的名字，經由這種作業，也漸漸能進行單純的溝通。儘管好奇心旺盛且莫名地好說話這點讓人覺得不太像是明日香的個性，但這或許意外地是她的本質。

「用左手把這個這樣拿起來。」

摩耶伸出握拳的手，擺出拿弓的手勢後，明日香EVA整合體就稍微想了一下，然後模仿她的動作舉弓。

——砰！弓狀物的下端落到大和的飛行甲板上。

明日香ＥＶＡ整合體側過身體，讓一隻腳往後退擺出射手的姿勢。

這是跟在蘆之湖底浮現的透明巨大蛋狀殼一起發現的東西，摩耶判斷這是ＥＶＡ尺寸的武器。無弦的弓體本身是在中央連結焦點的兩道粒子加速器，將以斜衝擊彈開的能量稱為箭向前射出。她推測這是兼具發生源與加速器功能，一種能量性的彈弓類武器。

儘管在構造上依舊充滿謎題，但既然是ＥＶＡ尺寸的武器，試著實際拿在手上看看，或許就會有什麼發現了。

「連對ＥＶＡ的身高來說都嫌太大啊……就像是給阿爾瑪洛斯用的尺寸呢。」

NERV JPN科學部技術部主任伊吹摩耶，現在給了自己一個課題。

那就是再現過去S ＥＶＡ所裝備，以偶然從「心臟」取出的粒子，一擊就將兩架Victor的其中之一消滅的導引砲Niall，並找出當時導引的粒子。

所有的紀錄都被當下產生的異常磁場侵襲，不是損毀就是停擺。不過真嗣當時正處於幾乎能將移動中的基本粒子摘下的壓縮時間中而目睹到整個過程，根據在北非取得他的對話紀錄表示：〈沒有接觸到，本身也沒有變化，就讓對象質子衰變崩壞了〉，這讓摩耶姑且有了答案。

——磁單極子Monopole，存在於宇宙誕生的原始瞬間，現在並不存在，而且極為稀少的虛構粒子。

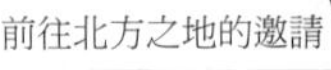

阿爾瑪洛斯與朗基努斯不容拒絕地向人們展現了神蹟。但如果是能以原始宇宙的粒子打倒的對手，它們就只是在宇宙誕生之後才出現的存在。沒道理向這種存在低頭認輸。

這話聽在他人耳中，可能會困惑這樣狀況有什麼變化嗎？但對像她這樣的學者來說，這可說是一種意識改革。說不定是終於得到一把能將怎樣都無法衡量的對手納入尺度之中測量的尺了。

「別擔心，我想這把弓只要別投入太多能量，就什麼事也不會發生喔。」

她朝著遙遠的上方說道。為了讓明日香取回自我，得喊出名字跟她說話——最初這麼說的是人在歐盟的小光。不過現在任誰都會這麼做了。

「今天要趁著交出N^2反應爐前的這個機會，總之先試著以包含妳那兩座縮小的小型N^2爐在內，共計三座的N^2場啟動看看吧。如果能成功發射最好——」

海面風平浪靜，除了天氣漸漸變差之外，整個實驗應該會安穩度過才對。

忽然間，明日香轉頭過去。

紅色巨人就像聽到熟悉的聲音般突然停止動作。

「——明日香？」本來看著手上終端螢幕的摩耶，注意到整合體的臉朝向其他地方，注視著某處。

「怎麼了嗎？」摩耶將終端的顯示內容切換到明日香的狀態上。她並不是在警戒，只是將全部的注意力放在那個方向上——

——咚！

「呀！」心不在焉的明日香ＥＶＡ整合體以為有好好放在甲板上的那把巨大「弓」，實際上是掉落了1公尺左右，在飛行甲板上撞出轟然巨響。

那架玲瓏有致的紅色巨人站起，宛如被親近之人呼喚。

當Allegorica之翼有如隨風飄揚的長髮般帶著嗡鳴聲揚起後，她便迅速踏出一步，滑翔般地飛向能在對面看到的海岸。

「明日香！妳要去哪裡？那裡有什麼嗎？」

正當摩耶對著終端詢問時，在第二次衝擊之後遭到棄置，放眼望去只剩下一片廢墟的關東海灣突然炸開，竄出像是黑色樹根或是尾巴的物體纏住明日香。

「明日香！」她沒有抵抗，就這樣任憑黑色樹根拖入地面之中，消失得無影無蹤。

當艦內響起警報，近戰防護的機關砲群就像不倒翁般地搖頭醒來時，一切都已經結束了。歷經數次改裝後依舊留下的第一砲塔，空虛地不斷轉向。

在Crimson A1——明日香ＥＶＡ整合體消失的位置上，除了能看到瓦礫被炸飛後的地表外，就連有什麼東西潛入地底的形跡都沒有。

■夢後之島

「為什麼要指定這種地方作為最終魔王關的舞臺啊？」

這裡是將巴倫支海與卡拉海隔開，屬於俄羅斯的一座長型島嶼。降落在島嶼南部羅加喬沃空軍基地的歐盟士兵一面呵著白霧，一面碎碎念著。

歐盟在與俄羅斯協議後，將這裡定為決戰之地，正在迅速地著手準備。

帶來目前全球災害的黑色巨人阿爾瑪洛斯、Victor、天使載體，都展現出會受到超級ＥＶＡ的高次元之窗所產生的波動（心跳聲）吸引的姿態，而且有辦法模擬性地產生這種心跳聲。即使ＳＥＶＡ的心臟已被奪走，只要心跳聲再度響起，他們就會出現吧。

歐盟與俄羅斯打算以他們所保有的ＥＶＡ（Heurtebise）與其他戰力，在這裡解決一切。

這座長型島嶼的東西兩端雖然是海，但也已是北極海附近。因為高緯度，使變得異常龐大的月球引起的異常潮位——膨脹到有如海嘯般的潮汐造成的損害較少。

海面上以海軍為主力編成的灰色艦艇儘管拉開間隔，但放眼望去還是一片星羅棋布，武器不是打開頂蓋，就是掀開防水布，不斷重複著安全裝置確認與輸入指令的模擬演練。

士兵會穿著ＡＢＣ戰防護裝備——氣密服與防毒面具——作戰。除了朗基努斯的光芒外，還有其他會讓人變成鹽柱的情況，這些是為了防止這種情況的裝備。但說到底那是防得住的現象嗎？

——哎，在這個極北之地的確是不會感到悶熱吧。

儘管如此，仍沒有人願意退出。這個新地島是前世紀的核試爆場，在進入本世紀後，俄羅斯也在這裡不斷進行著他們推動保有的N^2兵器實驗，將島嶼的中央北側徹底整平成連彈坑都稱不上的鍋底。

N^2反應本身在官方上被認定沒有放射線之類的汙染，但受到舊時代試爆場汙染的土壤被N^2爆炸徹底翻起，化為塵埃在空中飄散的傳聞，他們亦曾耳聞。

魔鬼教官之所以會在這時發出怒吼，士兵們趕緊像緊急逃生似的離開民用客機，是因為陸陸續續還有班機要降落，並且得在卸下人員與物資後，於短時間內完成加油，迅速起飛離去。也就是空機返回。

在機場卸下的作戰物資除了陸運外，還會以直升機與重型VTOL的空運進行穿梭輸送載運到決戰場地——通稱「米夏的平底鍋」的鍋底平原。

在平原中央，有架彷彿樹葉般旋轉飄落的飛機降落。那是NERV JPN的〈Platypus 2〉，通稱N^2側衛戰機。

它是N^2反應爐與排列出鑽石空隙的重力子浮筒的始祖，戰自與NERV的共同實驗機。作為

基底的測試機是俄羅斯製，就某種意思上這次算是回娘家，但機體誕生的理由不明。有一說是戰自在為了做戰術評價買來後閒置不用的中古俄羅斯戰機上加裝了大量浮筒；另一說則是在愈做愈大臺的重力子浮筒試驗組件上，加裝了能明確分出前後的機頭與機翼。

但無論真相為何，ＥＶＡ貳號機的Allegorica之翼與Heurtebise的機翼都確實是這架機體的系統擴大版，是根據在這架機體上累積的資料誕生的。機上也搭載著使用反應爐電力的磁軌砲，本來的目的是要直接實際運用，作為能在空中靜止並以兩倍音速飛行的機體支援ＥＶＡ作戰，但因為箱根成為聯合國租借地一事，讓他們失去了戰自的協助。由於其意外地堅固，在電磁干擾空域的耐航性也高，最近就成為ＮＥＲＶ代理副司令冬二的速克達了。

「好啦。」他今天是來預定開戰場地視察的，因為收到了參戰要求。

但是NERV JPN正處於超級ＥＶＡ下落不明、貳號機與搭乘者融合而無法保證行動的狀態下。至於留在軌道上最後的０・０ＥＶＡ搭乘者，目前正忙著試航勉強組裝完畢的Ｆ型零號機Allegorica。但也只有這架機體能勉強趕上參戰吧。

所以今天冬二會到這裡出差，最主要是在表明「我們並沒有無視要求」這個NERV JPN的意思。儘管如此，他在降落時依舊有仔細觀察布陣。因為在未鋪設路面的乾燥土地上發現了第６軍的Heurtebise空中管制機降落在那裡，所以他打算讓N²側衛戰機也降落在旁邊，卻在這時遭到守備部隊警告。

『ＪＰＮ機不准再靠近了。』「咦～？我想借個廁所耶。」

他今天只打算來看一下就回去，NERV JPN那邊還有許多事情必須準備。總之現在只希望眼前的白色巨人不要太勉強自己──歐盟德國的ＥＶＡ，小光操作的純白EVA 02 Heurtebise正跪在那裡。

「Ritterschaft？」在那架ＥＶＡ的插入拴裡，被稱為「騎士」的小光──

「……？」花了一點時間才想起這是自己的代號。

「是、是的！指揮艦橋。」她連忙回應指揮所。

「抱歉，是在和男朋友講電話嗎？」

「我才不會在工作時做這種事！」

儘管全波長都有受到管制，這是想做也做不到的玩笑話，她依舊一板一眼地回應著。

「小光，追加的量子波動鏡車輛抵達了。能立刻進行調整作業嗎？」

「Heurtebise了解。」

降落的冬二拿下戴著的頭盔，朝這邊高舉揮舞，頭盔卻從手中滑落，讓他當場露出「糟糕」的表情，連滾帶爬地離開機體追逐著。

「他在玩什麼啊──」

小光用局部放大的側面視野看著這一幕，語帶嘆息地笑了起來。

一如德國ＮＥＲＶ與歐盟第６軍的聲明，小光從催眠操作中解放了。

她如今就連在人權上都備受重視，這是因為他們無法保有她以外的ＥＶＡ適任者，說得簡單一點，便是學習到只要反過來利用小光的體貼，在賠罪並坦承一切後拜託她協助，她就反而無法拒絕這點。小光也有察覺對方的意圖。

不過雖然她的姊姊沐浴到朗基努斯的光芒而變成鹽柱，但是妹妹還在德國。況且在以明日香貳號機的廢棄軀體作為基底的Heurtebise當中的不可知存在，儘管說不定只是殘留的意識，但小光確信那是明日香的母親。縱使除了她自身的證言之外別無其他證據，小光終究還是無法拋下Heurtebise歸國。

「EVA 02 Heurtebise，開始排列浮筒重力子，申請飛行許可。」

『這裡是羅加喬沃機場航線管制，請避免進入包含集用場在內的飛機區域。』

『指揮艦橋呼叫小光，允許調整飛行。請注意南側的大型ＶＴＯＬ。』

白色貳號機的機翼上，重力子浮筒嗡嗡作響。就在嗡鳴聲增大之後，超過三千噸的巨人輕盈地飄離地面。

浮上二十公尺左右，保持著這個高度倏地往右側橫移。搭載在大型裝甲拖車上的量子波動鏡配合Heurtebise的動作，開始改變角度。

「開始觀測追蹤誤差。」

在離去的日本北海道，他們曾運用量子波動鏡反射以Heurtebise的重力子浮筒產生的空間扭曲，在空中形成空間扭曲的焦點，利用這種打擊將超級ＥＶＡ拖倒在地。當時只有數輛的量子波動鏡車輛，在這次作戰中更加升級的機型有十六輛。這不只是為了召喚阿爾瑪洛斯與其眷屬而要產生更大的超級ＥＶＡ的模擬心跳聲，也能將作為攻擊遠距離產生的空間扭曲強化到截然不同的高功率，是一直遭到欺辱的人類並非只是窮鼠齧貓，而有確實做好迎擊準備的證明。

配合著在空中滑行的Heurtebise，十六輛量子波動鏡車輛改變鏡面的角度或是移動，接連確認著各種編隊。Heurtebise發動後在鏡面之間反響的空間扭曲焦點不時爆炸，響徹這片鍋底大地。

「嘖，討厭的聲音啊～」想起這讓超級ＥＶＡ不斷跌倒在地，逼得真嗣精神崩潰時的事，冬二苦笑起來。

不過當時是人類之間的鬥爭，這次則是與人類共同敵人的戰鬥。

「啊～你好，我是鈴原。這邊的畫面傳到了嗎？」

冬二不算小聲的自言自語，得到頭盔內部揚聲器傳來動物與小動物的回應。

『汪！汪汪！』『貓咪！貓耳朵！』「咦？在說什麼啊？」

接在黃金獵犬的安土與小不點綾波零No.希絲之後，青葉的聲音回應著。

『這裡是NERV JPN，音訊良好，影像則是經由平流層飛船傳送，所以有時會出現方格雜訊停止，但倒也不是看不了呢。』

「美利堅ＥＶＡ怎樣？」

『NERV US的ＥＶＡ部隊方才出發前往你那邊了，剛剛在送行。總司令馬上就會回來，伊吹技術部主任應該也在大和艦上看你傳回的影像。你怎麼會在機外？雖說制服與頭盔也能達到防塵遮蔽的效果啦。』

「那個，該怎麼說才好，稍微出了點事——」

冬二一面摸著摔出傷痕的頭盔後方，一面將ＨＭＤ（頭戴式顯示器）從直接視野畫面切換到經由側面攝影機支援，有如猛禽類視覺的中央部集中放大畫面。這個視野畫面就這樣經由N^2側衛戰機與平流層飛船網路，傳送回日本的NERV JPN本部。

山丘對面挖了一道巨大壕溝，一座看似自走砲的巨大磁軌砲正將砲管以下的部位停在壕溝裡頭藏匿。

「喔？」在更對面的位置，那輛只有露出聚焦反射鏡的車輛，不是日本製造的戰自邁射車嗎？

「嗨，鈴原代理副司令。」

聽這聲音，「春日二佐？」

回到正常視野後，只見冬二身旁出現一名穿著冬季迷彩防護衣的壯漢。

由於頭戴式顯示器會檢索一切看到的事物，立刻就根據輪廓與骨骼預測顯示春日的名字，但冬二不用看檢索結果就知道是誰了。戰自的大型威脅個體戰專門部隊長正站在眼前。本來就很壯碩的體格在穿上防護衣後，宛如套著動力服一般。

和藹可親的眼眸在護目鏡底下露出笑意。

「繼非洲之後是俄羅斯，〈怪獸襲擊日本〉的法則到底怎麼了啊？」

春日將戴著手套的手輕輕抵在頭盔護罩的邊緣上，朝冬二方才望著的方向，理所當然似的胡扯著。

「那個……才沒有這種法則吧。」

「不過最前線本來一直都由我們負責，有種被奪走的感覺吧？」

「嗯～～～也是啦……」

「下次一塊去吃烤肉吧，趁地球還有肉能吃的時候。」

主導權有沒有握在NERV JPN手中，這件事本身對冬二來說怎樣都好，但問題是小光得因此擔任先鋒這件事，對他來說可是十分重大。不過歐盟的布陣比預期中的還要雄厚，只要以多達十六輛的量子波動鏡搖晃，說不定就連那個黑色巨人都會摔得滿身是土——不對不對，即使如此依舊很危險啊——

沉思的冬二耳邊，『關東灣，大和號呼叫伊吹——緊急事態！』

傳來急迫的呼叫聲。「摩耶小姐？」

這是Crimson A1——明日香EVA整合體在關東灣沿岸，遭到從地面出現的鞭狀物體纏住吸入地面之中消失的第一報。

Heurtebise與波動鏡車輛群一起消化著調整項目。

在數十種攻擊模式的力場控制之後，讓重力子浮筒微微起伏的重力震鳴聲，儘管相當節制，但就跟超級EVA的心跳聲一模一樣。

在決戰之日會將這個聲音以最大分貝發出，邀請敵人來到這個場所。

在向Heurtebise發出指令的重型VTOL上，眾人因為機械調整似乎能得到一個滿意的結果，全都漸漸安心下來。

「似乎能趕上一個禮拜後的作戰日呢。」

「是啊，小光，停止測試心跳聲。待各車輛的位置變更後再試一次。」

『Heurtebise了解，停止心跳聲。』

聽到這句話後，指揮所的眾人便稍作休憩。有人離開座位，有人拿起馬克杯。

「由於車輛增加，所以想要取得更多在混戰時的波動干涉資料。」

「反之，當預估量以上的波動鏡車輛被破壞時，高低差要——」

『指揮艦橋，有意外！5號到16號車輛之間的反響停不下來。』

鬆懈下來的職員們立刻恢復緊張。

「是新加入的新型車輛啊，Heurtebise？」

小光立刻回應詢問。『這邊已停止波動源的振盪。』

「只有反響在車輛之間迴盪嗎？」

「或許是ＡＩ將Heurtebise停止波動的操作誤認為輸出變化，自動讓反響穩定下來——新型車輛雖然沒有足以自行振盪的動力，然而各車輛上有搭載能以N^2點火器產生數個重力子的波動補正設備。」

「5號到16號車，固定住波動鏡的運動，錯開反射焦點，這樣反響就會消散了。」

——怦咚……——直到方才都毫無感覺的測試波動，成長到能以耳朵聽見的程度。

『這裡是6號車！系統不接受指令，人類被排除在操控之外了！』

——怦咚……——波動變得更大聲——

『這裡是8號車！不只是裝備，車輛自己擅自啟動了！』

這些回應已經算是慘叫了。其他新型車輛也陸續回報異常，至於沒有回應的車輛——車輛擅自狂奔，乘員們被甩動得沒辦法回應。

——怦咚……——一般士兵們開始嘈雜起來。

十二輛量子波動鏡車輛的隊形眼看愈縮愈小。

「這是為什麼？」

「——在今早的更新中，根據NERV JPN送來的資料，安裝了不論在任何狀況下都能獨自支援Heurtebise的強化自律性程式——」

「不論任何狀況？」

「也就是當乘員全部死亡時。」

——怦咚……——！ＡＩ終於發出警告。〈警告，到達模擬心跳的呼喚分貝。〉

「糟糕！要召喚貴賓了！」克勞塞維茲衝向麥克風朝小光叫喊。

「Heurtebise，破壞問題車輛的量子波動鏡！」『咦？』

——怦咚……——！

在下一道模擬心跳聲響起的同時，新地島各地響起警報。

——怦咚……——！

模擬心跳的振盪是作戰開始的訊號，所以歐盟立即反應部隊、俄羅斯海軍、當地駐軍，所有的作戰ＡＩ都宣告進入執行任務表的階段。

——怦咚……——！

應該還有一個禮拜啊！整座島就像捅到馬蜂窩似的亂成一團。士兵、技術人員、科學家全都猝不及防，卻在片刻遲疑後一齊衝向各自的崗位。

『這是演習嗎！』

各種詢問大舉襲向歐盟第6軍，話頻調變的通訊網路轉眼間就達到飽和，編碼與文字的確認聯絡在司令部螢幕上有如瀑布般地流過。當這些詢問傳達給Heurtebise管制機時，則變成以第6軍司令官名義直接要求解釋，非常強硬的命令。

『我要拿起來了！』

以外部揚聲器提醒波動鏡車輛的乘員小心後，小光讓Heurtebise拿起一輛車改變方向，錯開重力波動反響的焦點。其他車輛則在系統對應變化移動位置之前下達新的工作指令。依照這個指令，所有波動鏡車輛允許了經由操作的人力介入。

彷彿數萬人一起踏步的巨大模擬心跳聲就這樣忽然消散，在那之後只剩下警報與飛機的噴氣噪音。

副官鬆了一口氣後，重新注意到自己等人讓作戰提前進行的嚴重性，當場臉色大變，慌慌張張地要按下通訊鍵。

「快通知這是誤報，讓警報停止吧……！」

然而，「等等！」克勞塞維茲卻制止了他。

「可是，如果不立刻答覆……！」

「再等兩分鐘！等排除召喚敵人的疑慮之後再通知。別讓眼睛離開感測器！」

眾人緊盯著螢幕。

「要是『敵人』在解除警報、放鬆戒備之後出現，就算再度發出警報，步調也不可能一致了。現在讓他們因為焦躁與不滿的恐慌維持著緊張感，反倒會比較好。」

在確定真的是誤報之前，就讓他們去發火吧。克勞塞維茲中校說道。

但其他職員可是坐立難安。詢問作戰開始真偽的通訊已然變成怒吼，而且還帶著嚴重的威脅語氣，讓通訊站的年輕女性職員們每當收到通訊就會戰戰兢兢地投來求助的眼神。所以即使經過了兩分鐘，中校下令「停止警報」之後，機內管制人員們的心情依舊沉重萬分——這下實在難辭其咎了。

副官懷著這樣的心情，準備向各方面發出誤報通知。

隨著警報聲消失，穿梭空運的飛機也早已慌張離去。除了車輛的引擎聲與重力子浮筒的嗡鳴聲之外鴉雀無聲的此地——

——怦咚……——

「……什麼？」克勞塞維茲與他的副官忍不住面面相覷。

儘管微弱，但確實聽到了。

「模擬心跳聲為什麼還在響？」

他看起與Heurtebise配合的車輛以遙測回傳的狀態畫面——「小光？」在狀態畫面的小視窗裡，小光猛烈地搖頭否定。『連同車輛在內，沒發出任何振盪！』

——怦咚……——

「那這是……什麼？」

「這是……反響嗎？」其他部隊也注意到聲音是從跟方才不同的方向傳來的。

動作中的人當場停止動作，所有人一齊豎耳聆聽。就定位的士兵們各個左顧右盼，不安地尋找著這道心跳聲的反響源——

——怦咚——！

「不對……這不是反響！比Heurtebise的心跳聲還大聲！」

轟隆！有什麼從地面噴起。

有誰在叫喊著。

「Torwächter出現！再重複一次，Torwächter出現！」

德語的「Gatekeeper」，亦即NERV JPN尚未設定代碼，以偵測到時的暫稱Victor稱呼的黑色巨人。

阿爾瑪洛斯的眷屬被召喚了！而最讓人驚訝的是——

「Torwächter正發出心跳聲！」

因為Victor（Torwächter）的心跳波動，Heurtebise的重力子浮筒仍然排列著的重力子騷動起來，同樣開始振盪著心跳聲。這道聲音讓小光戰慄，因為她還記得。

「不是的——不是的……！這是——」

「黑色巨人發出模擬心跳聲？這到底是怎麼回事！」

克勞塞維茲在管制機內提出的疑問，被小光經由揚聲器大喊的聲音否定了。

『指揮艦橋！這是「原版」！』

「妳說……什麼……！」

從其他地方傳來的通訊插入。

『Torwächter有動作了！』

Victor解開抱在胸前的手臂，露出它至今所沒有的東西——朝三個方向延伸的錨，中心裂開一個巨大的三角形。

那是超級ＥＶＡ收納「心臟」部位的頂蓋組件（中央三角）。在裂縫後方能看到火光般的耀眼光芒，配合著心跳聲激烈搖動著。

因為周圍的狂奔，冬二完全無法跟通訊對面的人安排搜索明日香——

「這種事——有可能嗎！」他不得不吶喊。

目睹熟悉的東西，就算無人說明，冬二也已經理解了。

「居然是超級ＥＶＡ的心臟！這種事——日向先生、摩耶小姐！」

他慌慌張張地趕回N^2側衛戰機。但為了將頭盔攝影機的影像傳回箱根，他仍正面看著Victor，一面跌跌撞撞地倒退移動。

耳邊——『這不可能……！畢竟那可是——』

冬二的頭盔揚聲器傳來摩耶動搖的聲音。

『那是唯有在超級ＥＶＡ胸前的量子波動鏡之中，才能穩定成「心跳聲」的狀態顯露的特異點，是充滿凶暴能量的高次元之窗啊！』

在箱根火山臼島的NERV JPN指揮所，眾人全都緊盯著冬二傳回的影像不放。摩耶從關東灣傳回的聲音經由揚聲器蓋過這道畫面。科學部主任摩耶判若兩人地粗暴喊道。她這並非向任何人說明——恐怕是在對自己解釋。

『從軌道上降落的朗基努斯奪走了那顆心臟，強制解開枷鎖！但是地球並沒有粉碎，也沒

有在朗基努斯軌道上觀測到異常的能量放射！所以原本以為是在它們開啟的轉移空間裡大爆炸了……！』

「的確，要是被扯下來，心臟會無法穩定，應該早就消失了才對……！」

美里回想起北非的慘劇。一面伸展成未完成的環狀、一面在軌道上繞行的朗基努斯之槍突然改變方向，化為全長八萬兩千公里的鋼鐵之蛇，連同地球一起貫穿ＳＥＶＡ，並在那時奪走了ＳＥＶＡ的心臟。她氣憤地敲打控制臺。

「那個心臟可是真嗣的心臟啊……！」

這並非比喻。現在的真嗣不具備肉體固有的心臟，就算拍攝，也只會照出一片虛無空間。只要ＳＥＶＡ的心臟跳動，他的血液就會循環。在心臟被奪走後，如今的他是靠著植入ＳＥＶＡ體內的阿爾瑪洛斯鱗片——ＱＲ紋章勉強活下來的狀態。

日向試著詢問摩耶。

「會不會是在超級ＥＶＡ胸口的反射鏡內跳動時，穩定成『跳動的心臟狀態』啊？」

『你是說心臟自己選擇了穩定？就像原始生物具有意識般地選擇了穩定一樣……』

「無論如何。」冬月打斷話題，看向美里。她點了點頭。

「沒錯，敵人不會在因此變得容易打倒後現身吧。」

恐怕正好相反，這是任誰都想像得到的事。

「摩耶，關於明日香的消失妳有何見解？」

『我認為是我們的「敵人」使用的空間轉移，沒有留下被吸入地面的痕跡。這麼一來，在這邊附近搜索說不定已經沒有意義了。』

「摩耶，請妳立刻歸還。雖然很可悲，但現狀下我們沒有能為明日香做的事情。沒問題的，她可是運氣好到能從月球歸來的人唷。」

「下一件。」美里朝向日向。

「零號Allegorica的改裝如何？」

「已完成六成，目前沒有必須改裝的致命性部分。」

「零號Allegorica即刻起整裝後待命出動，希絲！」

「汪！」「武裝機體，沒有限制。」「了解汪！」

美里啪地拍了下手。「開始行動！」

——怦咚！——

Heurtebise機內的小光被對手發出的心跳聲氣勢壓倒，同時還得壓抑著肩部QR紋章想要追求心臟的疼痛衝動。她的EVA應該也有發出心跳聲，然而這邊的只是模仿反響的冒牌貨，所以被壓制過去了。

儘管如此，小光依舊拿起橫放在地上的陽電子步槍，立刻啟動射控系統，讓藍色的演習指令

選單以波形切換成橙色的實際可用狀態。反應爐緊急輸出動力，開始充能。

「Ritterschaft呼叫指揮艦橋，請求開砲許可……！」

她感受到在循環的ＬＣＬ之中冷汗直流的異常感覺。

#6受邀者們

■歸途迷失

奔馳在漆黑的空間之中，「……對不起。」特洛瓦喃喃低語。

真嗣回過頭。儘管聲音的主人近得彷彿能感受到她的呼吸，但即使貼這麼近，依舊看不懂她的表情。坐在插入拴座椅上的綾波零No.特洛瓦看似露出抱歉的表情……大概。

「妳不需要道歉……就一直試下去吧。」真嗣也只能這麼說了。

超級EVA終於成功闖入轉移空間。

不過這次換成找不到轉移出口，可說是迷失在高速公路上的狀態。

SEVA插入栓內的真嗣與綾波，就跟與零No.卡特爾共乘時的分工一樣，由真嗣操縱機體，零No.特洛瓦控制動力設備QR紋章，維持著像是在操作古早交通工具的狀況。

——為什麼無法順利轉移啊？操縱0.0EVA時，特洛瓦迷失自己的存在，處於心神耗弱狀態，應該是無意識地依照加持的命令不斷轉移。但如今在意識清楚後，反倒變得無法順利控

制。或許是因為有了想活下去的理由，無意識時放任ＱＲ紋章侵蝕的黑暗突然讓她感到害怕也說不定。

在這個起於補完計畫，聯繫著一切大地的巨大轉移網路之中，遍尋不著出口的超級ＥＶＡ以猛烈的速度被沖走。

根據SEELE加持的說法，蘋果核伊甸、月球、地球儘管分隔三地，卻也是同一塊大地，薰則說這個轉移網路是在舞臺底下，讓工作人員奔走的地下通道。超級ＥＶＡ依舊處於不帶速度感卻能認知到的漆黑通道，以猛烈的速度流動著。

起於補完計畫，聯繫一切大地的巨大黑暗迴廊。

真嗣同時思考著——為什麼無法回到通常空間？

他想到了兩個理由。一個是被SEELE吞噬靈魂的加持為了妨礙真嗣他們回去，將作為出口的門狀結構封閉的可能性。

但是當特洛瓦與Victor在通道對決時，也曾提及這個通道一旦進入，就無法阻礙離開的可能性。最重要的是，雖然加持發下豪語要切斷通往「蘋果核」的通道，但至少有感覺到他從那條漫長的單行道回到了與地球大地連接的主要網路。

——那句話果然是在虛張聲勢也說不定，畢竟就連加持先生能不能辦到這種事都很可疑吧……既然如此，另一個可能性就是特洛瓦受到ＱＲ紋章的侵蝕沒有卡特爾那麼嚴重，所以相對地無法自由操作深度的能力——就算是這樣，也開不了口要她加深侵蝕吧——

真嗣每次從ＱＲ紋章取出能量時所感受到的黑暗，現在有一半以上是由特洛瓦代為承受。儘管沒有說出口，表情上也看不出來，但她應該很難受才對。

黑色雪紡裙襬在ＬＣＬ裡飄蕩著。

特洛瓦現在不知為何穿著曾幾何時被卡特爾從特洛瓦房間裡帶走的黑色小禮服，它似乎一直放在卡特爾機０．０ＥＶＡ變異體上頭。

姑且不論穿上的原委，總之特洛瓦現在是以沒有隔絕思考的打扮，跟真嗣一起搭乘著作為他分身的ＥＶＡ，卻沒有發生與真嗣之間的思考混濁。

這是因為她的存在，比同為綾波的卡特爾還要稀薄。

——我會找到特洛瓦的顏色——真嗣回想起自己順勢說出的這句話。我辦得到嗎？明明就連自己的事情都處理不來了。

就在這時，突然湧現了某個非常眼熟的物體在這個特殊空間內從前方橫越的感覺。

印象是——紅色——

「明日香！」真嗣反射性地喊出這個名字，把零No.特洛瓦嚇了一跳。

「Crimson A1在這個轉移網路裡？根據卡特爾的記憶，她應該是從非洲筆直前往箱根……」

「儘管如此——但我們這趟失樂園之旅已經過了相當多天，就算地球那邊發生了什麼事也不奇怪唷。」——真嗣沒說自己或許是搞錯了，因為他很確信。

特洛瓦看著真嗣凝視著虛擬顯示器上的一點。就在自己眼前的他意識已經要離開插入拴了。

「——留在這裡。」帶著焦躁的莫名不快感，脫口而出的這句話……

「——什麼？」不過當真嗣反問時，綾波No.特洛瓦也不清楚自己這麼說的理由……

「沒事……」她把話吞了回去，結束這個話題。

儘管處理掉這股她認為跟狀況判斷毫無關聯的感覺，但特洛瓦並非沒有體驗過——這跟失去源堂時的感覺很像。

由於有了目標，SEVA開始追逐感覺到的紅色印象。

一面奔馳在這個無法確定距離感的奇妙空間裡，一面像是切換軌道似的改變前進方向。

■在人的夾縫之間

「誰？」在空運US EVA的聯合國巨人機上的調整室裡，嬌小的真理冷不防地抬起頭來。

機內充斥著氣流沖刷機體表面的轟隆隆聲響。

預定在新地島展開的歐盟迎擊戰演變成遭遇戰的始末很快就傳達過來，這架巨人機也因此進入最大巡航速率。大半職員都不得不改變原定計畫，為了舉辦全部門聯合的緊急簡報會議而擠在充當作戰室的餐廳裡，機內的其他地方全都空無一人。

真理的戰鬥服手套很大～為的是避免她用異常發達的指甲衝動性地搔抓自己。她以那隻難以握住東西的手，靈巧地將喝到一半的牛奶放到桌上。

咚的一聲跳下椅子後，US EVA駕駛員離開了白色的調整室。

好幾條藥劑管與情報連接線接在這名嬌小女孩身上，全都連到一架比她還高～高度大約到成人胸口的四足機器人上頭。這架與真理連接的機器人也追隨著她的行動啟動，搖晃著滴液包一起離開房間。

咻咻——在機器人步行機動的移動馬達聲，以及在機內轟轟響起，彷彿豪雨日裡體育館般的

風切聲中，真理頭上不是耳朵的耳朵一跳一跳地指著方向。

這對獸耳是編入基因裡其他動物的基因訊息正在侵蝕她的證明，指甲發達也是基於這個原因。每次搭乘US EVA都會讓徵狀加深，使得NERV USA的醫療職員們十分擔心之後會不會長出尾巴來。

以前NERV USA也在選拔適任者上失敗了。

基於這個經驗，讓他們與NERV JPN相反，推進著該如何不讓EVA握有適任駕駛員選擇權的研究，導致EVA退化到擁有意識的人型存在之前的模樣。結果漸漸遺忘用雙腳走路的美國EVA接納了與它有著相同境遇的駕駛員，並作為副作用獲得直接且衝動、極為強烈的攻擊性。

接在真理身上的管子與連接線，是為了將每次插入EVA都彷彿要脫離人類框架的她一如字面含意地繫留下來，在醫學與腦資訊領域上的救命繩，但她自己倒是覺得無所謂。

經過數年互相理解的數種（家族）動物們現在融入她的體內，讓她將自己個人視為「群體」。

這種發言令周遭的人感到不安，擔心她會不會很快就遺忘人類的常識與語言，變成一頭只依照本能而活的野獸。在他們的國家裡，否定進化論的宗教基本教義者並非只是少數派。跟這些人相比，NERV USA職員們可說是世俗之至，卻也覺得要是症狀繼續惡化下去，將不再是他們科學家的工作，而是驅魔人（除魔師）的領域。

真理毫不遲疑地來到詢問是誰？的對象身旁。

「嗚～」在低於冰點二十度以下的貨艙裡，躲在貨物固定網的隙縫裡瑟瑟發抖的是黃金獵犬茱茱。

難道牠是在這架巨人機中途停靠箱根NERV JPN時，與在大觀山機場迎接他們的綾波零No.希絲身旁的姊妹犬安士走散，不小心誤入機上的嗎？真理拉著連接線鑽進隙縫裡，把臉靠向茱茱，抽著鼻子聞著牠的味道。

茱茱被突然靠過來的希絲大小人類——以及從她背後的隙縫看到的機器人嚇了一跳，不對，在這之前，這個小小人類真的是人嗎？她的氣息讓茱茱迷惑。

就在牠後退之前，鼻頭被真理舔了一下。

「妳的好奇心很強呢。」

被真理強勢的笑容壓倒，讓茱茱只能搖尾乞憐。茱茱害怕的並非單體的真理，而是牠所感受到無數看不見的視線。

■北島開戰

作戰共用頻率上滿是怒吼。

在敵人比預定還要早出現的騷亂之中，理應撤離開戰預定地點的運輸車輛與貨櫃被留在原地。但是就戰鬥位置的部隊已全部備戰完畢。

雖然能在地平線上清楚望見Victor的黑色身影，不過雙方仍相隔十公里以上，然而那股心跳聲卻傳到這裡來了。那是伴隨著重力波的孤立波（難以衰減的波），發訊源明明並沒有特別大，卻能傳播到遠處。

這股心跳聲蓋過ＥＶＡ（Heurtebise）發出的冒牌心跳聲。

——怦咚……！

冬二忘不了這股心跳聲誕生時的情況。

本部外有難以擊退的未知敵人逼近；整備室內，受到致命性損傷的ＥＶＡ初號機與真嗣一同漸漸死去。為了不讓他們的終焉帶著世界一起上路、為了平靜地送他們最後一程，眾人照理說舉辦了一場精心的葬禮。然而在當時誕生的心跳聲卻宣告著強而有力的復活，讓人毫無根據地雀躍不已，在場的所有人都狂熱地舉手敲打著什麼東西。

那顆心臟如今在敵對存在的胸口裡。他咯吱咯吱地發出咬牙切齒的聲響。這是屈辱。

——怦咚……！

「無法接受——我無法接受！」他在N^2側衛戰機的駕駛艙裡咆哮著。

明明只是從NERV JPN過來先行視察的冬二正煩惱著該怎麼做，最後讓自己的N^2側衛戰機飛離廣大的盆地——通稱米夏的平底鍋——眼前只見純白的ＥＶＡ（Heurtebise）撿起她的武器，舉了起來。

「……」每當Victor發出心跳聲，重力子浮筒就會共鳴振動起來。當冬二讓機體北上後，Heurtebise就像是在等他這麼做似的開砲。

白色的歐盟EVA[Heurtebise]那彷彿管樂器般閃閃發光的陽電子步槍發出鮮明的開砲火光，衝擊波的巨響則慢了一拍響起。

視線距離十二公里前方的黑色巨人Victor——歐盟代碼Torwächter——以類似絕對領域的無形能量盾擋下這一砲，接近光速的反粒子在護盾上發出龐大能量，隨後崩壞蒸發——怦咚……！人們目擊到瞬間的閃光，並聽到遲了一步的轟響。

EVA——巨人的戰鬥凡事都是如此。

在人類的知覺中全都慢了一拍，看起來宛如慢動作一般，但實際上並不慢。道理就跟飛機看起來飛得很慢一樣。不過由於巨人有著人型，導致人的視覺會無意識地套用人類的縮尺，造成感覺上的差異，所以巨人們那像是在水中重壓之下掙扎的動作，與感覺產生了不舒服的誤差，抬頭仰望時，就宛如惡夢一般。

「小光聽好，把那傢伙引到陷阱裡！」

即使第二發的陽電子砲被護盾彈開，歐盟立即反應部隊第6軍的克勞塞維茲中校——Heurtebise運用部隊的指揮官仍不打算悲觀。這種程度他早就設想過了。

「照計畫進行！」『——好的！』

兩發陽電子彈的蒸發讓肉眼看不見的電波環境完全陷入干擾狀態，使用頻寬一口氣減少的小光聲音變得沙啞，但她有好好地執行計畫。

照理說得在俄羅斯領的新地島上設下陷阱的多國軍，因為比計畫提早出現的敵人而亂成一團。但部隊的展開倒是意外地有條不紊。

這是因為先入島的先發組正要開始第二次演習，剛抵達的後衛部隊則在島嶼南方的機場那邊陷入混亂狀態。

「不過這種時候可說是非常好吧。」

儘管自己等人因為理應作為壓箱寶的陷阱系統機能不全，意外地將敵人提早叫來，他還是能斷言情況非常好。

沐浴到朗基努斯之槍開始繞行地球時降下的光芒，從北非到歐洲、俄羅斯一帶有一百六十萬人化為鹽柱粉碎。而在這之後的天災地變中，光是歐盟圈就出現了遠超出最初鹽柱化大災變的犧牲人數。

他們歐盟人即使賭上一口氣，也必須在近期內對導致這次災害的傢伙們報一箭之仇。

這不單是國家的尊嚴問題，得在人心充滿絕望之前帶來希望。

——怦咚……！

黑色巨人Torwächter一面讓他人的心臟跳動，一面筆直朝著Heurtebise走去。以前真嗣等人看到的Torwächter（Victor）曾拿著像是錫杖的打擊武器，今天卻沒有帶任何武器出現。而理由立刻就判明了。

Torwächter把手繞到背後，握住背板——看似黑曜石板的物體邊緣後，一部分的背板便以纖維狀分離開來，並在分離時變成一把握柄前端帶著大角度紡錘狀物體的手持武器。它能自由地產生武器嗎？

「鎚子……是冰鎬嗎？角度很奇怪。但若是打擊武器，攻擊距離就很清楚了。」

「說不定只是看起來像，就引它使用來取得資料吧。東3A的UAV（無人戰鬥機部隊），能當誘餌發動自律攻擊嗎！」回應請求，地面立刻發起砲擊。

數輛埋伏在壕溝裡的無人化戰車開砲。一五〇公釐砲口發射的砲彈在彈托脫落之後，化為非常細尖的貧鈾重長槍衝擊Torwächter的護盾，但沒能貫穿，在護盾表面化為煙霧消散。

做出反應的Torwächter大幅振臂後以手腕施力，彎曲手中的握柄，將全長三〇公尺左右的紡錘狀物體往前方推出。讓人寒毛直豎的重低音風切聲響徹戰場。

「那是Atlatl！」連著線的紡錘狀物體從握柄前端飛出。

「Atlatl……是投槍器啊！不過投擲棒與標槍之間連著吊索。」

巨人再度振臂。

連著吊索的紡錘狀物體從拋物線運動轉為劃出大弧度的圓周運動，在揮動之下加速。突然響起的轟隆衝擊聲，讓戰場的大氣為之震動。

「紡錘狀物體突破音速！」旋轉物體越過產生的雲層。

橫向砸進小型的戰車陣地後，它便以停不下來的運動質量與波及周遭的衝擊波將戰鬥車輛群連同地面一起削掉，而且依舊不停地在咚的一聲彈起後，繼續以超音速旋轉著。

鄰接的其他陣地也開始射擊，導引武器噴著火光飛來。

「跟著開砲的是哪裡的部隊！」

「叫他們住手！要是巨人改變方向……」就無法將它引到陷阱裡。

不過他們算是白擔心了。黑色巨人只是改變連著紡錘狀物體的纜繩(吊索)長度來應對，輕易解決跟著展開攻擊的陣地，只見好幾輛車輛就像小孩子不喜歡而丟出去的玩具一樣飛上天空，跟著沙土與岩塊一起變得七零八落，往周遭散落。

這個粗暴的武器以直徑約一四〇〇公尺的圓周旋轉，偶爾會任意地改變半徑。

Torwächter繼續走著，紡錘狀物體引起的刺耳嗡鳴聲與地鳴聲一面在戰場上縈繞，一面伴隨著巨人的行進往設定戰場的中心移動。接連被衝擊波與撞擊以曲線削掉的大地，宛如屏風般地揚起圓周狀的碎片與沙塵，就連滯空的Heurtebise管制機也難以辨識Torwächter。

未免也太硬來了。然而，「——這可無法小覷啊……」

無人反對副官的意見。人類明明擁有射程與火力都遙遙領先的武器，卻會被護盾擋下、敵人損傷的部位還會再生，於是不得不恐懼這種原始的武器，怎樣都讓人感到不可理喻。

NERV JPN宣稱已打倒另一架Torwächter的消息雖然沒有證據，但兩個個體理應會一起出現，今天卻只有一個個體——也就是情報無誤？這還真是令人感激。因為據稱兩架黑色巨人一旦將背板疊起，背板之間就會開啟通往異空間的窗口，出現敵人的增援。更重要的是鹽柱化大災變對他們來說可是一場惡夢。不過今天不會發生這些事情雖然是個好消息，背板的構造卻產生變化——一部分分離開來變成武器。

「怎樣都行啊。」克勞塞維茲說道：「嘖，那個背板到底是什麼？」

那片背板絕對不會離開地面。無論Torwächter還是阿爾瑪洛斯的背板都一樣，從外表看來會配合它們的運動，不時從地面伸出，或是下沉。

NERV JPN提出了一個奇妙的推測。最大的黑色巨人阿爾瑪洛斯背上以前有兩片背板，同樣接在地面上，但在JPN的EVA擊退一架Torwächter之後，據說就變成一片了。而它們是以地面作為轉移的出入口。

「也就是說背板的底部並非接在地面上，而是沿著阿爾瑪洛斯的背板，經由轉移網路連接在Torwächter背上。儘管附上了他們自己也只保留在推測程度的注釋，即使如此，一旦情境證據成立，日本人就會認為這是結論吧。」

在Heurtebise管制機內這樣說道的指揮站副官，再度確認起Heurtebise的所有情態板。

「我會參考，但作戰不變。」克勞塞維茲粗魯回應著。

「比起這點，那個旋轉武器意外棘手，最糟的狀況下有可能一擊就失去大半的波動鏡。將量子波動鏡車輛繞著目標排成同心圓狀的布陣從選單中清除。另外研究看看能否透過狙擊打斷讓紡錘狀物體旋轉的那條吊索繩——3、2、1。」

啵♪『Torwächter加速，進入「鏡子房間」。』ＡＩ發出進入下一階段的宣告。

■靈魂之人

超級ＥＶＡ在這個位處轉移網路中馳騁的漆黑空間裡，突然被同樣大小的存在握住了手。他有被嚇到，但不覺得害怕，因為那隻手很溫暖。

『真嗣！找到你了！』依舊是高高在上的聲音。那確實是——

「明日香！」ＳＥＶＡ轉過頭去，映入眼中的是明日香與貳號機混合而成的紅色巨人Crimson A1——這樣以為的真嗣當場嚇了一跳。

因為他看到原本模樣的明日香本人。在ＥＶＡ外頭，轉移迴廊之中，無數紅影以看不清形狀

的速度在赤裸的明日香周圍旋轉，宛如一件由熱風構成的衣服包覆著她。

無法理解狀況，或許判斷成看到幻覺會比較好——

那個明日香撲了過來。不清楚她的位置情報與大小，接住她的好像是ＳＥＶＡ的手臂，但真嗣自己的胸口也能感受到她的身體。

「特洛瓦——我是看到幻覺了嗎？……」

「不，那是第二……——明日香喔，看起來是她……然而物理狀態不明……無法判斷……」

眼下，人類尺寸的明日香開心地把臉埋進真嗣的胸口。

不對，這種態度就已經很奇怪了——不像明日香。

『丟人現眼地哭喊著不要離開我～的人明明是你，結果你反而不曉得跑到哪裡去了，是想怎樣啦！』自從心臟被換成ＱＲ紋章之後，即使提高ＬＣＬ液溫仍覺得冷的插入拴內溫暖起來。心中洋溢的是幸福感，不對，是安心感嗎？

這個明日香同樣注意到真嗣背後的特洛瓦綾波。然而——

「珊克……！」

明日香模樣的存在，喊著已經不在這世上的綾波編號之名。

「珊克……妳先回來啦。這樣啊，妳溶入特洛瓦之中了——抱歉，就只有我……」

「別在意。」背後的綾波沒有否定，這樣回答。

「咦？」真嗣驚訝地回頭。

她毫無疑問是特洛瓦，那溫柔的表情卻是零No.珊克。

是No.珊克的記憶？意識？借用了No.特洛瓦之口說話。

「只能依靠與他人的關係認識自己是我的極限，同時卻也是我的價值觀，所以做出最佳判斷的我完整了。特洛瓦也不能為我的事情煩惱唷，那是我的自我表現。」

真嗣雖然沒注意到，但特洛瓦的眼淚溶解在LCL之中。

有種獲得救贖的心情，因為她對珊克的誕生與死亡感到責任。

零No.珊克與明日香一起飛往月球進行武裝偵查，在朗基努斯界面成為不歸之人。她的起源，是三年前針對在軌道上以三架0・0EVA形成迎擊網的計畫，提出將四個自己的精神並列連接的綾波——現在的特洛瓦。

「特洛瓦。」在明日香的呼喚下，零No.特洛瓦的主體被拉了回來。

「特洛瓦，那件衣服很適合妳唷。」

咧嘴笑起的明日香說道，她有好好地看著特洛瓦。

這個坦率老實的她是誰？察覺珊克的她，還有注視著真嗣的她到底是誰？是隱藏在自尊之下的真實面貌嗎？

「挑的人眼光果然很好吧。」

也不忘記自誇的她──真嗣就在這時認定「啊，她是明日香。」──她從緊緊抱住的真嗣身上離開，雙手依舊放在他的肩膀上，就這樣用力跨坐到插入拴座椅的中央機罩上頭。紅色群體繞著她的周圍旋轉，這件奇妙衣服的下襬輕盈飛舞。

「真嗣，我一個人去月球回來了唷，雖然回來時好像跟著一大群東西，但我很厲害吧？──快說我很厲害。」長睫毛有點垂下的命令語氣。

一直維持驚訝臉孔的真嗣，表情忽然放鬆下來。

變成紅色巨人的明日香確實回來了，但要從與ＥＶＡ混淆的情報之中只將她重新構成這點被認為是絕望性的。

而那個明日香就在他的眼前微笑著──雖然很懷疑她是不是本人。

但真嗣同時也接連回想起至今的點點滴滴，深為感動──不行，現在要是哭出來──日後一定會被她拿來取笑。

「是啊，妳很厲害唷，明日香──我很尊……」

他的嘴唇被手指壓住。「尊敬感覺太遙遠了，我不需要喔。」

被這樣說的真嗣，已經不管她為什麼會在這裡了。

獨自突破界面，在低重力下與載體交戰，一個人克服難關發現月面上的方舟，甚至失去形體也依舊返回地球的明日香。

這次就連自我也是獨自取回的啊。

「妳這傢伙還真是——太厲害了啊，明日香——妳真的……」

「『妳這傢伙』講得還真是恭維呢。」

居然能像這樣子跟她說話……要和她說許多話、為許多事情向她道歉吧——正當真嗣這麼想時。

明日香像是被某人呼喚似的，忽然望向遠方。

她冷不防地僵住，然後直盯過來，宛如確認一般。

「明日香？」

再度看過來的她，臉上卻失去了微笑。口中吐出警戒的話語。

「你——是誰……？」令人感到刺痛的拒絕眼神。下一瞬間，一定流速的ＬＣＬ就像陣風似的翻騰起來。

「不是你……！呼喚我的不是你，是真嗣！」

瞬間拉開物理性的絕對距離。待真嗣注意到時，她已在ＳＥＶＡ外頭。

「咦？——啊！」彷彿被推開的感覺。

纏繞身軀的赤色之風衣服將明日香藏起，當漩渦猛然擴大到ＥＶＡ尺寸之後，她轉眼間就在轉移空間內飛走了。

而在她飛去的方向，他們也能聽到。

——怦咚……！遠方傳來的聲音讓他們大吃一驚。

「這是……碇同學的——」特洛瓦喃喃自語。真嗣忍不住回頭與她面面相覷。

「心臟……？——為什麼！」

■封閉之鏡

——怦咚……！從紡錘狀物體大幅旋轉所揚起的沙塵與碎片中心處，響起被奪走的超級EVA的心跳聲。如今的心臟之主Torwächter朝著Heurtebise發出的模擬心跳聲而來。

即使奪走了心臟，它們依舊覺得人類的心跳聲很礙眼啊。

小光慌慌張張地來回看著虛擬顯示器上的視野影像與展開地圖的簡圖，Torächter的光點越過了地圖上所畫的線。

「目、目標侵入鏡子房間！」Heurtebise呼叫指揮艦橋，即刻起變更重力子浮筒的模式。」

在從模擬心跳聲的振盪變更為產生重力扭曲的模式後，失去所追求心跳聲的Torwächter便有些遲疑似的放緩腳步——好機會。

管制機向展開部隊與巨人騎士宣告陷阱完成。

『波動鏡全車輛，將環封閉！Ritterschaft，動手！』

在指示之下，將有如梯形板子的量子波動鏡搭載在平衡環架上的十六輛大型裝甲車一齊轉動輪胎，衝向荒野，越過Heurtebise展開陣型。

隨著Heurtebise的重力子浮筒發出嗡鳴聲響，本來讓聲音產生的能量就有大部分溢出這個次元消失，這是重力波的特性。只不過，這些能量被所配置的十六輛車上的量子波動鏡反彈回收，開始在波動鏡之間形成通道並聚焦在空中的一個點上，形成焦點。

——轟隆！

Torwächter持續旋轉著紡錘狀物體，它邁開步伐的腳邊空間因為些許扭曲而炸開。

實際上這就是運用N^2技術的重力子技術極限了，頂多產生複數扭曲讓Heurtebise或N^2側衛戰機飛起。先不提這種在特定部位產生大量扭曲的方式，若要以遠距離在一個點上產生的扭曲做出把想要的座標對象爆破或壓扁等等科幻般的重力武器效果，根本是痴人說夢。

但也得看怎麼用。重力變化能穿過對手的護盾。儘管只有用力推一下巨人的力量，但是被小型扭曲絆倒的黑色龐大身軀踉蹌地向前倒下。

『小光，繼續！』「了解。」

ＥＶＡ與Torwächter都站在地面上，也就是會受到重力影響的物體，絕對領域與能量盾無法阻

止重力扭曲入侵。腳邊繼續被反響撞擊的Torwächter向前跨出一大步，勉強保持平衡。

『小心！吊索伸長了！紡錘狀物體的旋轉會打中妳的！』

小光猛然回神，注意起兩側後，便見漆黑的紡錘狀物體從左邊砸來。

自右側轉過來的陽電子步槍勉強趕上射擊——但沒打中。紡錘狀物體撞擊地面彈起，改變了軌道。下一瞬間，陽電子步槍被砸來的紡錘狀物體擊碎了。

Heurtebise的左肩也受到衝擊，裝甲出現巨大龜裂。

「能量盾擋不下來……？」

比起反饋的疼痛，小光顯得比較驚訝。

「那是什麼啊？居然陷進領域裡了，不是單純的動能武器。」

「還可以！對Heurtebise主要器官的傷害輕微！」

『Heurtebise呼叫指揮艦橋，把替身插入拴的支配率恢復到之前那樣——本來的我無法徹底取出能量——沒辦法發揮全力！』

小光突然間的喪氣話把克勞塞維茲嚇了一跳。不過仔細想想，這還是清醒的她第一次參與實戰。

「冷靜點，妳做得很好！」

『可是……！』

「要是這樣妳就能安心，我會準備好讓替身插入拴隨時都能進行高滲透！也會讓人備妥替代用的槍。」

雖然約定好要讓小光從替身插入拴的控制之下解放，但實際上並非完全沒有啟動。要是完全關閉，駕駛員的精神就會像NERV JPN的零No.卡特爾那樣被植入的ＱＲ紋章侵蝕，所以是由替身插入拴代為承受侵蝕，使小光得以保持正常。

但是他們也很清楚，之所以無法發揮像以前那樣的力量，原因並不只是將兩片ＱＲ紋章的其中一片給了ＪＰＮ的超級ＥＶＡ。

——不對，眼下比起這件事——克勞塞維茲切換思考。

「俄羅斯的磁軌砲大隊準備好了嗎？」話一問完，畫面就瞬間閃出白光。

磁軌砲擊中Torwächter的護盾，迸發出七彩光芒的電磁雲。

由於動能過大，別說粉碎，投射彈體甚至離子化了。黑色巨人勉強以能量盾擋下這一砲，但因為衝擊太大，導致它被往反方向撞開。不過站穩腳步的Torwächter當場反擊，將旋轉的紡錘狀物體砸向巧妙隱藏起來的四〇噸級大型自走砲，一個接著一個地砸爛。

自走砲有如紙箱般連同偽裝被砸爛，搭載在上頭狀似橋梁的三十五公尺級磁軌砲一如隨風飄揚的詩箋輕盈飛起，砸毀一輛移動中的量子波動鏡車輛。現場立刻重新計算，憑藉ＡＩ正確連動的各輛波動鏡車輛全力轉動驅動輪，將配置變更為新陣型，填補一個單位的損失。

即使承受了近十次就連超級ＥＶＡ都會立刻跌倒的重力反響，Torwächter依舊挺立著。但既然是人型，要計算它是在站立與步行時的哪裡取得平衡或失去平衡便輕而易舉。因為打從很久以前，人類就為了醫學醫療抑或讓技術成果步行，進行過無數次計算。Heurtebise與波動鏡車輛再度產生重力扭曲。

這次是在Torwächter的背後讓空間爆炸。黑色巨人踉蹌了一下。它大幅揮動的手臂軌道亂掉，以吊索連接的紡錘狀物體被拖著衝上天際，然後一口氣砸下來，揚起遠超過ＥＶＡ身長的凍土，深深陷入地面之中。

『小光，能切開那傢伙的護盾嗎！』「好的……！」

即使辦不到，她依舊這樣回答了——總之這的確是個機會。

儘管害怕得不得了，她仍仰賴著護盾衝過去。ＥＶＡ(Heurtebise)拋開被破壞的步槍，從腳側邊拔出代替的長劍，同時再用重力反響撞擊Torwächter。當它要站起來時，被反響從膝蓋後方推倒，黑色巨人終於單膝跪地。Heurtebise便於這時一口氣逼近，將長劍刺出。

——鏗！撞擊發生在長劍的劍尖，雙方的力場護盾就在這一點上激烈衝突。

小光竭盡全力地要將長劍刺進去。

「去！去吧……！」

她就在這時注意到了。長劍的劍尖——不對，是護盾在振動？是什麼振動……？

在護盾對面激烈閃爍的光，來自Torwächter胸口。

——心臟的跳動加快了——

有如瀑布般轟轟隆隆的巨響中，重疊著咚咚咚、咚咚咚的心跳聲。胸前的閃光急促搖曳，看似很燙而嘶嘶地冒起煙來。小光直覺聯想到煮沸後開始滿出來的大鍋——究竟是怎麼了？

雙方所站的地面轟地炸開，從中飛出紡錘狀物體。被攻其不備的小光無法完全避開，Heurtebise由腹部到胸部的裝甲自下方縱向裂開。

「呃……！」白色裝甲在傾斜的視野中飛散，對面的Torwächter朝著這裡伸出左手後，空氣便看似扭曲了一般——

——咚！Heurtebise的龐大身軀被打飛了。

那是將看不見的牆壁——力場護盾直接朝目標發出的攻擊——對了，還有這種攻擊。

「小光！」相隔一段距離，目睹到下方這一幕的冬二高喊之際，他耳中傳來以目前作戰共用頻率發出的未加密通知——

『Break（註：最大能力迴轉）、Break、Break，來自西方的狙擊，Heurtebise別動。』

這是越過指揮系統的宣告。

戰場西側的海岸線丘陵突然一齊炸開。突破宛如形成火山的巨大爆炸煙霧，近三十發超高速彈有如光線般地飛出。倘若黑色巨人在排除或攻擊Heurtebise之際使用了護盾能量，它的防禦會變

得如何？

在新地島西側巡航的俄羅斯艦隊就等著這一刻。艦載磁軌砲以全艦隊同步的ＦＣＳ進行三連齊射。各座磁軌砲幾乎無間隔地發射了三發砲彈，第一射轟掉阻礙射線的地形、第二射以衝擊波推開大氣與塵埃、第三射穿過密度下降的空間，以最大動能襲向Torwächter。

肉眼能看到的只有第二射燃燒空氣所留下的瞬間航跡，卻被第三射命中焦點而產生大爆炸的激烈強光蓋過了。

「——！」以巨大火力進行的單點飽和攻擊。

就在狙擊點旁的ＥＶＡ（Heurtebise）被產生的衝擊撞倒，龐大身軀摔在地面上。以猛烈力道撞上Heurtebise護盾的碎片與空氣分子，化為煙霧燃燒殆盡。

小光彷彿聽到島上各處發出「喔喔」的喊聲。

實際上，就戰鬥位置的砲兵們在瞄準鏡之中、各部隊司令站在主顯示器上、觀察機組員隔著塑膠窗所看到的景象，讓他們全都忍不住振臂大喊——成功了！

白色、灰色、黑色——因為衝擊而揚起的各種東西覆蓋著那個場所。

然而瀰漫在砲擊中心的巨大爆炸煙霧，就像是被Torwächter推開似的散去。那是被重新展開的能量盾驅散的。

——居然還活著——不過見到它隨後展現的模樣，就連攻擊方也啞口無言。

左手斷裂、雙腳失去大腿以下部位，卻沒有倒下。從地面突出的背板將失去雙腳的巨人舉到原本的高度。

「等等，它為什麼還能前進？」

它緩慢地前進著。背板推開地面上的物體，像是慢慢滑動似的，將失去雙腳與一隻手的巨人往依舊倒在地上的Heurtebise方向運去。

宛如設置在破損船龍骨上的軀幹船首像一般。

——阿爾瑪洛斯的背板經由超空間連接著Victor的背板。

這個附加在NERV JPN報告書中的推測，在這個戰場上就只有十幾個人看過。但這十幾個人現在無一例外地想起了這個推測。

啪咻地響起壓縮聲的戰鬥服對小光的身體施打鎮定劑。司令站呼叫著她。

『小光，妳還好吧！』

「——是……的……但現在使用鎮定劑的話……」

『妳放心等著，我立刻提高替身插入栓的滲透度，這樣QR紋章也會活性化讓自我修復加快。妳放輕鬆就好，由我們這邊來移動。』

與替身插入栓重新配對後，雖然Heurtebise軀體損壞的內臟組織才剛開始最佳化而無法施力，但N^2反應爐及相關的重力子浮筒開始運作，將癱倒在地上的巨人抬起，緩慢地移動起來。

腹部的痛楚稍微平復，卻因為替身插入拴與鎮定劑的關係而開始有點神智不清。然而非說清楚不可——

「克勞塞維茲先生——心臟，Torwächter的心跳變快了——」

『……什麼？』

「讓我感到——危險……明明是班長……朋友的心臟。」

拖在地上移動的Torwächter。

見所追求的Heurtebise飄在空中移動，恐怕瀕臨死亡的那架巨人就讓代替失去的雙腳在地面滑行的背板停止，像個被拋下後不知所措的孩子般茫然佇立。

Torwächter從手腳斷裂處噴血似的猛烈噴出光粒子，與在中央三角內側跳動的心臟、從高次元之窗漏出的光有著相同光輝。

「心跳——」儘管混在激烈的戰鬥噪音之中，不過在暫時安靜下來後，歐盟軍、俄羅斯軍的士兵們也開始注意到黑色巨人的心跳變快了。

——咚咚咚、咚咚咚——

一面從缺損部位噴出大量光血，中央三角裂縫後方的光芒也變得更加耀眼地搖曳著。看似強行裝在Torwächter胸口上的那塊超級ＥＶＡ胸部護罩組件變得火紅，灼燒著黑色巨人。

難道是控制不住，要跟這架巨人一起爆炸嗎？那還真是令人額手稱慶，但這樣就了結了嗎？

像是站在快被洪水沖垮的堤防前——本能發出這種警告的感覺。

「該死……！我好像懂了。」

在滯空的N[2]側衛戰機駕駛艙裡，冬二用拳頭咚地敲打自己的仿生義腳。

超級EVA的心跳聲對於遭到巨大存在輕易蹂躪的人類來說，本來應該是鼓舞人們向前邁進的希望。美里曾說過這是「存在之力」，是就算賭上一口氣，也要留在閉幕的世界舞臺上的力量。阿爾瑪洛斯害怕著這個心跳聲——急著過來奪取心臟——這是為了……

「讓心臟被視為恐懼的對象而遭到忌諱，好讓人類自己親手消滅啊！」

——咚咚咚、咚咚咚——

「況且要是戳爆心臟，照摩耶小姐所言，可是會把這整座島——不對，將炸掉更廣大的範圍吧——會死很多人，連帶削弱『想要存在的力量』，這會是很好的警告吧！」

就算撤離全體士兵，改用阿登鐵鎚進行攻擊，一旦它趁機逃走可就血本無歸了。現在要是減緩攻勢，就會讓打倒Torwächter的機會功虧一簣。

「——只能動手了。」不只是這麼說的克勞塞維茲，正當在場所有人都這麼想時，隨著噴出的光之血流減少，人們這才注意到那裡站著另一架巨人。

那架巨人貼在靠著背板立起的Torwächter背後，伸出雙手，安撫般地按住狂野跳動的心臟，讓心跳緩緩平復下來。當這架新的巨人離開Torwächter背後時，人們看到它背上有著相同背板。

「警、警報！向全體部隊發出警報！Torwächter出現新的個體！再重複一次——！」

「怎麼可能！」最驚訝的就屬冬二了。

「另一架——那傢伙的另一半確實是被真嗣打倒了啊……！」

無秩序的射擊看似決堤般地展開。但在湧起的爆炸煙霧之中，絕大部分的攻擊都打偏了。因為攻擊反而看不清身影的新Torwächter似乎展開了厚實的能量盾，然而感測器無法穿透電磁干擾以及濃密的爆炸煙霧與熱量。

所能看到的，只有兩架巨人緊緊接合在一起的背板前端——

「糟糕！」冬二以顧問的通訊協定介入作戰頻率。

「這是NERV JPN見證人對全軍的閃急電報！緊急事態！在Victor附近，不對，是在Torwächter附近的全體部隊立刻撤離！」

『是哪裡的白痴在鬼吼鬼叫？』歐盟的空中管制機沒有理會他。但冬二之所以會驚慌失措，是因為他很清楚接下來將會發生的事。

「指揮艦橋呼叫Heurtebise。小光，怎樣，站得起來嗎？」

司令站副官代替克勞塞維茲詢問起修復狀況。白色的雙腳雖然還站不太穩，不過Heurtebise借助著浮筒的浮力站起。如果只有腹部外裝，馬上就能自行換裝完畢。

雖然傷及內臟，所幸並沒有讓內臟外露，之後只能以拘束裝甲壓住傷口，然後祈禱自我再生的速度會比高機動讓傷口擴大的速度還要快了。

或許是想甩掉殘留在腦中的痛楚吧，通訊視窗裡的小光搖了搖頭。

『勉強可以……方才的磁軌砲有一發打穿機翼了。雖然浮筒沒有受損……』

「前線退後……！」透過一旁的螢幕看著戰況下指示的克勞塞維茲，也目擊到兩架Torwächter將兩塊背板接起，然後分離的瞬間。「前線後退！」

「司令？」「快後退！拋棄裝備！用跑的！」他也得到跟冬二一樣的結論。

「那個『窗口』要開啟了！」

隔著煙霧，能看到兩架Torwächter分離。在雙方的背板之間，與其他空間連接的「窗口」宛如飄在空中的黑幕布般展開。

再度飛上天空的Heurtebise機內的小光，目擊到開啟窗口的新Torwächter以輕快機動衝出煙霧的模樣。

「！」兩束像是頭髮的機翼因為戰鬥衝擊而舞動著。充滿活力般的曲線從胸部往腳尖加速似的逐漸改變弧度——如此自我主張著的女性外型是——

「明日香，妳怎麼了……為什麼會是妳……？」曾以全身赤紅的身軀為特徵的明日香EVA整合體如今背負著Victor的背板，有一半染成漆黑。

「這這這這是怎麼回事啊！」冬二也對此大吃一驚。才剛收到她不久前在關東灣沿岸下落不明的報告——這究竟是——

但沒時間思考了。

複數的白手自窗口對面的漆黑之中伸出，用力抓住開啟的窗口邊緣，隨即一口氣湧出七架天使載體Ⅲ型到這一頭來。

■眼中所見之物

戰場看似陷入混亂，傳來的畫面突然減少，收到的內容也變得敷衍。不過也已經沒必要了，因為在能以超望遠鏡頭眺望戰場的距離，搭載US EVA的聯合國巨人運輸機正要抵達作戰地區。

十架巨人，而且似乎是一對九的局面，讓ＵＳ職員們倒抽了一口氣。

——就算有大火力支援，戰力比也太過懸殊了。這有參戰的意義嗎？

然而真理卻被當中的其中一架——明日香ＥＶＡ整合體的身影給深深吸引。

「那個人未免太棒了——明明混合了這麼多存在，卻有如透明般純粹。」她很明顯看到了什麼人類所無法認知到的東西。

不過這點除了她之外無人可以證明，是以ＵＳ職員們將她的發言當作是一如往常意義不明

——讓人不舒服的妄想。

「人？那個才不是人，ＪＰＮ代碼Crimson A1，是名為明日香的NERV JPN駕駛員與ＥＶＡ情報混濁之後所淪為的東西——啊，真理？」

她朝著插入栓甲板跑去。

「——明日香……嗎？」她的生體調整機器人也一起衝出。

「太棒了，太棒了！明日香太棒了♪」

真理在她身上看到了自己至今以來的存在理由與理想。

「我想成為妳！」

#7 擦身而過的元素

■決意與實踐與——

極北之島遭到攻擊而被破壞，灼熱大地湧起的濃煙激烈翻騰。

在空中開啟的「窗口」裡冒出七架天使載體。這個白色群體轟然展開力場翅膀壓制上空，或是降落地面。

開啟窗口的兩架Victor——歐盟名Torwächter——的其中一架，擁有自超級ＥＶＡ身上奪來的心臟。對這架先行出現的Torwächter造成致命傷的是歐盟與俄羅斯的聯合軍，以及小光操作的歐盟ＥＶＡ（Heurtebise）。然而Heurtebise也受到重創。

同時在「窗口」開啟之後，便無法與數個前線部隊取得聯絡。

「窗口」對面吹來微溫的甘甜之風。

依照指南穿上耐ＡＢＣ戰裝備的士兵看著來不及這麼做的同僚化為白色粗晶粒的鹽柱，在通訊機的另一頭大叫，也有人仔細回報著自己的身體化為鹽粒的狀況，先行一步離開生命的道路。

歐盟立即反應部隊的Heurtebise管制機將有關機內空調的機外進氣口全部關閉。管制機內的通訊站向與Heurtebise配合地上行駛的十幾輛量子波動鏡車輛發出指示。

「呼叫全波動鏡車輛，快確認個人裝備的氣密，對車內進行加壓，將空調切換成內循環！」

車輛調度員儘管因為驟變的事態動搖，不對，就是因為動搖了，才會按照事前設想準備的指南發出通知。

——這樣就好。在Heurtebise管制機內，克勞塞維茲環顧著各職員的臉色。

「小光，趁現在裝備『朵拉砲』——小光……？」

總司令部經由第6軍司令部向Heurtebise管制機傳達與Torwächter附近的三個砲兵部隊失去聯絡的消息，並詢問能否在救援時幫忙爭取時間。

克勞塞維茲中校從在這種混亂中被司令部苦苦相逼的副官頭上抓起耳機。

他朝著麥克風明確說道。

「很遺憾，請認為該部隊已全員化為鹽柱了。」

他們的觀測職員也有數人的生命反應消失。

那些人是到戰場上設置感測器時遭遇開戰，被孤立在最近的避難所裡。

遙測資訊在圖表上以突然出現的平凡鋸齒線表示，在開始運作的感測器附近有著相當於人類體重數人份的氯化鈉，這便是答案了。

克勞塞維茲將副官的頭掛耳機丟還給他。若是要向死者道歉，待事情結束後也有辦法做。

「比起這件事，小光的樣子不太對勁。」

「她沒有回應嗎？除了損傷部位外沒有異常——自我再生也很順利……」副官話還沒說完，克勞塞維茲就抓起自己的頭掛耳機麥克風，再度喊道。

「Ritterschaft，小光！是『朵拉砲』！去拿八〇〇mmAT步槍型熔渣加農砲！就算要這邊運過去，由於它重達五五〇噸，在崎嶇地面上除了妳之外是誰也移動不了的！」

『是……是的，指揮官……Heurtebise這就退後……前去裝備朵拉砲——』

聲音明顯感到動搖。

「小光，怎麼了……」

她略感遲疑地回答。

『——跑來打開窗口的另一架Torwächter……是我的朋友——基底EVA是Heurtebise的姊妹……』

「妳說那是明日香．蘭格雷與產品型號一號，EVA貳號機嗎！」

『領域外無人觀察機部隊出發了。』通訊操作員傳達司令部的通知。宛如迷你版戰鬥機的淺灰色無人觀察機從配置在戰場外圍的部隊中隔著時間差起飛。

「妳沒看錯嗎？小光。」

『我……不可能會看錯她的！』

說到最後已是裂帛般的吶喊，讓指揮所的人員全都嚇得抬頭。

這是派出無人機群闖進開在空中的「窗口」，確定對面位於何處的並行作戰。由於人類至今曾多次在空間窗口對面目擊玻璃狀立方體聚合物——方舟的存在，他們潛入日本箱根山火山臼的「眼線」也曾回報這件事，因而期待能藉此再度得知據說從北非阿特拉斯山脈被移走的方舟所在位置。

儘管NERV JPN也曾將方舟並非救贖之船，而是以補完計畫失敗為前提，為了使世界迅速再生而不斷重複的全生命情報高密度集合體的情報傳達給歐盟方，但當時正以宗教神話為線索搜索亞拉拉特山及周圍地區的歐洲陣營仍然不承認那就是方舟。

畢竟基於宗教基礎，在這個字彙上尋求救贖的人太多了。

而且就算NERV JPN說的是事實，姑且不論阿爾瑪洛斯做了什麼，既然會為了避人耳目移走，那便毫無疑問是對敵人來說很重要的物體。

查明方舟下落的意義重大。

無法估計接下來會繼續在這個戰場上付出多大的犧牲。

儘管如此——不對，是正因如此，才必須考慮下一步。

為了將敵人的注意力從無人機上頭引開，部隊開始向背對窗口散開的載體群發動攻擊，兵器的衝擊在類似絕對領域展開的能量盾表面上化作無數的閃光與聲響轟鳴。

『可是不太對勁，Heurtebise沒有要我去救現在的明日香……她並非被強迫，而是以自己的意思行動——』

「小光，撿起朵拉砲，與敵人保持距離！想辦法弄清楚載體肚子裡的嚇人箱藏著哪隻使徒幼體！」克勞塞維茲再度發出指示。

平時的小光很謹慎，但在提高替身插入拴的滲透率高機動化後，她的精神會融入EVA之中，在獲得異常知覺的同時做出意想不到的行動。

「敵人很多，不專心會被幹掉的！」

『……我知道了。』雖然嘴上這麼說，然而比起朝這裡來的七架天使載體，小光明顯更在意後方開啟「窗口」的兩架Torwächter之一是明日香EVA整合體這件事。

最初現身的黑色巨人Torwächterr在Heurtebise的攻擊與俄羅斯海軍的艦載磁軌砲飽和攻擊之下受到致命損傷，僅剩頭部與揮動紡錘狀物體武器的一隻手還勉強接在身體上。這個奇怪的物體本來應該會像個壞掉的稻草人，以背後插在地面上的背板為支柱立著不動。但是當它失去控制的胸口心臟～超級ＥＶＡ的心臟溢出的粗暴能量的心跳聲被成為新Torwächter的明日香ＥＶＡ整合體安撫下來後，現在已由自我崩壞轉為急速再生身體缺損部位的構造。

朝它飛去的導引武器被明日香ＥＶＡ整合體的絕對領域抵消。在閃光與爆炸煙霧之間觀測到Torwächter的再生讓人覺得不太對勁，那明顯跟使徒與ＥＶＡ的自我再生不同，像是有一雙無形之手在修復黑色鎧甲般地逐漸恢復原狀，卻只有重新構築軀體的表面，沒有修復內部構造。直到這時，觀測者們才猛然驚覺到一件事。

「Torwächter的ＱＲ紋章在哪！」

Torwächter總在開啟「窗口」後就迅速消失，至今都沒能確認到它的ＱＲ紋章位置。然而這次都把它拆成這樣了，依舊沒能在它身上發現。

——假設根本沒有，這到底是怎麼一回事……？

Torwächter並非單純與阿爾瑪洛斯連接著，這架黑色巨人只不過是阿爾瑪洛斯的影子嗎？正當理論物理學者們受到這種想法驅使時……

——咚咚！響起地鳴。

天使載體一面踏著地面，或是一面低空飛行地配合著Torwächter的心跳聲，一齊用手中杖狀武器的柄頭敲打大地。

——咚咚！就連在這場混戰的巨響之中也能不斷規律響起的聲音令人印象深刻，將它的心跳聲與存在傳得又深又遠。

本來判斷會是十架巨人敵我混雜，人類以火力應戰的大混戰，但是在同時出現的七架天使載體開始敲擊地面後，認為事態會更加嚴峻的各國軍隨即暫時停下無秩序的攻擊。

由於是從攻勢轉為守勢，各單位必須請求上級的指示。

聯合總司令部趁著這個時機對出現的載體標上1到7的編號，將這些無形的號碼背心，利用戰場外圍的射擊指揮所、視野良好的艦船，或是空中管制機，以微波或雷射的射控照明雷達持續電子照射在各個編號的載體上，並將這份標示資料顯示在聯合作戰地圖上作為全軍的共有情報。

在殲滅使徒級大型威脅個體的模擬實驗中，就算是出現複數的假設情境，仍以大火力集中的各個擊破為基本，這恐怕是不會錯的。不過在依循戰術方式進行攻擊與評價～判定攻擊是否有效～的時候，其他載體也有可能突破防線，故會基於攻擊陣型的配置輪流交換目標。載體要是有著明確目的，便會不顧一切地執行；然而假如沒有，就有著對攻擊進行反擊的傾向。

『要是載體當中有著將塞路爾幼體藏在腹部繭裡的個體，即使正在攻擊其他載體，也要優先除掉塞路爾載體。』

因為它是能連續進行遠距離攻擊的使徒，對以射程外攻擊為基本的人類方來說，同樣戰法的塞路爾會是最大的威脅。至於其他使徒，既然不是據點防衛戰，極端來講只要且戰且逃就好。

■各自的理由

針對NERV JPN的詢問蜂擁而來。畢竟他們的貳號機所變成的明日香EVA整合體，這次是以應該打倒的其中一架Torwächter，也就是作為敵人出現了。這點要是處理不好，他們將會連同整個組織成為人類公敵。

在新地島戰場上受到各國軍追問的冬二窮於應對，遠在箱根的NERV JPN總司令官美里不得不做出決斷，也就是Crimson A1——明日香EVA整合體假如做出敵對行動，就要將其視為敵人加以殲滅。作為組織的負責人，她只能這麼說了。

接著，她向冬二問道。

『能將明日香引到戰場外嗎？』

覺得美里很無情的冬二在聽到她這麼說後稍微鬆了口氣。不過狀況依舊惡劣。

「老實說，很難。」

在N^2側衛戰機的駕駛艙裡，冬二隔著頭戴式顯示器俯瞰戰場。

「惣流那傢伙是自己跑去貼在Victor……不對，是Torwächter身邊的，為什麼啊？」

『該不會——』正從關東灣返回箱根途中的摩耶說出自己的推測。

『也許是超級EVA的心臟……如今的明日香難以理解與識別言語或姿態等表面上的事物，相對地是用更加不同的層面在觀看事物的感覺。」

「這是什麼意思啊？」

『她把那個當成真嗣了唷。』

小光用Heurtebise的手掀開帆布，準備取出擺在戰壕裡的巨砲——我想成為妳——突然聽到了這句話。

「什麼……？」

她因為察覺到附近有除了自己以外在關注明日香的存在而回頭。

就在這時，灰色團塊落到戰場上。大地碎裂噴起，衝擊颳走周遭事物。巨大掉落物沒有就此停下，在跳到低空飛行的天使載體護盾表面上後，連同自身一起將載體打落地面。

載體的白色羽毛猛然散落。護盾接觸面迸發激烈電光火光，不以為意地硬用爪子攻擊的是一架有如四足野獸般的人型。

US EVA beast（Wolfpack）毫無預告地參戰了。

真理不理會自國職員的制止，讓EVA從聯合國巨人運輸機上脫離。如今機上的US職員們恐怕正在忙著向歐盟與俄羅斯申請ＩＦＦ（敵我識別）的代碼吧。

載體腹部的繭中飛出鎖鏈般的物體襲向US EVA beast的頭部。雙股螺旋的形狀——是使徒阿米沙爾。隨著第一擊遭US EVA beast抬頭避開，第二擊居然被長滿尖牙的嘴巴用力咬住。

以粗壯頸部與強力下顎在空中制止住狂暴的雙股螺旋後——

「消除者，環面驅動！」設置在背部懸掛架上複數防護筒之一的內部圓錐開始流暢地轉動，並在轉眼間變成高速旋轉。

US EVA beast背負的四個大型防護筒裡裝著美國開發的超指向性N^2彈，能以超高速旋轉在筒芯與外圍調整N^2反應的疏密，接著在中心部形成二次反應，可說是能在砲管中產生超指向性N^2反應的極超指向彈。

『真理！那只有四座！而且距離太近了！』

「砰！」讓天使載體強固的能量盾表面像是投入石子的水面般濺起小小飛沫後，中心密度壓縮到相當於微型黑洞的N^2反應虛擬彈體射了進去，然而隨後在內部產生的反應十分驚人。它以大爆炸將載體的右肩連同ＱＲ紋章一起炸得灰飛煙滅，接著還在另一個載體的護盾上暫時開出一個缺口。

沒放過這一瞬間，古典但驚人的巨響響起——那是Heurtebise以就連ＥＶＡ都只能蹲下用腰射

姿勢舉起的加農砲攻擊了。

從八〇〇公釐異常大口徑中飛出的彈體，即使上頭的彈托因為膛線造成的旋轉朝四方脫落，依舊大得超乎常規。它掠過被US EVA beast壓制的載體，射進從後方逼近的另一架載體的護盾缺口。

令人驚訝的是，在護盾內部引發的並非N^2爆炸，而是相位差爆炸。士兵們看到從地面升起的十字形人工爆炸。

以這道爆炸火焰為背景，US EVA beast咬著使徒阿米沙爾自半毀載體的腹部中伸出的雙股螺旋——但由於知道這個使徒無法以物理方式切斷，所以反過來將無法切斷的雙股螺旋纏繞在載體僅存的左肩QR紋章上，然後使勁往地面拖去。僅存的QR紋章輸給太過強韌的雙股螺旋而粉碎，從繭中拖出的阿米沙爾幼體無法獨自生存，還來不及侵蝕US EVA beast就嘩啦嘩啦地崩潰了。

Heurtebise攻擊的載體雖然受到重創，卻仍能行動，不過地面部隊的磁軌砲轟然給予它最後一擊。

Heurtebise的管制機內因為得到的戰果而歡聲雷動。

「太厲害了！這不是壓倒性的嗎……！」

「目前只解決了兩個個體。那個四腳獸是美國製的嗎？只有一架卻叫做Wolfpack（狼群）是什麼意思？還真是亂來的傢伙呢。」

「該不會有好幾架吧？」

Heurtebise之所以能配合US EVA beast（Wolfpack）的戰鬥，是因為現在被ＥＶＡ擴大思考的小光能感受到那個ＵＳ駕駛員對明日香的異常心理。

她無意識地解碼對方的管制訊號，介入通訊。

「想成為明日香是什麼意思？你的氣勢就像是要把明日香吃掉一樣。」

『啊，對耶——』

「這個聲音……是女孩子？年幼的……」

『還有這一招……妳很聰明耶。』——這孩子在說什麼啊……？

「是在開玩笑吧？」小光邊這麼說，邊感受到與對方思考重疊的好幾隻野獸目光正狠狠瞪著自己。

——這是什麼……？群體……？對方體內混雜著複數意識。

儘管程度有差，但是她讓小光想起在北非出現時的明日香ＥＶＡ整合體～被龐大數量的生命情報混淆，甚至迷失自身形體的明日香。

「不行待在這裡——不該存在。」

對話對話照理說已經結束了，然而等注意到時，自己的嘴巴卻還在說話——咦？

——有誰在看著……遠比那孩子更加巨大的存在。

宛如被巨大的存在從背後壓制，小光無關自身意志地向真理吐出話語。這句話一說完，她便用自己的意志快速說道。

「指揮艦橋，克勞塞維茲先生！有奇怪的氣息。」

小光連忙呼叫管制機。

『妳說什麼？』

「說不定是訊息——啊……不該存在之人……將人類的姿態——的姿態……仿照的姿態……墮落於獸……罪大惡極。」

『是黑色巨人嗎！稍等一下——這邊也確認到了。能以本國的感應受驗者監控，所以妳不要去理會，交給替身插入拴處理。』

在NERV JPN由綾波們聽到的阿爾瑪洛斯的聲音。儘管多虧了替身插入拴讓小光沒有像綾波們那樣被奪走意識，但她仍以自己的語彙繼續說出阿爾瑪洛斯強大的意念。

「——退下……迷途之狼——墮落於獸之人無法撰寫——補完之詞……靈魂受損是無法轉生到……下一個世界的。」

其餘的天使載體一齊看向US EVA beast（wolf pack）。

人類方無法理解載體在這瞬間全部佇立不動的意圖，為了推測而瞬間停下所有攻擊。然而在下一瞬間，五架天使載體就一齊撲向US EVA。

真理對這道訊息毫無感覺，無所謂地喃喃說道。

「我才不管什麼明天。我現在想成為的人就在眼前，你們的背後。」

她並非根據計算，而是依循本能行動，不理會管制機發出的警告，朝著眼前的敵人引爆第二發消除者。

「僅僅如此。」

■迷路的孩子。

『冬二……不對，鈴原代理副司令，這裡有個壞消息——零(希絲)的新地島登島時間變成未定了。』

「結果還是沒找到茉茉嗎？」

戰自的春日個人寄放在小不點綾波No.希絲這邊的黃金獵犬——安土與茉茉當中的茉茉下落不明，推遲了趕忙組好最後加工的NERV JPN第三架(F型零號機)飛行型EVA(Allegorica)的出發。

狗不見了這種話根本不成理由。但即使擁有十七歲的知識，希絲的肉體與腦構造終究還是八歲小孩，優先事項的順序與他人完全不同。就算對因為茉茉不見而完全無法專心的希絲生氣或是命令，也只是白費功夫。

『茉茉依舊下落不明。但已經要她放棄尋找，就在方才進入慣性彈道，往你那邊出發了。』

這番話讓冬二摸不著頭緒。

「既然如此，那麼不論發生什麼事，她都會以拋物線落到我這邊來吧。」

日向對此答道。

『加速並未在進入彈道後停止……推進一直持續著。因為是重力子浮筒推進，在目前的電磁干擾環境下，就連會持續多久都無法從地面上觀測到……也接收不到機體姿勢是否變化的訊號與反射……該死！為什麼會在這種時候收到阿爾瑪洛斯的訊息啊！』

「什麼！」——她失去意識了嗎……

一旦黑色巨人開始傳達意思，希絲就會喪失意識，淪為它的傳聲筒。冬二最後一次看到她變成這樣，是在超級ＥＶＡ飛起來的時候。那時只見她的眼睛失去焦點，自身的特有反應消失，就像個只會結結巴巴拼湊出話語的人偶。當下雖然過一陣子就清醒了，然而究竟會清醒還是會繼續昏迷下去，每次都不一定。

「自、自主飛行程式有——」話說到一半就停下來了。

當然有裝，但就算裝了也不知道會有怎樣的結果。這是ＥＶＡ完全無法寄予信賴，難以稱為兵器的部分。

——在宇宙迷失了嗎……！「為什麼啊……！」

悔恨與無處宣洩的憤怒讓仿生義肢收到不自然的信號，人工左手咯吱咯吱地震動著。

零No.卡特爾反叛、小光的姊姊兒玉化為鹽柱、零No.珊克在月球與地球之間死亡、真嗣與零No.特洛瓦下落不明、圍繞第三新東京的箱根山火山臼下陷成為離島，以及雖然徹底變了樣，但還是回來的明日香現在成為敵人。這次是零No.希絲嗎？

盡是些不講理的事。

——這個世界已經無法往好的方向轉動了嗎？——

宛如預測到冬二的情況，美里向他提出對策。

『還有希望喔。儘管到處都沒有可用的衛星，讓地面發出的全方向訊號已經無法傳到目前的電磁干擾環境之外，但我讓平流層飛船網路的地面用天線向上伸出，試著發送甦醒訊號與ＡＥＤ（註：自動體外心臟去顫器）訊號。』

——也是啦，要是地球與月球沒變得亂七八糟，無論在進入彈道後搞砸了什麼，都能更輕鬆地把人找到吧。但總覺得美里小姐也在勉強自己裝出樂觀的聲音……

冬二恍然大悟。將頭盔的ＨＭＤ面罩連同口罩一起拿掉後，他朝著自己的臉——

啪！用右手從正面狠狠地拍下去。

——是在讓人操什麼心！是在讓人費什麼功夫啊！明明十七歲的自己被人說是小孩子便會火冒三丈，但就是這樣才會被人說是小孩子啊。即使是代理，我依舊是管理職吧！

『什麼聲音好大聲？鳥擊嗎？』

「沒事啦。」

——沒錯，NERV JPN年紀最輕的毛頭小子，才不會因為這種程度就倒下。

冬二接著看到的畫面——機頭與駕駛艙左側就像紙氣球被捏破一樣的光景——讓他印象深刻

——搞砸了！

超高速彈不太會跳彈，由平緩角度接近對象後，反倒會以大角度鑽進去。不過也有例外，磁軌砲彈體並未在擊中載體的護盾後化為微粒子與離子彈開，儘管因N^2側衛戰機產生的力場而喪失大半動能，此時粉碎的碎片卻貫穿了機體。

N^2側衛戰機——Platypus——的機頭、駕駛艙及左側浮筒受損，朝受損處晃動傾斜後，便再也拉不回機身地旋轉墜落。

「冬二！」Heurtebise機內的小光有私下將冬二的N^2側衛戰機標示在螢幕上&追蹤，所以在戰機中彈失衡時立刻就察覺到了。

戰機旋轉著，途中沒有任何乘員逃生的跡象，就這樣消失在爆炸煙霧的另一端。

Heurtebise放開舉起的加農砲。

周圍的空氣轟然扭曲。抓起插在地面上的十字槍，白色的歐盟ＥＶＡ隨即衝進眼前的敵群之中。

「哇——！」追隨不上的量子波動鏡車輛被拋在後方。管制機連忙制止小光，然而她卻充耳不聞。

被放開的八〇〇公釐砲重達五五〇噸的砲身以後膛側撞擊地面，導致裝填的炸藥包遭瞬間衝擊引爆，八噸重的砲彈在轉眼間加速，以平緩角度射出。

砲彈追過衝出的Heurtebise。

擊中小光前方從繭中伸出使徒夏姆榭爾觸手的載體護盾後，儘管沒能貫穿，載體的龐大身軀卻也被往後方撞倒。

在這瞬間，小光隔著產生缺口的護盾，將十字槍深深刺在繭上，飛躍過去。

載體雖然還沒死，不過正要起身就被追在Heurtebise後頭的US EVA beast用強力的前腳擊潰頭部，打破ＱＲ紋章。真理打算趁群起圍攻自己的載體包圍網被Heurtebise突破的機會，跟著一起衝出重圍。

她完全不懂Heurtebise突然力量增幅的理由，但這種事怎樣都無所謂，因為對面有著兩架

Torwächter，其中一架是明日香ＥＶＡ整合體，真理認為有見她一面的價值。複數生命互相融合的理想型態——她想將其據為己有，即使要像小光說的一樣把明日香吃掉也在所不惜。

見US EVA beast衝進升起的濃煙之中，周遭火力便朝還在動的載體殘骸噴出火光，把巨人轟成肉片。

但是在兩架ＥＶＡ突出防線之後，這個戰術也無法繼續了。

正當Heurtebise要闖越感測器無法穿透的濃煙時，從上方刺來的槍狀物體貫穿了腰部機翼的右側，但小光沒有停下，以展開的護盾彈開從頭上流下的溶解液後，憑著一股蠻力將刺在機翼上的槍狀物體拔出地面。

那是一隻長腳。這時，從後方追上的US EVA beast跳起，朝著Heurtebise頭上將天使載體連同軀體一起舉起的馬特里爾撞去。當馬特里爾往對面倒下時，猛烈的遠距離攻擊隔著濃煙以零時差擊中它的軀體。小光與真理雖然好不容易避開射擊，卻有什麼在濃煙的對面等著她們衝出。從過去的使徒資料中預測到攻擊方式，當兩人飛越被轟得破破爛爛死去的馬特里爾載體，塞路爾的薄長緞帶便一如預期地穿出濃煙，有如巨大剃刀般地將馬特里爾載體剁成碎塊。帶著塞路爾幼體的載體正躲在瀰漫的濃煙之中。但現在重要的是——

有受到衝擊，但不足以致命。

是奇蹟般地軟著陸嗎？由於看不到外頭，無從得知狀況。

漸漸清晰的痛楚──駕駛艙收納座椅的箱狀防彈槽扭曲變形，壓迫著身體與座位把冬二關在裡頭。剛剛要是不小心彈射逃生，反倒很糟糕也說不定。夾在扭曲骨架之間的仿生左手完全被壓爛了。

「痛痛痛痛痛──儘管好在不是壓到右手，但人工手臂也……非常痛啊。」

他用右手搖晃著完全扭曲變形，碎裂成一片乳白色卻尚未脫落的聚碳酸酯製液晶座艙罩，試圖推開它，但胸口與腹部傳來的痛楚讓他無法施力，只能稍微推開一點距離。隨後外邊就像是有人注意到他的行動，將座艙罩玻璃嘎吱嘎吱地掀開，露出外頭的景象。

一頭美麗的長髮轟轟飄逸。因為壓迫感與痛楚變得神智不清的腦袋，忽然聯想到小學時代，在林間學習的鄉下仰望到的鯉魚旗。比自己的腳還要粗壯的竹竿咭吱作響，從遮住整片天空舞動的隙縫之間，能窺看到閃耀的太陽──

「……搞什麼啊──惣流……是妳接住我的嗎？抱歉啦～」

明日香EVA整合體接住了墜落的N²側衛戰機，稍微水平轉動……是在看損壞的部位嗎？

「痛痛痛──啊～就算丟出去也飛不起來唷～不過妳為什麼要救我啊？妳不是轉職到敵方那邊了嗎？」

總覺得她很擔心地看著這裡。

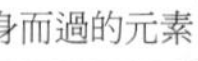

「搞不懂啊～……妳這傢伙。」

周遭持續著吵雜的戰鬥噪音。光、衝擊、嘩地撒落的碎片，這些聲音全在耳內嗡嗡作響，讓人覺得很遙遠。她在吵雜聲中俐落站起。

冬二在痛得喘不過氣來後，反而覺得自己好像理解了明日香ＥＶＡ整合體的行動原理。即使裝上了黑色背板，她終究還是把對方視為一個人，而非集團或陣營的一分子。不對，正因如此，她才會裝上那個黑色背板吧。

「喂，惣流……妳自從變大隻後，好像許多事都變得很隨便啊……即使心臟在Victor的胸口發出心跳聲，那也不是真嗣吧……嗯？」

明明並非可以安心的事態，自己卻不知為何鬆懈下來了，冬二自覺意識愈來愈模糊──還是覺得我們淨是在意些瑣事呢……或許是這樣吧──

「明日香！妳──！」Heurtebise突然攻擊過來，讓明日香ＥＶＡ整合體嚇得勉強展開絕對領域避開攻擊。

而當Heurtebise機內的小光看到明日香ＥＶＡ整合體抱著機頭毀損的N^2側衛戰機，也瞬間氣得暴跳如雷。

「放開冬二……！」

小光的後方遠處響起了塞路爾發出遠距離攻擊的連續聲響，看來真理或許難以甩開塞路爾載

體的追擊。明日香與小光面對面，她背後的濃煙之中響起超級ＥＶＡ的心跳聲——Torwächter就在那裡，是明日香保護了它。分頭行動的常規武器部隊照理說有發動攻擊，但看來毫無成果，或許它已經自我再生到足以再度展開護盾的程度了。

小光以Heurtebise的雙眼瞪著好友。

明日香ＥＶＡ整合體畏畏縮縮地將壞掉的飛機遞給她……

「放開他！」被小光的氣勢嚇到，明日香ＥＶＡ整合體將N^2側衛戰機輕輕地放到地面上。然後述說著什麼。

「……啊——」就像是在將不可能發出的聲音勉強擠出來一樣。她在變成這副模樣後第一次發出聲音「Ａ……啊。」

讓所有語言誕生的最初聲音Ａ，也是本來高傲的她的名字的第一個音。

明日香（ASUKA）的Ａ。

「——不准過來！」不過，在被友人拒絕之後，明日香就退到爆炸煙霧之中消失了。

「哈——……哈——……」小光像是剛憋完氣似的大口喘著。

她也曉得有什麼不太對勁。

但是她滿腦子都在擔心冬二，實在沒有餘力顧及其他事。而且就在Heurtebise砍向明日香ＥＶＡ整合體之際，機體一口氣變得沉重不已，幾乎無法動彈。

——為什麼要欺負我女兒？有種被她母親質問的感覺。

Heurtebise與如今成為明日香身體的ＥＶＡ貳號機是一同誕生的機體，正確來說是沒能成為貳號機的廢棄軀體。儘管無論跟誰講都沒人願意相信，但Heurtebise也跟貳號機一樣殘留著明日香母親的意識——小光是這樣相信的。

歐盟ＥＶＡ（Heurtebise）再度動起來，在跪下後抱起N^2側衛戰機。

太好了，冬二還有生命徵象。

「對不起，Heurtebise……」信賴被背叛。

Heurtebise之中的「她」，或許不會再像以往那樣提供協助了。

「對不起……明日香——」

■戰場膠著

「向司令部提議重新編制。」克勞塞維茲一臉苦澀。

無法妥善運用小光是自己的責任，然而現在就算追究這點也無濟於事——

只能重整態勢了。戰線已變成不論對哪一方來說都無法互相配合的局面。

鍋底大地演變成任誰也意想不到的大混戰。而在北側發生了一場小異變。

地面突然伸出一塊有如銳利刀身的金屬板，並且高速移動起來。

金屬板一面伸長，一面像是突出海面的潛望鏡在地面上滑行。該地區的士兵們嘈雜起來，在險些掠過裝甲車輛後，金屬板即使撞進作為路障堆到四〇英尺高的貨櫃山裡也沒有停下來，於撞飛貨櫃後朝著膠著的戰場中央衝去。

束手無策的士兵們看著那塊狀似陡峭高塔的金屬板從身旁滑過離去時，表面發出的振動讓他們的肌膚感到極度不舒服的嗡鳴，直覺性地明白那是不可碰觸的東西。

『像是刀尖的物體正沿著地面，以驚人的速度從平底鍋北側衝向戰場！能確認到嗎？』

儘管聽不懂對方在回報什麼，但環繞外圍上空的英空軍觀察機仍對鍋底大地北側的一切動態物體進行掃描識別。排除武器、士兵、運輸車輛的ＩＦＦ應答以及多如繁星的註冊信號後，留下一個光點(Unknown)。

「這是什麼——」——手臂……？在穿過戰場的刀底下，伸出一隻握刀的手臂。

朝天揮去的刀尖劃過天際後，轉了一圈朝著大地——

咚！把刀刺下的手臂肌肉猛然鼓起。突進的動能戛然而止，在改變方向後讓地面「另一側」的龐大身軀以刺在地上的刀為支點一躍而出。

在場眾人全都聽到了那道不是聲音的吶喊。

——把我的心臟還來！——

轟隆！現身的超級ＥＶＡ張口咆哮。

飛上天空的龐大身軀在著地時發出強烈威嚇，使空氣為之顫抖。被流放到異星，還在傳送迴廊之中飄流，最後很諷刺的是循著自己被奪走的心跳聲跳出這塊大地。他回來了，回到這顆喧囂的星球。

而宛如交替一般，心跳聲正好從戰場中央消失了。

在被小光拒絕的明日香ＥＶＡ整合體陪伴下，擁有心臟的受創Torwächter留下載體們，返回昏暗的傳送迴廊離去。真嗣與特洛瓦遲了一步。

「——這裡是哪裡！到底發生了什麼事？」

轟隆！撼動全身的衝擊讓真嗣頭暈目眩。

在面朝北極海的戰場上突然冒出的超級ＥＶＡ受到友軍猛烈誤射，砲火在連忙舉起的袈裟羅、婆娑羅雙刀，以及與真嗣一同搭乘Ｓ　ＥＶＡ的綾波No.特洛瓦展開的護盾表面上形成令人眼花撩亂的閃光。先不提好不容易歸還的地球是個陌生場所，沒料到會在大戰場正中央的真嗣嚇得驚慌失措，陷入某種空間迷向的症狀。

誤射在大約三十秒之後暫時停止，不過超級ＥＶＡ還沒站穩。「啊！」

有如銳利剃刀的緞帶自濃煙之中刺出，撞上勉強舉起的雙刀而迸發火花。儘管真嗣設法用交錯的雙刀擋下突襲，但Ｓ ＥＶＡ超過四千噸的龐大身軀也被推開，削掉二〇〇公尺左右的大地。

塞路爾的緞帶瞬間就收回濃煙之中消失了。

——使徒……！「這裡有天使載體嗎！」

真嗣大聲喊道，打算交由身後的零No.特洛瓦進行偵測，然而她卻毫無回應。

回頭只見她的眼睛失去焦點——卻抵抗著不讓某種存在奪走意識，緊緊地抱在真嗣背上。

「特洛瓦！」

「等等——心臟的主人在說什麼——不對……是心臟本身？——我的名字是……」

特洛瓦接受到Torwächter在離開之際發出的訊息。

「——我的名字是……真嗣……」

■朋友

當冬二醒來時，發現自己身處一間設備相當齊全的加護病房裡——不對，是常見的橫長型組合屋兵舍大小，還能從病床隔簾的隙縫中看到旁邊陳列著一排手術臺。

——是野戰醫院吧——環顧四周看到許多西里爾字母的標示——

「我搞砸了啊——」他為了抓頭抬起左手——覺得莫名沉重。

咦——他嚇得當場停止呼吸。從被單底下伸出來的並非仿生義手，而是以外固定器接在身上，慘白瘦弱的肉身手臂。

「這是什麼啊？」

「還問是什麼，就是冬二你的手臂啊，三年前為了再生醫療培養，但因為那起事件而放棄接上的手臂。這裡可沒有人工義肢能代替你被炸掉的手臂啊。」

從隔簾之間現身的是——

「——劍介……」

「要是把四肢全部接上，使徒巴迪爾就會覺醒，所以當時才沒有接回去。你以為手腳目前還

在本部的醫療研究設施的某處，泡在福馬林裡當資料對吧。」

「你在搞什麼啊？」

「所以腳才沒有接上去，存放在這個生體保存容器裡。先說好，這可不是我偷走的，我這次可是負責拿回來的。」

劍介邊這麼說，邊叩叩敲著循環系統在微微嗡鳴的圓筒容器。

「這是作為我提供同步等化器技術的報酬，從德國NERV那邊跨海收到的東西。寄送手腳的名目是使徒汙染的生體資料。早在我進去之前，我們情報部的技術管理課就是科學部不為人知的推銷員，到處在做這種非法交易。」

「我沒問這個。」

冬二嘆了一口氣。

「完全搞不懂你在想什麼。」

「對我來說可是很有條理的唷。」

「你怎麼會變成這樣啊——那個時候……」

好好好，我就知道你會來這套——劍介宛如這麼說似的聳肩苦笑。

「冬二，這就是原因啊。無論過再久都毫無變化的人……這就是我嗎？碇跟你都不斷地向前邁進，而我已經對始終帶著相同笑容留在原地的角色感到厭煩了。既然沒辦法跟你們並肩齊行，既然跟你們共處只會顯得我很可悲，那就走上不同的道路，這種想法有錯嗎？……或是說，事到如今就別讓我解釋了，會讓我想起當時鬱鬱寡歡的模樣。」

劍介以右手拿起瓶裝水，用左手轉開瓶蓋後灌了一口。

「我承認自己有許多事做過頭了，我會負責的。關於副班長的事，我真的很抱歉。」

小光一家之所以會遠渡德國，是劍介等一部分失控的情報部人員所策劃的犯行。這是冬二可以勃然大怒的場面，如果是以前的他早就一拳打下去了。

「……你的右手……還好吧？」劍介的右手在北非的方舟附近化為鹽巴粉碎了。

現在則裝上提供給戰災復興國家，能在這種國家進行維護與修理而壓低零件數與技術力的簡易機器義手。

「跟你之前裝的相比是差了不少等級的Ｂ級品。你今天也差點裝上這傢伙喔。」

走出隔簾的劍介把右手從隙縫裡伸進來，在向他展現動作僵硬的剪刀石頭布後，就這樣離開了。

#8我所能及的世界

■巨人與人類還有野獸

敵勢力突然撤退導致戰況變得更加混亂。

無論是出現在戰場上的一方，還是本來就在戰場上的一方，都完全不清楚雙方狀況，無法參戰。超級ＥＶＡ試圖脫離戰場，卻在起飛時被歐盟軍誤認為是Victor級大型威脅個體，以大火力擊落。

「哇……！」在插入拴裡痛苦呻吟的真嗣背後，坐在插入拴座椅上的零No.特洛瓦告知已判明的狀況。

「接收到微弱的電波鐘時間信號，此處是在俄羅斯莫斯科時區的某個高緯度地區……北極海附近！」

這是超級ＥＶＡ的現在位置，正確來講是俄羅斯的新地島。

打從出現在此地，NERV JPN的ＥＶＡ初號機經由國際註冊的簽章碼就一直發送著。即使超級ＥＶＡ沒在新地島作戰中註冊ＩＦＦ，各國軍的作戰ＡＩ應該也會注意到簽章碼而亮起綠色信號，不過他們的到來毫無疑問地造成了混亂，儘管攻擊不時會像波浪似的平息，但現場的狂亂似乎高於理性判斷，導致真嗣他們再度遭到誤射。

而真嗣他們的處境之所以會這麼糟糕，最主要是因為被俄歐聯合軍逼入絕境，只差一步就能破壞的Victor——歐盟名Torwächter——被同樣作為Torwächter現身的明日香ＥＶＡ整合體救離此地，使NERV JPN的信用一落千丈。只不過，在這之後出現的真嗣他們無從得知此事。

如今，俄歐聯合軍的士兵們正漸漸將超級ＥＶＡ視為黑色使者的巨人們的同類。束手無策的超級ＥＶＡ明知危險，依舊不得不躲進覆蓋住戰場的爆炸煙霧之中。

至今為止到底是用多麼大的火力在交鋒啊？千瘡百孔的大地融化，持續冒出白色、灰色的煙霧，周遭瀰漫著不斷發出閃光的黑色電磁雲，就連感測器也不太能穿透。

方才遭受到的攻擊讓真嗣得知這裡存在著某隻天使載體，但躲進煙霧裡至少能降低人類方的攻擊吧，儘管不比使徒的攻擊有威脅，但要來得痛上許多。

狼

「動物——的群體在奔跑。」

以並非肉眼直視的感覺，零No.特洛瓦感受到US EVA的存在。

「咦？——在哪？」真嗣的視覺大幅擴展到可見光的波長之外，能看到表面漆黑的濃煙因為熱源而發出亮光。從那道耀眼的煙霧之中衝出來的並非群體，而是一頭EVA尺寸的巨獸——

「這、這傢伙！是什麼啊——」

真嗣他們與初次見到的US EVA beast，因為突發遭遇而陷入對峙。

他本來立刻舉起刀打算防禦，袈裟羅刀卻猛力拉扯著舉刀的手，擅自砍了過去。

「什麼！」真嗣嚇了一跳。

現在超級EVA的動力源——QR紋章是由共乘的零No.特洛瓦負責存取，以自我意識接觸阿爾瑪洛斯鱗片的她感受到異常的行動。

「嗚——……！」感覺就像自己的手——超級EVA以外的手，從QR紋章直接伸出來的漆黑之手，穿過她的腹部握刀的感覺。

讓她不舒服的那隻手粗暴地揮著刀。真理從消除者突出肩膀的空防護筒上展開護盾，格開這道斬擊。

刀被激烈衝擊彈開。US EVA beast往一旁跳開後扭轉龐大身軀，以四隻腳在大地上削出痕跡，踏穩著地，讓真嗣得以確認特洛瓦感受到的野獸全貌。

「這傢伙身上有ＱＲ紋章……！是新型的天使載體嗎？」

「碇同學，等等……！ＡＩ函式庫說那臺機體的徽章與縮寫是美軍規格。況且雖然理由不明，但『那句話』是在否定野獸的姿態……」

是指〈墮落於獸之人無法撰寫補完之詞〉吧。

特洛瓦與真嗣是在來到這個戰場之前，在轉移空間的通道內聽到這句話的。

「所以是美國製造的ＥＶＡ？像Heurtebise那樣靠著ＱＲ紋章在運作？——沒聽說過這件事……我們這邊也已經攻擊了耶。」

「先觀望情況。」

「我也想啊——又來了！拿刀的手正擅自亂動！發送——這裡是NERV JPN所屬的ＥＶＡ０１ＳＥ。」子顯示器以橙色視窗顯示通訊錯誤的訊息。

「該死，就算想聯絡對方，也接收不到管制訊號！乾脆以民用呼叫頻率發出明碼通訊……」

「冷靜下來，這裡混雜著八千道以上的通訊，無論哪個零頻率都早已飽和了。」

隱瞞自身痛苦的特洛瓦看著真嗣的背影。只見他正為了制止不聽使喚的操縱桿反饋使盡全力，整個人不停顫抖著。

他正在抑制攻擊衝動。

「……無法控制……超級ＥＶＡ明明是碇同學的身體，為什麼？」

「呃——感覺就像以前的人在宴會上表演的才藝……是叫什麼啊——二人羽織？就像那個一樣。」

袈裟羅、婆娑羅試圖攻擊US EVA（beast），以及否定這頭灰色野獸的某種存在的「聲音」。

在補完計畫最初的實驗場地「蘋果核」與０．０ＥＶＡ變異體對峙的時候也一樣，這把刀——正確來說是Ｓ ＥＶＡ握刀時的手臂，會被某人施加上無形的力量而激烈亂動。

如今的真嗣不僅是ＥＶＡ駕駛員，根據科學部的摩耶說法，在奇妙的不確定性之中存在的超級ＥＶＡ與真嗣是完全的同一個體，即使是被逼迫的，也難以置信會受到他人的介入操控。

——簡直就像是還有另一個自己啊——

〈不是你……！呼喚我的不是你，是真嗣！〉

〈我的名字是真嗣。〉

他突然回想起在出現之前，經由特洛瓦之口傳達的這句話。迷失於轉移通道之中的超級ＥＶＡ機內的真嗣與特洛瓦，聽到自己——也就是Ｓ ＥＶＡ被奪走的心臟跳動聲。當他們追尋著心跳聲出現在這個戰場上時，特洛瓦將那個「聲音」化為語言說出——

瀰漫的濃煙猛然開出一個洞。

巨大的白色杖狀武器突然穿過布滿四周的爆炸煙霧飛來，正在警戒S EVA的Wolfpack以動物般的舉動避開這一擊。杖狀武器一插進地面，衝擊與慢了一拍的音波便——

——轟！在地面炸開，形成就連S EVA也不得不跳開的彈坑。

真嗣沒注意到接著還有杖狀武器被投擲到方向不同的兩個位置上。

隨著最後一根投來的杖狀武器被Wolfpack往後跳開躲避，那個完成了。

打算在避開杖狀武器後前進的US EVA beast（Wolfpack）一頭撞上有如肥皂膜般的光壁，導致龐大身軀被彈了回來。

等注意到時，她已被關在杖子圍起的四角型空間裡了。

真嗣也連忙環顧四周，並在抬頭仰望後發現薄膜在上空遙遠的一個點封閉起來，他同樣也被關在底邊扭曲的四角錐之中。鏘！刀遭到薄膜彈開。

「被波及了……！」

〈不——此乃正確的數量。〉「聲音」下達，爆炸煙霧與從加熱的深層凍土地面湧起的蒸氣，自杖狀武器飛來的方向被翅膀拍打的強風猛烈吹來。

「！」

四架天使載體拍著翅膀轟然飛起。

只見白色巨人群繞行將Wolfpack與S EVA關起的領域尖塔一圈後，便分別朝四角錐外側的四個面伸出一隻手，漾起彷彿水面的波紋後穿了進來。能輕易想像到接下來會發生的事。

「是想在封閉空間內圍剿我們嗎！」

然而，情況並不只是如此，「碇同學，快看……！」

穿過薄膜過來的手臂、身軀，要比未穿過前的大上一倍，不對，是大上兩倍。

宛如薄膜對面與這邊的折射率不同一樣，讓穿過薄膜過來的白色身軀突然變大了。

「——這也太扯了……！」怎麼可能有這種事。

大小變得足以與黑色巨人阿爾瑪洛斯匹敵。巨大化的天使載體接連侵入封閉空間。這四架載體分別背對著角錐的四個面，將退到空間中央的Wolfpack與S EVA團團包圍，俯瞰著他們。

「特洛瓦，它們的QR紋章……」

四架天使載體的QR紋章與身體同比例擴大，而且還不只如此。平時在有如黑曜石的量子共鳴板表面上朦朧的紅色條紋發出耀眼光芒，光看就知道有非比尋常流量的能量流入。

「……嗯，或許這個空間，是能讓阿爾瑪洛斯對QR紋章傳送過剩能量供給的場地……所以才會變大……」

真嗣將想朝向US EVA的手上雙刀重新握好，朝著載體舉起。

仔細一看，載體們急劇擴大的身體表面上有著大小不一的龜裂，淌著鮮血。

「小心，要是以這麼勉強的方式導入阿爾瑪洛斯的能量，天使載體應該也會受創……有可能

是自爆兵……」

就在這時，「聲音」再度下達。

「人類……墮落為非人姿態的罪——」

然而說出這句話的並非特洛瓦，而是真嗣，嚇得他忍不住用一隻手堵住自己的嘴巴。

「不、不是我說的！」是像綾波們一樣感應到的嗎？

驚慌失措的真嗣隨後聽到的是在插入拴內部響起，可愛但很清醒的聲音。

『——別管我們——』

「誰！」這是真理的聲音，不是經由通訊，而是不合常理地直接聽到聲音。

不對，倘若有理由會是什麼——這個場地嗎？

不只是能量傳送，感覺所有的收發線路都在薄膜內部增強了。

有種不舒服的沉悶感。從四方注視過來的巨大載體響起來自遠方的聲音，真嗣再度說出下達的話語。

〈人子啊——支配地上的野獸。〉

真嗣恍然大悟，經由自己的身體釐清來龍去脈。

「是要我去做嗎！」真嗣發覺自己在不知不覺間被迫當上處刑人了。

四方載體朝超級ＥＶＡ伸出手，宛如在突顯「聲音」的意思。

「美國的ＥＶＡ！快躲開！」

下一瞬間，超級ＥＶＡ朝著US EVA beast衝去。

像是期盼已久似的，雙手握著的袈裟羅與婆娑羅帶著凶暴之力劈下。

「——呃，碇同學！」受到流入的力量擺布，零No.特洛瓦呼喊起真嗣的名字。

ＳＥＶＡ以並非真嗣的意識行動了。

「呃……雖然是我——卻不是我……！」

■混亂之塔

當操縱歐盟ＥＶＡ(Heurtebise)的小光將身負重傷的冬二交給要從島南的羅加喬沃空軍基地後送傷患的醫護人員，重返她擅自脫離的戰場上時，只見一座以先前沒有，由泡沫薄膜形成的四角錐高塔，從因為戰場急劇的大氣上升而凝聚的雲層中突出塔尖。

「…………這是什麼？」

降到雲層下方後，她發現因為戰場濃雲密布而顯得昏暗的地表正處於大混亂之中。

戰況雖是敵方聚集在同一個地點，己方卻沒能實施統一的作戰，全都各自為政——這是怎麼回事……？

小光當下試圖確認子顯示器上的時程表與展開地圖，上頭顯示的卻是意義不明的字串與亂碼圖像。

她懷疑是機械故障，於是帶著會因為脫離戰線被罵的覺悟請求指示。

「Heurtebise呼叫指揮艦橋，我是小光！克勞塞維茲先生！」

她呼叫著管制機。

但隔著水中揚聲器傳來的熟人聲音，卻讓人聽不懂講些什麼，把她嚇了一跳，並當場以EVA的感覺嘗試著各種通訊編碼。她原本還以為是EVA搭載AI支援語言中樞的系統發生錯誤。

然而——

「這樣看來……」在這座島嶼戰場上，一切的對話都無法成立，就只是互相發出情緒化的「聲音」。

「……誰都沒辦法溝通了。」

由顯示器的現狀來看，即使依靠文字與符號也沒辦法溝通，感覺圖畫亦會出現同樣的混亂。

如此一來，就不是在場所有人一齊將人生所學到的語言知識遺忘之類的狀況。

飛行中的Heurtebise突然失去平衡，小光連忙增強N^2反應爐的輸出。當她將意識擴展到

Heurtebise的系統部分後，發現這架白色歐盟ＥＶＡ正追隨著變來變去的命令列不斷變更設定。

「該不會就連系統也造成影響了？」

與其他事物共通的交流手段，無論語言、訊號，就連輸電的效率都嚴重下降。

與角錐尖塔內部完全相反的情況在外界發生了。

■代理處刑

儘管不知道這究竟是阿爾瑪洛斯的力量，還是擁有自己的心臟、宣稱自己是真嗣的Victor的力量——

——制裁吧——

收到命令後，真嗣做出反應，ＳＥＶＡ朝著US EVA beast持刀砍去。

beast橫向跳開。真嗣也為了不讓攻擊命中對方，抵抗動作地改變刀的軌道，使得失去平衡的ＳＥＶＡ在煙霧彌漫的大地上摔得渾身是土。

這個過程已重複了好幾次。

而beast一面東奔西跑，一面巧妙地避開實際攻擊。

一旦真理沒能避開，真嗣也沒能偏開攻擊，便會出現好幾道有如暴風的空氣塊擊向超級ＥＶＡ，削弱斬擊的威力。

——美國ＥＶＡ能以這種方式運用絕對領域啊？然而要以專注在一件事上的精神同時發出多道不同的絕對領域，照理說應該不——

真嗣感覺到自己的身體開始發出哀號了。不穩定的機動變更對身體造成的負擔，比進行激烈的戰鬥機動還要來得沉重。

「哈——……哈——」

他抑制著毫不停歇地試圖攻擊的雙刀，緊緊盯著虛擬顯示器中的US EVA beast。感受到視線的野獸以「群體」回看過來，能看到不僅雙腳，就連雙手也抓在地面上的那頭巨獸周圍亮起無數眼睛。

『——你要殺我嗎？——』

這樣問道的少女——應該是少女吧，她有著就連詢問是否要殺的自身性命都毫不在乎的鎮靜。真嗣一面氣喘吁吁，一面對群體意識中心的她產生興趣。她是個怎樣的孩子啊？

『——我是真理唷——』

她像是能聽到他內心想法似的回答了。對於襲擊自己的人也一副滿不在乎的樣子。

「這邊是真嗣與特洛瓦——抱歉，真理……請加油。」

真嗣口拙地回道。而有別於他的話語，ＳＥＶＡ在同一時間為了再度襲擊，壓低重心將雙刀舉起。

「我為什麼會知道啊？妳感覺起來就跟希絲差不多小。」

『——希絲？如果你認識綾波零No.Six，幫我跟她說，茉茉在我這裡——』

「茉茉？」是希絲的朋友嗎？在我不在的時候，箱根也發生了許多事吧……

周遭的世界撇開自己擅自運作著，讓他感到忌妒。

自己氣量狹小到會忌妒這種事，反之這名現在正被理由不明的衝動追殺的女孩子卻以離開這裡為前提向他搭話，讓真嗣有點受到打擊。

這個孩子絲毫沒有動搖。明明受到我攻擊了好幾次，卻甚至沒放在心上。

她有著自己的目的。

「哈——……」真嗣深吐一口氣，調整呼吸。既然不想被操控，該做的事就只有一件。

「特洛瓦，把能量引到機翼上！要跳了！」

超級ＥＶＡ在助跑後，宛如要砍向US EVA似的衝刺起來。絕對領域聚集在Vertex之翼的偏導元件上，發出嗡嗡！嗚響聲。

「再來……！」

機翼嗡鳴聲在領域收縮之下化為更加尖銳的不協調音，真嗣就在這瞬間砰！蹬地跳過

beast——誰要繼續擔任這種莫名其妙制裁的處刑代理人啊！

對面是鎮守封閉空間四方的巨大化天使載體。他朝著一架背對著干涉條紋蕩漾的薄膜佇立的巨大載體跳去，不過是從正面。

「有方法嗎……！」對手可是將近ＳＥＶＡ兩倍大。

彷彿害怕著逼近的白色龐大身軀，零No.特洛瓦忍不住問向真嗣。

「現在這點不重要……！」就算不是特洛瓦聽了也會目瞪口呆的答覆從前方傳來。

「咦……！」

「光是被動地防禦或反抗的話，又會被操控的！所以我們只能搶先一步主動掌握行動的主導權，但我現在能專心去做的事情只有這個！反正我們——」

沒錯，無論敵人有多巨大都只有打倒一途，他們已經沒有退路了。

載體彷彿要他們「停下來」般，將伸出的手猛然張開五指，他們的這一擊就被以此為基點產生的能量盾連同雙刀一起彈開。

——不只大，還很強！

「——呼！」真嗣讓綾波坐在座椅上。以推摩托車的姿勢握住印象控制器的他似乎咬破了嘴，嘴裡滿是血的味道。

ＳＥＶＡ靠著彈開的衝擊，一面後空翻一面將右手的袈裟羅刀收進左肩懸掛架的刀鞘裡，在著地時以左手婆娑羅刀上的絕對領域彈開隨後從繭中射出的兩道閃光。光線在被彈開後，其中一道炸毀了士兵消失的砲兵陣地，另一道則擊中圍住這個封閉空間的薄膜而掀起波紋，卻不見打穿的跡象。

真嗣一面承受衝擊，一面朝子顯示器瞥了一眼，確認收鞘的袈裟羅已分析完一度擊中的對手領域特性，進入再燒製刀身的程序。

ＳＥＶＡ並未停下腳步，往斜前方跳去後，他重新用雙手握住左手的婆娑羅刀。儘管是不經大腦的衝鋒，然而真嗣也有自己的考量，判斷既然對上體格龐大的對手，反倒得衝到對手腳邊才行。

這雖是個不壞的戰術，從繭中伸出的細長手臂卻自下方逼近，試圖用張開掌心射出的釘樁把超級ＥＶＡ釘在地面上。

「又是薩基爾嗎……！」

即使打倒也會依照方舟的情報再生，遲早又會被放進載體腹部的繭中出現。就算打贏一場勝仗，綜觀來看也還是輸吧，想到這點便讓人精神疲憊。

「啊！」ＳＥＶＡ雖然沒有被釘樁貫穿，卻也被刺出的釘樁絆到腳而跌倒了。正當他覺得會被另一隻手的釘樁貫穿時——

——轟！大跳過來的EVA beast咬住薩基爾的手臂，看似折蟹腳般它的把關節反折。伴隨著巨

大啪咔啪咔聲響起，使徒幼體的手臂斷裂，EVA beast以撲來時的勢頭直接跑走。

「謝、謝謝——哇！」他沒能把道謝說完，因為追著真理的另一架巨大載體正拍打著巨大翅膀逼近。

從腹部的繭中伸出深海魚般的扁平嘴巴，不斷吐出燃燒的熔岩球。落到地面的火球不只引起了火災，更將接觸到的地面融化變成火紅的熔岩池，使地面上的物體全都燃燒著往下沉沒。

「這邊是桑德楓啊。」讓機體站起後，真嗣也為了暫時與桑德楓載體和薩基爾載體保持距離，追在US EVA beast後頭。

隨著那架載體的行進，地表就像攤開地毯似的接連化為一片熔岩之海。

特洛瓦對照著展開地圖。

「那是……在南側的載體。北側與東側的個體尚未動作……跟碇同學一樣，那孩子也主動攻擊了。」

「刀呢？」「距離再調律……還有一一〇秒——」

特洛瓦再也壓抑不了痛苦的表情。如今她從QR紋章取出的能量，幾乎全都消耗在左肩懸掛架的袈裟羅刀鞘上，而且毫無止盡。

是以特洛瓦得更加深入地存取QR紋章，導致能量傳送源頭的阿爾瑪洛斯的黑暗更加侵蝕著她的內心。而藉由左肩懸掛架進行袈裟羅刀的再燒製，也讓真嗣感到左肩就像被壓上烙鐵似的滾燙，撲通撲通地發疼。

薩基爾被折斷的手臂組織一會後便從內側咯吱咯吱地膨脹移動，待它收縮下來時，關節已恢復到原本位置重新再生了。連同巨大載體一起轉向後，它隨即以閃光開始狙擊起EVA beast。beast以四隻腳一面奔跑一面靈活地左右避開光線，而沒能避開的直擊閃光也被某種看不見的存在用身體撞開。

有某種存在從身旁越過的氣息——真嗣看到周圍的空氣扭曲了。

「自律的……意識？——……這到底是……」對於他的疑問，真理反問道。

——就連ＥＶＡ都是你自己，真嗣終究只有你一個人呢，一個人不會寂寞嗎？——

當那些存在自身旁越過，超過二十道受到精明統率的扭曲空氣將EVA beast團團圍住時，真嗣不自覺地說出他不可能聽過的EVA beast代碼名。

「……彷彿狼群一般。」

US EVA beast（wolfpack）。針對這架異形ＥＶＡ進行基因改造的同時，真理的基因至今為止也被編入許多的動物因子。

話雖如此，目前的狀況不可能會是NERV USA所設想的機制。ＥＶＡ與駕駛員的多獸人化是為了降低雙方的個性認知等級，能簡單地讓適任者與ＥＶＡ匹配的技術。

這毫無疑問的是在這個能量收支異常的封閉空間裡偶然發生的吧，風獸們化為以beast為中心馳騁大地的群體。

看來是以遠距離產生複數自己的絕對領域，宛如夥伴地奔跑著——真嗣以理論作出這種判斷。儘管相去不遠，但有誰會相信這每一道絕對領域都有著自己的意識啊？

追在奇妙群體之後的真嗣耳邊，真理冷不防地再度說道。

『——「Torwächter在離開時也自稱是真嗣耶？——』

『咦？』〈再燒製完成——進入冷卻程序。〉

刀的狀態視窗結束倒數，告知已完成再度攻擊的準備。

真嗣將手上的婆娑羅刀握回左手，為了完成燒製的袈裟羅刀而把右手空下來。

「要上了……！」

從左肩鞘中，刀身燒紅的袈裟羅刀被轉臂拉到握刀位置。

——好，來吧！真嗣祈禱著，或者該說是根據之前的經驗做好覺悟。

真嗣一握住刀柄，遠比他拔刀的感覺來得快，發出高熱的袈裟羅刀出鞘了——感覺又有誤差了！——

零No.特洛瓦用手摀著嘴巴，忍著聲音痙攣起來。

從QR紋章伸出漆黑之手握住刀柄的感覺——究竟是誰——

將近四〇m的灼熱刀身纏繞著熱風翻轉一圈，刺進凍土大地之中冷卻。

大地接受了龐大熱量，地層中的水分瞬間氣化膨脹，連同地面一起爆炸開來，讓跪在地表上的超級ＥＶＡ轉眼間隱藏在蒸氣之中。薩基爾朝著這道白色帷幕連續發射閃光，然而當它彈著衝擊將雲霧吹開時卻不見超級ＥＶＡ的身影。這時的他已經混在湧起的蒸氣之中，跳到載體上方舉刀落下。

這是以他們現在的全力打出的一擊。

然而太淺了。刀身確實砍進了載體立刻展開的護盾，但隨著載體巨大化，就連護盾也受到格外強化。

「該死！」將全機裝備重量落下的動能施加在刀尖上的真嗣喊道。

接著，他將Vertex之翼的推力全都施加在垂直方向上，雙方的領域衝突迸出激烈火花。硬是將停在空中的刀尖刺進去後，他橫向一斬，勉強將載體身上的兩片ＱＲ紋章打碎一片。

但他太執著於這一擊了。

「呃、啊啊啊啊！」

腹部與右大腿部被尖銳的釘樁貫穿。從載體軀中伸出的薩基爾手臂內部刺出長及手肘的尖銳釘樁(Pile)，彷彿打樁器般地自手掌發射出去，貫穿了Ｓ ＥＶＡ。

載體不可能放過在眼前停止動作的超級ＥＶＡ。將領域能量移到推力上的超級ＥＶＡ，身上

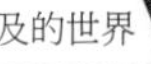

的絕對領域變薄弱了。

「消除者環面，驅動！」

而真理正等著這一刻——當載體專注在超級ＥＶＡ身上而停下動作的場面。

Wolfpack所背負的四座防護筒當中有三座已經清空，最後的黑色圓錐體開始轉動。這顆究極的極超指向性Ｎ^{2}彈發出幾乎是軸線狀的耀眼閃光在空中炸開，高速推出在中心部內爆的二次Ｎ^{2}反應。

幾乎等同光線的這一擊，在穿過載體厚實強化護盾的過程中喪失大半的初速動能。不過當它射進護盾內部後，就以Ｎ^{2}爆炸轟碎剩下的一片ＱＲ紋章，焚燒著護盾內部，連同腹部繭中的薩基爾一起對載體進行火葬。

載體當場斃命，護盾也瞬間解除，Ｎ^{2}爆炸的餘波隨即擴散開來。雖說這個封閉空間的面積廣闊，但大氣還是受到等壓壓縮，讓超級ＥＶＡ在拘束裝甲受到高熱灼燒之餘被炸飛出去。令人驚訝的是，就連這場大爆炸都沒能把載體屍骸的上半身完全炸毀。

超級ＥＶＡ的龐大身軀宛如慢動作影片似的摔在地面上，大質量撞擊出地鳴彈跳滾動。

「呃……！」

正當刺在大腿部上的釘樁在被炸飛時拔出，超級ＥＶＡ的頭部遮罩解除防爆模式，再度開啟時——

「唔——哈……啊啊！」

「碇同學……！」

真嗣在插入拴內倒下，再度痛苦地吼叫起來。

在視野之中，正好是真理操縱的US EVA beast用牙齒咬住折斷後依舊插在超級ＥＶＡ腹部上的薩基爾釘樁，一口氣拔出來的場景。

『——起來！還有其他阻擾者——』

「可惡……真不留情……」當真嗣與ＥＶＡ成為單一存在時的負面影響，便是無法直接切斷負傷時的神經反饋。

真嗣冷笑著想要虛張聲勢，卻在倒下的視野中看到beast察覺到危險跳開的模樣——

「！」倒在地上的超級ＥＶＡ連忙向一旁滾去。

——咚！激烈的垂直震動、衝擊波的壓力，以及熱量，讓真嗣得知在方才躺著的地方上差點有什麼擊中他。

超級ＥＶＡ將能量注入Vertex之翼，以不自然的姿勢摩擦著地面浮起，就像溺水掙扎似的踢向地面。

在傾斜的視野裡地面以直線狀炸開，竄起有如牆壁的巨大爆炸煙霧。感受到有大大小小的炙熱碎片連續撞擊在超級ＥＶＡ的機身上後，真嗣將感官切換成嗅覺——臭氧味與刺燙的偏差電荷

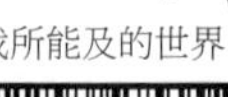

——這道大火力的光線是……

「就連裝載雷米爾的載體也在場嗎！痛——！」

腹部與腿部在痛，現狀下也不知道是否能快速自我修復受傷部位，讓真嗣突然不安起來。能量怎樣都不如敵人。

「……要是我能更好地存取QR紋章……對不起。」

被特洛瓦看出他心中的不安。

「特洛瓦，妳在說什麼啊——才、才正要開始呢……」

在抵達這個戰場後，真嗣首度轉頭看向身後的零No.特洛瓦——

「特洛瓦……！」

他隨即被她的變化嚇到。有如清澄湖水的髮色後方有一半被染成有如黑夜的漆黑，飄盪在LCL的循環之中。白瓷的肌膚變得慘白，嘴唇就像被咬了好幾次般滲血，整個人氣喘吁吁——

——是被QR紋章、阿爾瑪洛斯的黑暗侵蝕的——

察覺到自己犯下的錯，一股熱氣猛然衝上腦袋，讓真嗣暈眩了一下。

「啊……！為什麼啊！」

「碇同學，對不起……是我——」

真嗣忍不住大吼，眼神依舊飄向遠處的特洛瓦再度道歉。

他是在對自己生氣，這是只要稍微想想就能知道的事。

要是將QR紋章的控制交給特洛瓦，她就會為了達成所要求的成果，不顧自身受到的侵蝕勉強自己，這點無庸置疑。

——為什麼，為什麼不跟我說已經撐不下去了！真嗣把衝到嘴邊的這句話吞了回去。

他以雙手捧著特洛瓦的臉頰。

——好冰——

比LCL的溫度低上許多。就這樣過了一會，眼神失去焦點的特洛瓦與真嗣對上了眼。

「……碇同學？」

只要不飛高，超級EVA就有辦法穩定下來，宛如在地表上滑行似的持續避開攻擊。

真嗣一面轉頭看著特洛瓦，一面輕拍著自己的肩膀。

「特洛瓦，用雙手抱住我的脖子，就像讓我揹著一樣。」

「為什麼？」特洛瓦一臉不可思議的表情。

「這樣我沒辦法操作控制臺。」

「現在先別管這個。」

「在戰鬥中怎麼可以……」

「聽話……」

特洛瓦的身體雖然很冰，但當她戰戰兢兢地趴在背上後，能確實感受到她的重量與撲通撲通的心跳聲。存在的認識——人與人的肌膚接觸，有著遠比年齡相當的知識更加重要的意義，真嗣在今天理解了這一點。

戰況原因不明地極度惡劣。

至今打倒過好幾次的載體竟變得如此棘手。還有三架。

不過，我是不會在這種地方結束的。

■手中的牌

「——碇同學，必須……讓刀再燒製。」

斬擊沒能砍中巨大化的桑德楓載體，在護盾表面彈開。刀依舊維持著對付薩基爾載體的調律。但要是重新調律，特洛瓦又得窺視QR紋章的黑暗了。

桑德楓已將封閉空間內約三分之一的大地化為熔岩之海。

「——就沒有其他方法嗎？……」難以攻破護盾，讓真嗣不自覺地喃喃自語。

「其他方法……？」

「我們明明也操縱著植入QR紋章的S EVA，卻沒有受到供給增強的恩惠，所以才會下意識地急著取出能量。不過，解答大概不在這裡。」

『——真嗣，雷米爾即將開砲，請準備——你想說什麼？——』

聽到真理的信號，真嗣飛向讓桑德楓載體進到雷米爾載體與S EVA之間的位置。

「也就是不要執著辦不到的地方，或許能從辦得到的地方開闢出一條新的道路。妳瞧，我們現在不就像這樣不經由通訊機與真理對話了。能感受到氣息——能量傳送與對話被什麼概括在一起——」

『——現在——！』在這瞬間，顯示器亮起足以讓人陷入白盲的閃光。

超級EVA躲到桑德楓載體後方，承受著這道光芒。

真嗣藉由引誘雷米爾載體攻擊自己，好讓雷米爾擊中進到雙方之間的桑德楓載體。他看到桑德楓載體的後背發出耀眼光芒。

穿透巨大化的強力護盾，雷米爾的荷粒子光線貫穿了桑德楓載體巨大的下半身，爆炸四散。

「好耶！」

然而未被破壞QR紋章的載體即使失去下半身，依舊仰仗著背上的翅膀飛在空中。而腹部繭中的桑德楓——使徒的幼體在脫離載體之後，本來應該會崩壞消失，但也許是因為掉到適合自己生存的環境吧，它此時正在熔岩之海裡游著。

載體的上半身開始朝這裡發射能量盾之壁。他想要往下避開，腳就被桑德楓燒到了。

「呃——是不是變得更加麻煩了啊？」

一個個體的敵人變成兩個了。

『——誰教你不認真打——』真理說道。

「我很認真啊！也就是說，這裡的空間特性到底是什麼啦……剛剛的再來一次！」

特洛瓦喃喃說出一句。

「經由共同點的互相認識……」

西側、南側，還有東側的載體開始行動，但北側的巨大載體仍然毫無動靜。不過關於那個個體，身上裝載的使徒幼體目前也已經判明，是塞路爾。

真理與真嗣都在混戰時，看到塞路爾的攻擊從煙霧之中竄出。現在只希望它能一直待著不動。

真理的EVA beast從熔岩裡浮出的小島跳到另一座小島上，而雷米爾正在瞄準著她，雖然被託付了最終要引誘它瞄準超級ＥＶＡ的工作而持續奔跑著，但照這個樣子下去，無法飛行的beast也有遭到熔岩吞沒的危險。

『——我有件事想問你——』真理說道。

『——真嗣跟那個真嗣是同一個嗎？——』

「什、什麼？」

『——Torwächter在離去時說了喔——「我的名字是真嗣」——但你跟Torwächter都沒有說謊。是同一個真嗣嗎？不同的真嗣嗎？——雷米爾即將開砲——』

對了！

『——就是現在！——』儘管差點在耀眼的閃光之中被擊中，但他想起來了。

〈我的名字是真嗣。〉那是特洛瓦在感應到後化為語言的印象。

「那個托八哥是什麼啊！」是Torwächter。

『——你出現在這裡時，大叫著把我的心臟還來吧。Torwächter就是帶著心臟到這座島上，先離開的——』

「什麼！」我的心臟果然就在這裡！

並非因為超級ＥＶＡ的機動，真嗣感到一陣天旋地轉。

我的心臟正跟著某人一塊移動？

到底是誰……那傢伙假冒著我的名字……正當他這麼想時，忽然在意起真理方才說的話。

——沒有說謊——

咦？咦？這是什麼意思？我是真嗣，有心臟的真嗣是我——

被戰鬥的閃光刺激到眼睛，真嗣忍不住閉上雙眼。

——如果我是心臟，會往哪裡去？

■自蝴蝶之夢醒來

當真嗣睜開雙眼時，他正在轉移空間的通道內奔馳著。

——什麼時候再度轉移了？他正想轉頭詢問零No.特洛瓦，眼前卻是以驚人速度往後方飛去，有如黑暗般的通道構造。

不過這個景象並沒有直接退到遠近法的消失點，經過的通道就像黑布似的捲成一條線，接著在通道之中朝著真嗣逆向飛來，被吸進他背上的黑色背板前端，是幅十分不可思議的景象。

就在這時，他注意到自己並非待在插入栓裡。

是他暴露在機體外的自己本身在通道之中飛行……不對，通道本身就是他自己的一部分。

他連忙看起自己的身體。

真嗣的身體呈現一片漆黑，不時倒映著混在通道之中的粒子光芒。

感受到緊貼在身旁彷彿體溫一般的氣息，讓真嗣往反方向看去。

「特洛瓦？」然而並不是。

「……明日香……！妳在做什麼啊——」

靠在真嗣身上看著前進方向的明日香ＥＶＡ整合體轉頭看來。

她背上也有著一塊黑色背板，一面將通道構造吸進背板裡，一面在這個漆黑空間裡飄揚著秀髮飛行。

「為什麼會變成Victor的模樣？」

明日香微歪著頭。視線有如流水般地從她的脖子、肩膀，一路看到那一雙細長手臂上，發現她的手就像在擔心似的放在真嗣胸前——

——怦咚……！

「啊……！」從那裡發出的光芒讓他感受到熱度。

「……找到了……！居然在這種地方——！」從明日香纖柔手指的指縫間轟然溢出的光芒，多麼炙熱啊……就在這時，真嗣的胸口強而有力地跳動著。

——怦咚……！

裂開大型缺口的中央三角內部、真嗣的心臟、開在超級ＥＶＡ胸中的高次元之窗。

這是過去的S²機關在受損後沉入次元彼端的痕跡，真嗣與母親唯的影子一起掀開的空間缺口。她在將初號機的主體讓給死亡的真嗣之後消失在次元彼端，然後由摩耶等ＮＥＲＶ職員們全員一起在機體外側控制住從高次元溢出的粒子奔流後，所產生的心跳聲。

如今的它也一面散發著凶猛能量一面跳動著。

「呃……！」

再次接觸後，讓他重新體會到這是多麼炙熱、凶暴的粗暴之物。

下定決心的真嗣用力張開黑色手掌，伸向自己的胸口打算抓取心臟。只不過，他的手卻在中央三角前方乍然而止。

〈不准碰我。〉

「你是誰？」

〈我是真嗣──你現在打算碰觸的人。〉那個就連聲音都跟真嗣酷似。

〈把身體和武器還給我，要是沒有──要是沒有，我就──〉

「碇同學！」特洛瓦在耳邊大喊。真嗣在插入拴裡睜大眼睛。

在開啟的視野裡，ＳＥＶＡ正低空飛在熔岩之海上，即將墜落──逼近的灼熱表面配合著ＳＥＶＡ的速度激起波濤──有東西在底下！

『──！』

當真嗣故意讓Vertex之翼失去平衡後，ＳＥＶＡ就像在空中跌倒似的改變機動，並順著迴轉方向刺出袈裟羅刀──將刀尖往前刺去！

——啪！熔岩宛如要擋住去路似的噴起。

從隆起的熔岩之中跳出的桑德楓幼體，被刀從嘴巴一路刺穿到尾巴。

使徒幼體激烈掙扎，用長長的前鰭手臂抓住超級EVA的手腕，試圖燒掉機體的表層，真嗣卻毫不在意。

『我找到心臟了！』

「咦？」

他壓抑不住興奮的心情說道。只是真嗣的聲音並非從他的口中，而是經由插入栓內部的水中聽音器在LCL之中響起。特洛瓦知道這個狀況。現在恐怕是處於真嗣將自我轉移到S EVA機體上的特殊高同步狀態。

『以桑德楓的模式再燒製！』

真嗣就這樣利用掙扎中的桑德楓，以它發出的高熱下達燒製袈裟羅刀的指令。

特洛瓦試著碰觸真嗣的臉，就跟以前體驗過的一樣，他呈現奇妙的硬化狀態。揚聲器傳來的真嗣聲音，像是剛從旅途中歸來似的持續著。

『有許多——有許多事情變得非常糟糕。我的心臟在Victor身上，明日香成為應該打倒的另一架Victor，簡直莫名其妙！』

儘管很突然，不過特洛瓦比起疑問，先在記憶之中尋找符合他們體驗的部分。

「也就是當時——在轉移通道裡遇到的明日香，是受到Victor的心跳聲呼喚……那麼自稱是碇同學的也是Victor？」

『倒不如說是心臟本身在自稱是我的感覺……那邊想要身體和武器……』

「所以超級ＥＶＡ才會擅自亂動？——特別是在握住袈裟羅、婆娑羅雙刀時……」

『大概吧——所以。』真嗣打算做些什麼。

『這次就讓我們取得對面的能量。』

突然有股力量從超級ＥＶＡ的背後推來。即使推動著超過四千噸的龐大身軀也仍然綽綽有餘的凶暴能量有如瀑布般地湧來，讓ＳＥＶＡ加速前進。

特洛瓦一時之間無法呼吸，整個人就像被撞到後方去一樣。

明明只要靠在座椅上就好，她卻愚直地遵守真嗣說過的話，不知變通地將他抱得更緊，額頭一直抵在真嗣的背上。

她隔著真嗣睜大的眼睛，看到遠方的事物在下一瞬間變得近在眼前。

綾波零No.特洛瓦曾一時遭到SEELE加持誘拐，被強迫代替零No.卡特爾操縱她的０・０ＥＶＡ變異體。她基於這段經驗，將在超級ＥＶＡ的插入拴裡，代替不擅長的真嗣從ＱＲ紋章之中取出能量視為自己的責任。

個性表現比其他綾波薄弱的她對這一點感到悲觀，所以即使會遭到ＱＲ紋章侵蝕，她仍很高興能受到真嗣依賴。

她成為ＳＥＶＡ能量閘門的身體開始流入從遠方真嗣的心臟傳來的能量，這股有如炙熱陽光般舒服卻毫不客氣的力量排除掉目前冰冷的ＱＲ紋章之力。

真嗣心想既然雙方有著能操控自己的聯繫，那麼就跟在供給擴大後巨大化的載體一樣，賭自己也能取出被奪走的心臟之力。

「呃、哈——嗚……！」

在硬化狀態下，真嗣全身硬得像石頭一樣。他背上的特洛瓦忽然抖了一下，將身體弓起。被北非的沙塵弄髒的黑色雪紡禮服胸口處在吸了ＬＣＬ後膨脹變大。原本渾身冰冷的她，如今整張臉紅得發燙，滿臉通紅地仰望遠方。

她遠望著流動能量的線路，以及位於中樞的結構。

「真的……對面也有碇同學。」是覺得哪裡好笑吧，特洛瓦輕輕笑起。

——明日香在守護著碇同學的心臟——那麼我就在這一頭成為碇同學的心臟吧——

當初號機的身體經由她充滿能量時，超級ＥＶＡ拖曳著焚燒大氣的橙色軌跡飛上天際。

『燒製完成！』被刀刺進嘴裡不斷掙扎的使徒桑德楓幼體突然噴火燃燒，並在下一瞬間爆炸四散，從碎塊之中伸出超級ＥＶＡ的右手，手上握著燒得通紅的袈裟羅刀。

遠方的心臟「真嗣」叫道。

〈對，把那個給我！〉

超級EVA叫道。

『沒錯，你的刀就是我的刀，所以配合我吧！——把力量……！交過來！』

「碇同學，要是不冷卻，領域誘導元件的分子排列會因為攻擊的衝擊亂掉的。」

『只要一擊斃命就沒問題會有點晃，忍耐一下。』

超級EVA直線焚燒著封閉空間內的天空，將只剩下上半身在展翅飛行的載體訂為目標。是被雷米爾擊中下半身，讓桑德楓從繭中脫落的那架載體。

SEVA將燒得通紅的右手刀往身後舉起，在衝過去後用左肩撞擊目標。

雙方的護盾試圖將對方彈開，但在以平緩角度將載體直接撞向封閉空間的牆壁上後，被牆壁薄膜反彈回來的載體身體轉了方向，真嗣就趁對手雙肩上的QR紋章重疊的瞬間刺出右手的灼熱刀身。

領域模式就跟它抱在自己繭中的桑德楓一樣的刀尖，幾乎毫無阻礙地穿過了巨大載體原本應該很堅固厚實的護盾。

當載體發覺不對勁要迴避時，刀身已刺穿一邊肩膀上的QR紋章，讓刀尖插在它轉頭看來的臉上，這與其說是刀很鋒利，不如說是動能的勝利。當載體的腦袋就像摔在地面上的西瓜一樣碎裂時，袈裟羅刀已經刺中另一側的ＱＲ紋章，讓ＱＲ紋章猛烈炸開。

工作結束的袈裟羅刀就以這個速度撞上形成這個空間的薄膜。

——咚——！

儘管就連一公厘也沒有刺進去，卻讓這座塔與周遭的戰場響起巨大轟鳴。

#9萬花筒的天空

■在角錐之中

——咚——！

遭到囚禁的超級EVA用刀尖敲擊以看似肥皂泡泡的薄膜，卻十分強固的領域所形成的四角錐塔的內側。

這道聲響淡薄而透明地在高塔周圍數十公里內響徹開來。

塔外的戰場正有如巴別塔神話的重現。

語言不通。一切言語、圖式、符號、機械信號，以及能量傳送全都亂了套，讓無法互相溝通的俄歐聯合軍陷入恐慌。

不過在這瞬間，所有人都像暫時恢復協調似的做出相同的動作。

眾人抬頭仰望。超級EVA敲擊塔壁，那道響徹天際的聲音讓人們一齊仰望著那座高出戰場雲層的尖塔。

有人感到恐怖，有人凝望著想要知道真相。在彷彿科學實驗時封在玻璃箱裡的煙霧般朦朧的空間裡，巨大人影掠過的閃光映入眼簾。

〈我舉起你的手。〉

『我揮下你的刀！』

在遙遠的轉移通道某處飛行的Torwächter胸前的真嗣心臟，回應著在面朝北極海的新地島上操縱超級ＥＶＡ的真嗣揮刀的手，與意識完全同步，不再有誤差了。

當打倒不斷在這個封閉空間內擴大熔岩池的桑德楓載體時，袈裟羅刀尖的最高速度已達到音速的好幾倍。

遠方心臟傳來龐大能量，至今為超級ＥＶＡ供給能量的ＱＲ紋章就像待不下去似的——實際上也沒能讓ＳＥＶＡ接收能量，咻咻地噴出黑煙。

這讓超級ＥＶＡ的胸口傳來劇烈疼痛，但如今真嗣已從阿爾瑪洛斯的漆黑鱗片獲得解放，伴隨著高昂的心情馳騁天際。

被奪走的心臟在遠方堅稱自己是真嗣，但仔細想想，現在真嗣與超級ＥＶＡ的關係，本來也是單一存在分成兩個個體同時存在這種不可能的狀況，科學部主任摩耶說這叫做不確定化，當作是這種現象分成三個個體就好了吧？

總而言之，ＥＶＡ的龐大身軀充滿著力量，這種掌握一切的感覺闊別許久了。

真嗣自空中俯瞰著在地面奔馳的US EVA beast（Wolfpack）。

單一存在分成三個個體的超級ＥＶＡ，以及多個靈魂在一個身軀裡共存的Wolfpack。儘管雙方都無從得知，但他們的生成過程正好形成對比。

『下一個——！』

尋求敵人的吶喊並非從真嗣的口中發出，而是經由水中揚聲器在插入栓內響起。

真嗣自身正處於奇妙的硬化狀態，展現出相較過往也顯得出類拔萃的高同步率，穿著橙色連身工作服的身體僵硬，彷彿成為了插入栓內部構造的一部分。

——可是很溫暖——綾波零No.特洛瓦從背後緊緊抱著他的肩膀，在高機動下猛烈變化的加速度之中，以微微睜開的眼睛倏地環顧。

「八點鐘方向，雷米爾載體準備發射下一發攻擊。」

將雷米爾幼體裝在腹部繭中的巨大載體腰部——繭的高度纏繞一圈光環。只見光環倏地增強亮度——

「能量達到極大值……！」

這跟「我要發射了」是同等的意思。

超級ＥＶＡ舉刀進入不規則螺旋的高機動，與雷米爾的光環從面向Ｓ　ＥＶＡ的右端發出閃光射出加粒子砲是幾乎同一時間。

儘管勉強避開直擊，但在約0.6秒間橫掃過來追上機動的加粒子光線宛如接觸到絕對領域，瞬間化為龐大熱量讓大氣炸開，宛如有什麼引發了大爆炸般將超級ＥＶＡ炸飛。

『——呃……！那個光環是什麼啊？三年前……它以大型多面體出現時可沒有那種東西！』

特洛瓦稍微想了一下後喃喃說道——

「……或許是需要那個大小……」

『什麼？』

「加粒子砲的粒子圓環加速器如果是以前的大小，就能把那個光環收納在體內，也很接近當時赤木博士所推測的內部加速器的模型直徑。」

『……載體裝在繭中的使徒全是幼體……所以是尚未成長的身體配合不了自己的武器嗎？——要是這樣，那個加速器是用什麼成形的！』

就在真嗣打算要看清楚光環時，少女的聲音毫無前兆地在插入栓內響起。

『——真嗣從正上方攻擊，我從正下方打過去——』

『真理！』她一直都很突然。US EVA beast踢著被轟炸出巨大坑洞噴出濃煙的大地邊緣，朝著

飛在空中的雷米爾載體撲去。

真嗣也追隨著她，以焚燒大氣的加速一口氣縮短距離，揮刀斬向載體。

雖然不是從正上方，而是從側面——但載體的注意已被beast引開，應該能攻其不備才對。只不過，載體看也不看這裡一眼，身上的領域便將刀咚地彈開。

在刀被彈開時，真嗣看到真理的Wolfpack也沒能咬到載體的繭，卻仍用前爪深深劃開載體的白色大腿部。

總之方才那一刀應該有讀取到對方的領域資料。真嗣收刀入鞘，為了調整頻率而下達再燒製的指令。若是現在就不會對特洛瓦造成負擔，只要從遠方自己的心臟將能量引導過來即可。

不過等等，方才美國的ＥＶＡ並沒有被對方的護盾擋下，衝進了載體懷中？

『這是怎麼回事！』

「周圍變成環狀了——碇同學，載體的領域被固定成甜甜圈狀了。」

特洛瓦說道。

「快看量子流動傾斜儀。」

她在將顯示器上的實際畫面與觀測資料重疊後，只見由無數道的環排列而成的管子在載體的腰部周圍繞成一個環型。

『呃——也就是說……』

「天使載體的領域變成雷米爾的粒子加速器了。」

『被固定成加速器的形狀了？』

也就是在周圍展開形成粒子加速器的領域，並同時作為對外防禦，但在垂直方向——甜甜圈缺口方向上的護盾則相對薄弱，是這個意思嗎？

『真理，妳是怎麼發現的？』

能憑藉氣息察覺到操縱Wolfpack的少女在被問到後愣了一下，讓真嗣在聽到回答之前就放棄期待了。

『——只有那裡沒有討厭的味道——』

與其說佩服，不如說讓人有種無力感。

『啊，是喔……』

看來她與她的ＥＶＡ怎樣也無法用這邊的理論解釋，感覺就像是否定著人類以文明與技術累積起來的事物，依循著某種非理論性的事物在行動。

而出現的敵對存在，似乎也在生理上厭惡著將ＥＶＡ改造成四足獸的模樣。這是基於什麼理由嗎？不過如此一來，戰術就決定了。

被彈開之後，高度下降的超級ＥＶＡ一面墜落一面加速，貼著地面來到在空中展翅飛行的雷

米爾載體正下方。

載體改變方向，不讓超級ＥＶＡ進入防禦薄弱的角度。當真嗣以細微機動避開射來的加粒子光線後，他拔出燒製完成、發出高熱的刀，邊飛邊將燒紅的刀砍向地面，讓刀身冷卻。

蒸氣有如爆炸般地噴發開來。

從載體的正下方，真嗣穿過那道高速移動的白雲，一口氣猛然上升。

但是從超級ＥＶＡ正上方降下來的，是尖刺履帶在螺旋前進的鑽土機前端——糟了！忘了還有這種東西……！

完全忘記了。

過去的雷米爾曾占領當時的第三新東京市，試圖以這個穿孔器官挖洞到Geofront。就像是土木工程機械的這個器官不可能在空中纏鬥時使用——被這種人類的常識束縛，導致他無意識地排除了這個可能性——儘管他立刻舉刀抵抗，鑽軸卻像列車一樣穿過防禦。伴隨激烈的振動與火花。

就在這時，超級ＥＶＡ的肩膀感到一沉，並在下一瞬間遭到踢飛，讓真嗣背向著熔岩池開始墜落。在上下顛倒的視野裡，看到有如猛虎般轟然飛越自己的巨大身軀。

只見真理讓無法飛行的Wolfpack將空中的真嗣當作踏腳石，朝著雷米爾載體撲去。當她踩著之前負傷噴血的載體大腿衝上去後，就用Wolfpack的利爪朝腹部的繭橫向一抓。

『妳在做什麼——！』本想抗議的真嗣，看到她精采絕倫的動作後啞口無言。

不過，她顯然太過深入了。

鏡狀的晶體碎片飛散。繭內的雷米爾幼體粉碎，在載體腰部高度環繞的加速粒子不穩定地振盪起來。繭中的使徒幼體是消滅了，但載運這隻天使的載體用雙手抓向Wolfpack。

beast抓向載體的胸口，在穿過兩隻巨腕後直衝而上，以尖牙咬住載體巨大化的ＱＲ紋章。

真嗣讓超級ＥＶＡ恢復平衡。當他將能量注入Vertex之翼要再度襲擊時，beast終究還是被載體的其中一隻手抓住了。

『真理！放開咬住的ＱＲ紋章快逃！』

然而她卻沒有鬆開咬住的嘴——是放不掉嗎？被巨大白手抓住的beast，身上的藍灰色裝甲嘎吱嘎吱地碎裂——頸椎砰地一聲粉碎了。

『真理！』

US EVA beast(Wolfpack)隨即被大動作地拋開。

與此同時，閃耀的加速粒子環也嗖地穿過載體的身軀。是操縱主雷米爾粉碎的影響嗎？也就是說領域消失了？

「碇同學！」這毫無疑問是個機會。

『該死！』真嗣咒罵一句，在讓機體撞過去後，用左手刀砍斷載體抓來的手臂，接著敲碎它肩膀上的ＱＲ紋章。載體就在這時停止動作，開始粉碎。

『咦！另一片ＱＲ紋章……』

「兩點鐘方向！碇同學，快避開！」特洛瓦叫道。真嗣把開始墜落的載體一腳踹開。

下一瞬間，渾身是血的白色龐大身軀便被剃刀般的銳利緞帶貫穿，漂亮地切成兩段。要是沒避開，他的腹部也會同樣地被切開。

『塞路爾動了……！』

一直不動聲色，背對著形成高塔北側的薄膜佇立的塞路爾載體展開行動了。就像是要證明這點，在緞帶飛來的方向上遮蔽視線的濃煙裡亮起閃光——

轟隆！超級ＥＶＡ的表層同時出現無數的中彈爆炸。

『哇！』

儘管全靠絕對領域擋下了，但超級ＥＶＡ依舊冒煙墜落。儘管懷疑在這個巨大盆地裡是否有效，但為了至少取得地形效果的協助，他將高度一口氣降低到地面附近。就在這時，雷米爾載體的巨大肉塊像是要劈開熔岩湖似的墜落，不是濺起水柱，而是濺起巨大的火柱。

在灼熱的飛沫對面，有什麼在發光！

『等等——怎麼會……！』

他大吃一驚。使徒幼體雷米爾發射加粒子砲時轉動的光線粒子，在被拋到大地上倒下的US

EVA beast周圍描繪出歪斜的光環。

Wolfpack搖搖晃晃地站起。

於拖長的灰色濃煙裡若隱若現的Wolfpack硬是抬起斷掉的脖子，咬在它嘴中舉起來的，是仍在發光的雷米爾載體的ＱＲ紋章。描繪出閉曲線的加速粒子，以這片阿爾瑪洛斯鱗片為中心形成光環。

真理利用將她拋開的巨大力量，順勢扯下了這塊ＱＲ紋章。

使徒幼體雷米爾消滅了，但ＱＲ紋章上仍殘留著雷米爾交由它處理的粒子加速工程，表示她連同這項能力一起搶過來了嗎？

『——這到底是……』

『——指出以目前的力量無法對抗它們的人是你唷，真嗣——』

她以強力獸顎使勁咬碎口中的ＱＲ紋章——不對，是吃起了那塊量子共鳴板。圍繞在Beast身旁的數道影子也像是得到共同的獵物，一齊吃起ＱＲ紋章，將在斷裂後碎成更細的晶粒散去的這塊共鳴版，以更快的速度圍起來狼吞虎嚥。

『等等，要是這麼做……會怎樣啊！——特洛瓦。』

「……我不知道……」還來不及顧慮，塞路爾的緞帶就再度從雲中飛來。真嗣一面低空飛行，一面用手上雙刀抵禦。

比通常大上一倍的ＱＲ紋章在轉眼間進了狼群的肚子。

咕咚！當被咬碎的ＱＲ紋章完整浮現在beast EVA的胸前時，空氣震動，肌肉嘎吱嘎吱地膨脹開來。這種現象發生在各個部位上，導致Wolfpack的機身看似變大了一倍。『妳太亂來了啦——真理！』

『——我只是想要一個能讓群體安穩生活的場所——但是要前往哪裡——』

加速粒子於Wolfpack的頸部周圍形成光環，在軌道上的四座清空的極超指向性N^2彈防護筒全都被絕對領域彈開了。

■交換的力量

EVA beast的變化讓真嗣無法集中精神，只能不斷用迸出火花的雙刀彈開飛來的銳利緞帶，但有如鋼板扁平的直線緞帶突然宛如紙張般地扭曲變形，『糟了……！』讓緞帶纏住他握刀的右手。

緞帶突然以驚人的力量往載體本體的方向拉回，於是頭頂高一二〇公尺、重量超過四〇〇〇噸的超級ＥＶＡ就像人偶般地被拉進濃煙之中。

他將被拉直的右臂用力扯回胸前，用左手刀砍向緞帶。

真嗣砍了三刀才終於把緞帶砍斷，但這時他已經被拉到塞路爾載體的正前方，巨大的白色手掌占滿整個視野，隨後超級ＥＶＡ就被塞路爾載體抓住頭部。

——不過，既然是在對方的領域之中！

真嗣立刻用右手的袈裟羅刀砍向載體抓住自己的手臂。

『！』碎裂的卻是刀。

一旦讀取到對方領域的特性，領域劈裂者ＳＲＭ61a 袈裟羅就是無敵的。

然而結構在反覆的再燒製之下變得脆弱，使得刀身壽命一口氣縮短，如今終究是斷了。

一面看著袈裟羅刀亮晶晶的碎片散落開來，一面站在插入拴座椅旁握著操縱桿的真嗣耳邊，坐在座椅上前傾抱住他的特洛瓦低垂著頭喃喃自語。

〈人類——人要支配地上的動物……支配野獸是你們的工作……倘若不遵從規定……放棄的話，人將會回歸——恢復成動物。〉

——是「聲音」嗎？敵對存在傳來的訊息。

『呃……特洛瓦……！』「——……我沒事。」

被奪走的頭部視野由其他部位的攝影機以直接視野的角度重新構成。真嗣用左手的婆娑羅刀

砍向載體的手腕，但上頭有展開領域，讓刀砍不下去。被載體抓住的頭部裝甲發出嘎吱嘎吱的討厭聲響，頭部感到劇痛。

剩下的領域劈裂者ＳＲＭ６１ｂ婆娑羅刀，應該已透過方才的斬擊收集到塞路爾載體的領域資料，但照這樣下去，在再燒製完成之前頭就會先被捏破了。

『啊……遠方的我──我的心臟，再這樣下去，你想要的身體會消失的！』

超級ＥＶＡ的機體猛然注入能量。當兩片緞帶從眼前的載體繭中飛出時，真嗣以左手刀與立刻用右手拔出的高振動粒子刀擋下。緞帶在激起火花後偏離方向，其中一片就像失控似的維持著速度彈起，切斷抓住超級ＥＶＡ的載體右手腕。

真嗣他們被拋到空中，試圖再度抓住他們的載體讓左半身前傾，朝著他們伸出左手。因為這個動作往反方向後退的右肩ＱＲ紋章，就在這時被突然射來的光軸打穿，『什麼！』

瞬間溶解碎裂，彷彿濺血般地化為閃亮飛沫。這場大爆炸讓巨大化的巨大載體身軀以伸出左手的動作轉了一圈，開始墜落。

並沒有人教導她，真理是憑藉著本能運用取得的手段──雷米爾的粒子武器。

US EVA beast（Wolfpack）一面飛越散落各處的灼熱熔岩池，一面以四隻腳猛然奔馳，毫不遲疑地從圍繞在自己身旁形成輪狀的光環之中發射雷米爾的加粒子砲。

無處可去的感應電流在手腳與地面之間連接成蒼白的軌跡，這是因為以四隻腳貼地奔馳的beast，射擊位置比過去的雷米爾以及天使載體來得低的緣故。

只不過，她伴隨著新ＱＲ紋章所取得的能力，照理說只有以領域形成的外部粒子加速器，並不包括起動粒子的產生器官，然而光環並沒有在砲擊結束後失去光芒，反而為了下一次開砲而再度漸漸地增強亮度。

她留下閃電軌跡奔馳的模樣，宛如神話中操控雷電的動物。不過與這副激烈的模樣相反，搭乘機體的小女孩冷靜說道。

『──在離開這裡之前，真嗣要是倒下可就傷腦筋了──』

『我也是這麼想的啊……！』

真嗣這樣回應著真理，然而語氣之所以會變得敷衍了事，是因為有別於她的語調，他從真理傳來的氣息之中感到她十分痛苦。

ＥＶＡ要是出現這麼大的變質，與ＥＶＡ息息相關的駕駛員也不會平安無事。冷靜的真理反而看起來很危險。這讓真嗣回想起以前看過的動物節目。當自己被捕食、生命陷入危機的時候，野生動物往往不會出聲，一雙眼睛直直望著遠方。

要是語言、文字、圖式都無法溝通，別說下達命令，就連要進行指揮都沒辦法，在七彩之塔外，陷入恐慌狀態的俄歐聯合軍在外圍布陣各處發生誤擊友軍與胡亂開砲的情況。

因為敵人是超越人類智慧的不講理存在，在所有人的語言被剝奪、情報被截斷的狀況下，一旦懷疑起什麼是敵人，就會無止盡地懷疑下去。發生最多的是朝高塔擅自開砲，不過就算語言互通，也肯定一樣會下令攻擊，然而一點效果也沒有。由於也無法收到評價攻擊效果的情報，所以各部隊仍然持續射擊。而混在歐盟、俄羅斯聯合軍之中，跟著視察團一起先行派遣的戰自邁射砲也以損耗很嚴重的射程長時間燒灼著塔的表面。

只不過，除此之外的眾多各國士兵們，有一部分的人開始理解自己所置身的狀況。

他們漸漸察覺到，無法與他人溝通並不是因為遺忘了語言，而是一旦要與他人溝通，所傳達的語言就會遭到擾亂。

這種現象不限於溝通，所使用的機材能量效率也嚴重下降。但只要不跟他人配合、對話，便能仰仗獨自一人的判斷力與行動，這是在建塔後的數十分鐘內，所有人在反覆的失敗衝突之中學習、理解到的事實。

那麼該怎麼做？人們開始無言地走了起來。

不可以互相對話、不可以互相示意，彼此就連視線也不會對上，只是默默地走離現場。在過去的神話世界裡，人們恐怕也是這樣逃離現場的。

■塞路爾

即使被切離本體，塞路爾載體的手依舊緊抓著超級ＥＶＡ的頭不放，讓真嗣因為這隻手臂的重量失去平衡，再度墜落。

『這傢伙！』他將硬化的巨大白色手臂，咚咚地用高振動粒子刀的柄頭敲碎。

在將有如石膏碎裂的載體手臂扯下轉身後，逼近的地面是一整面遭到桑德楓熔化後尚未冷卻的火紅大地。

「碇同學……！」特洛瓦忍不住大喊，產生的懸浮領域將熔岩池分成兩半。

他在貼著地表飛行讓機體恢復平衡後，接著提升高度。目前塞路爾載體正在集中攻擊地上的Wolfpack。如果要攻其不備，就得從它的後背上空。

超級ＥＶＡ為了讓左手的婆娑羅刀配合塞路爾載體的領域調整頻率，將刀收進右肩部懸掛架裡進行再燒製。

宛如遭到轟炸過的地面竄起好幾道火柱。

塞路爾發射的閃光幾乎在發光的同時命中。儘管這點雷米爾的加粒子砲也一樣，卻因為塞路爾增幅能量的頂峰與能進行電場觀測的雷米爾不同而難以判斷，所以很棘手。真理巧妙閃躲著它的閃光砲。讓一如狼群之名圍繞在身旁的影子——這些有如扭曲空氣的領域群體——一下拉開間隔、一下縮短間隔，製造出故意讓它射擊的瞬間。也就是以自己能在射擊之前主動避開為前提的時機引誘它射擊。然後在遭到砲擊之後，立刻讓加速的加粒子從圓周運動中解放，以領域包覆著開砲，強硬地轉守為攻。

雖是巧妙的戰術，但她似乎還無法靈活操控奪來的硬體，在聚集起一發光砲的能量後，便從圓環上的各個部位凌亂射出，無法鎖定目標。最重要的是，就連在這個能量傳送過剩的空間裡，這座高功率砲也有著巨大的再度充能延遲。

『——真嗣！別站在那裡，我無法開砲！——』在除了能量傳送之外，就連對他人的意識也能輕易連接的這個空間裡，真理的抗議於超級ＥＶＡ的插入栓內迴盪開來。

在她得到光線武器之後，如今繞到她的正對面是失敗之舉。

就算只是流彈，要是被最大功率擊中，也無法保證能擋下來。不過，落下動能不論是對加速還是攻擊都很有利，既然如此便改繞到側面吧——就在這時。

一邊的ＱＲ紋章與使徒塞路爾幼體依然健在的載體開始上升。

真嗣為了取得相對位置也繼續上升，然後他就在這時注意到一個致命性的失誤。既然這座塔是四角錐型，一旦飛得愈高，內部的迴避空間便會變得愈小。

超級ＥＶＡ把自己逼到空中的死角了。

就算連忙想降低高度，超級ＥＶＡ的下方也已被塞路爾的緞帶擋住。

『！』倘若是成體，兩片緞帶就會從雙手位置垂下。即使切斷，切斷面也會變成剃刀前端不斷襲來。如今從載體腹部的繭中伸出的緞帶無止盡地伸長，在真嗣腳下與廣闊的地面之間編起一面格狀網子。

——被發覺位置不利了！

這些網格雖然粗糙，卻能自在變化。真理見狀後開砲打破一部分的網子，但不斷延伸的緞帶立刻就將破掉的缺口補上。

真嗣忍不住向特洛瓦問道。

『刀的再燒製呢？』

『倒數七〇秒。』看來只能有所覺悟了。

『哇！』還來不及思考，他就被塞路爾的閃光擊中了。衝擊雖然劇烈，但如果是超級ＥＶＡ

現在的絕對領域，倒是能勉強承受下來。然而沒辦法一直待著不動，因為緞帶的前端混在網子之中，從意外的方向飛來。

『唔！』鏘！衝擊聲傳來，等他注意到時，緞帶已在眼前將左手裝甲打飛了。

從反方向飛來的緞帶，將右側刀鞘上的量子流動傾斜儀劈成兩半。

受到此缺損影響，導致對方領域的展開形狀變得難以辨識。

緊抱在真嗣身上的特洛瓦繼續把手靠在他的肩膀上，站起身凝視著下方。

「四點鐘！」『咦！』

真嗣連忙轉身，用小刀打掉銳利的緞帶前端。

「六點鐘！」特洛瓦將混在網子裡難以辨別的緞帶前端看得一清二楚。

超級ＥＶＡ緊急轉向她所指示的方向，舉起小刀讓刀通過……

『啊！』儘管避開了攻擊，另一條緞帶卻從其他方向飛來，在腳部的拘束裝甲上切開一道淺傷。

「碇同學，照這樣下去會招架不住的……九點鐘！還是攻擊本體——載體會比較好。」

『要怎麼做！』

「機動盡可能的小幅度……不過要在載體手臂的攻擊距離外——避開遠距離領域與閃光射擊，不斷重複一擊脫離，等到緞帶出現空隙後就下降。」

『了解！』之所以會回答得這麼激動，不是因為真嗣很有幹勁。

他是因為自己犯下的失誤，讓以機動性為賣點的超級EVA漸漸陷入絕境這點，陷入輕微的恐慌狀態。儘管能理解意思，回答卻顯得有些敷衍——

這時腳邊的網子晃動了一下，露出寬廣的空間。真嗣沒有放過這個機會。

『就是現在！』超級EVA一口氣加速。

『——那條路是陷阱！』就在真理的吶喊讓真嗣嚇得減速的瞬間，載體用能量盾形成看不見的拳頭從背後把S EVA打落。

只見真理集中焦點與輸出開砲，用加粒子光線將真嗣正要衝進去的網縫——貼在網子背面的緞帶前端燒掉。

因為從她的角度能看到這招伏擊。

『比預期的還要巧妙啊。』這個簡單的陷阱，讓他注意到自己太著急了。

超級EVA讓雙手交叉，朝著載體反握小刀。

特洛瓦所指示的戰法，真嗣在執行後立刻就理解意思了。

只要在剛好不會被手臂擊中的距離下反覆攻擊，對方就會將兩片緞帶的前端用來防禦。

不過，這比想像中的還要困難。要一面為了避開閃光與領域的遠距離攻擊不斷退後，一面從不會太遠也不會太近的位置進行打帶跑。

目標是剩下一片的QR紋章。不僅迴轉半徑太小，沒辦法像平時那樣加速，對方也知道他要攻擊這裡，跟著改變行動。

『太過針對一個部位，被看出企圖了，抱歉。』

「從背後攻擊脊椎吧，雖然致死性低，但應該能限制載體的機動。」

竟然能想得這麼多，真嗣坦率地佩服起來。

他不明白特洛瓦為什麼會在跟其他綾波相比之後，對自己感到悲觀。

不僅是強敵，還跟塞路爾有著某種緣分。三年前，初號機在那場戰鬥中取得了S^2機關。

但實際上，整起事件都是在真嗣不知情的狀態下進行的，在耗盡最後的體內電源後，對他來說待在漆黑的插入拴內部就是全部的過程了。

而在超級EVA得到Vertex之翼變得能夠飛行時，襲來的天使載體之中也有著塞路爾。

當時是憑著一股氣勢打倒它了——據說過去曾捕食它的身體組織，讓初號機取得了S^2機關。

雖然看過好幾次令人作嘔的紀錄影像，但要問這是否真的發生過，他也沒什麼印象。不過一旦與塞路爾對峙，就會有種奇妙的感覺。

內心騷動不已……這是——

這時腳邊的網子有部分為了阻擋超級ＥＶＡ而突起，真嗣以最低限度的動作避開。正當他警戒著混在網中的攻擊時——

『啊！』——判斷錯了。

——咕咚！頭上傳來衝擊。載體展翅讓身體上下顛倒，以鮮少展現的足技將在手臂攻擊距離外的超級ＥＶＡ踢倒，

在驚訝之前，不小心先佩服起來了。居然能預測到我的判斷，還是說，因為你是在我體內、被初號機捕食的塞路爾，所以才明白嗎——？

在彷彿慢動作的時間裡，他用小刀擋住朝失衡機體飛來的緞帶。

然而打算拔出尚未燒製完成的婆娑羅刀而握向刀柄的左手卻被另一片緞帶俐落地切斷下臂，握起的手沒抓住任何東西，就這樣從超級ＥＶＡ身上飛離。

在這瞬間，緩慢前進的時間奔馳起來，巨大聲響回到無聲的感覺之中。

『呃————！』

慢了一拍從左上臂噴出的不只是血。

『哇啊啊————！』

應該處於硬化狀態的真嗣大叫起來。他因為劇痛慘叫，這讓感情稀薄的零(特洛瓦)甚至感到恐怖。

因為她以前曾在北非被因為絕望慘叫，遭業火燃燒己身的真嗣拒絕過，儘管如此，她依舊更加緊抱住真嗣。是她親自決定要守護真嗣，不要讓他壞掉的。如果要燒，這次就一起燃燒吧。

特洛瓦微微顫抖的心跳，讓陷入恐慌的真嗣從讓他意識模糊的劇痛之中勉強保持住清醒——自己還沒有實現約定！

『呃啊啊啊啊啊——！』所以他嘶吼，藉由發出聲音吐氣讓腹部用力，儘管想盡可能地冷靜思考現狀，驚慌失措的意識卻做出連自己都意想不到的行動。

超級ＥＶＡ的右手在拋開高振動粒子刀後一把抓向在切斷左臂後順勢通過的塞路爾緞帶，用手迸出火花地強行抓住。

——既然如此……！

『既然如此！我就再拿走了！不過這次——這次是以我自己的意思！』

像是吐出痛楚似的說出這句話後，或許是想到了什麼吧，只見真嗣將抓住的塞路爾緞帶，用力壓在肩部懸掛架上即將完成燒製的婆娑羅刀握柄上。然後——

『作為你的手臂吧！』

宛如詛咒一般。

〈——喔喔……！〉遠方的心臟回應了。

刀柄將緞帶吸住。能量逆流到接觸刀柄的塞路爾緞帶上。緞帶隨即詭異地撲通、撲通膨脹，變形成超級ＥＶＡ的左手，緊緊握住婆娑羅刀。拳頭將連在後面的緞帶變成手臂，然後再將連在

手臂上的緞帶變成手肘。

〈我的手臂……！〉

『沒錯……！這是你的，是我的手臂……』

三年前的塞路爾戰，當時初號機在電源耗盡後陷入暴走狀態，捕食成體的使徒塞路爾，將它的身體組織與S²機關納為己有。這次的塞路爾雖是不具備S²機關的幼體，但真嗣憑著自己的決斷解除隔開人類與使徒的分界線，讓雙方連接起來。

目睹到這一幕的特洛瓦也嚇到了。

「——好厲害……居然有意識地控制暴走狀態……」

下一瞬間，緞帶被用力扯回。變成失去的手臂，還以為會接在超級EVA的左手切斷處上的緞帶，卻被塞路爾強行扯回。

鏘！刀鞘轉臂轉動。

偏偏就在這個時候，領域劈裂者婆娑羅刀燒製完成，導致變質成超級EVA左手的緞帶握著刀被塞路爾扯回去。

「碇同學，刀……！」

被連同新的手臂一起奪走了。

前端變成S　EVA手臂的緞帶瞬間折疊起來，將握住的刀帶回塞路爾載體身邊。看來是打算用光線打碎吧，載體將燒製後變得通紅的刀舉到腹部，塞路爾在繭中準備發射閃光砲的臉前方。

該怎麼辦？正當特洛瓦像這樣憂心忡忡地看向真嗣時──

『放心吧，那已經是我的手臂了，妳看。』

感到就像瞬間暈了一下的搖晃。

咦？特洛瓦看著顯示器上的外界。在下一瞬間變得像是近距離特寫的塞路爾臉部突然碎裂

──等等……為什麼塞路爾會在眼前？為什麼婆娑羅刀會刺在上頭？握著婆娑羅刀的左手……手臂……手肘……特洛瓦將視線往左移動，當瀰漫的水蒸氣散開時，只見超級EVA的上臂已經接起，沒留下一絲接合痕跡。

超級EVA出現在被奪走的手臂位置上。

──嘎啊啊啊啊啊啊！這道刺耳巨響是塞路爾的臨死哀號。

繭中塞路爾的顏面骨之所以會無情粉碎，是因為抵在婆娑羅刀握柄上的右手把刀壓進去扭轉一圈，讓燒得通紅的刀刃轉回上方。

同時就像用雙手把刀扛起似的往上揮出，打碎繭外的載體肋骨，將留在龐大身軀上的左臂從肩膀根部斬斷。

載體無法理解發生了什麼事，連忙抓來的左手就這樣失去支點撲空，真嗣隨即反手一刀，將連同巨大手臂掉落的肩膀QR紋章打碎。QR紋章噴灑著有如血液的發光液體粉碎，而這些液體

與部位也立刻化為細小晶體消失。

這時塔內的空氣怦咚！振動，形成四角錐塔的薄膜彷彿水面般地晃動起來。

像是認為此乃良機，巨大火藥砲的開砲聲響徹戰場。

歐盟EVA（Heurtebise）以八〇〇mm步槍型熔渣加農砲開砲，將塔的其中一片擊碎，其衝擊也讓所有的角錐面一齊粉碎，混亂之塔宛如消失的薄冰一般在空中融化殆盡。

人們在消失的塔中所看到的景象，是在超級EVA離開後自天空墜落的載體。隨著塔的效果失去，巨大化的載體屍體開始從全身噴出鮮血縮小，最後被擠壓成不成原形的肉塊，冒著灰煙摔在大地上。

〈下次也要呼喚我。〉遠方自己的聲音在超級EVA插入栓內的真嗣耳邊響起。

塔的影響消失，感覺遠方的心臟變得更加遙遠。不過沒問題，仍然聯繫著。儘管相隔遙遠，能量也不大，卻沒有喪失心臟時的那種空虛感。

「明日香就——那個……別讓她生氣唷。」

明日香、明日香EVA整合體，她目前恐怕也在「心臟」身旁一塊飛行。所感受到的熱量不只是來自遠方的心臟，還有她陪伴在身旁的溫度。

塔外，一部分狂亂與大多數無言的群體正在陸續脫離戰場，喪失語言導致互相認識度下降的現象恢復得很緩慢，使得狀況不可能立刻改善。

真嗣他們聽到的通訊是一片混亂，根本無法算是語言，即使向操縱Heurtebise的小光詢問，她也毫不理會，只是背對著他們指向戰場外頭。

這對現在才看到塔外所處事態的真嗣與特洛瓦而言，可說是完全搞不清楚狀況。不過這場混亂對擅闖戰場的真嗣他們來說也可算是一件好事。

真嗣他們雖然打倒了天使載體，但是Victor——歐盟名Torwächter——也確實是讓同樣成為Torwächter出現的明日香ＥＶＡ整合體放走了，這會在今後演變成政治糾紛吧。不過要是在此時平息下來，豈止是政治糾紛，還很可能會演變成人類之間粗暴的物理對決，無法期待他們會讓超級ＥＶＡ脫離戰場。

真嗣無奈地進入周圍一帶瀰漫得很嚴重的水蒸氣之中，將天使載體形成角錐塔四個底角的杖狀武器從地面上拔起一根，然後讓超級ＥＶＡ浮上因為戰場熱量招來雨雲，導致降起臭氧味大雨的天空之中。「我們回家吧。」

這時他的硬化狀態也解除了。他一面回頭看著仍緊抱在身上的特洛瓦，一面有點苦澀地笑起。「請妳差不多該鬆手了，我的脖子漸漸喘不過氣來了。」

「手麻了——動不了。」特洛瓦似乎露出很不好意思的表情來了。

■各自的歸途

真理根據自我判斷操縱著beast EVA脫離戰場，新獲得的QR紋章透著靜謐光芒，儘管不到巨大化載體的程度，但變大一倍的機體與裝甲即使在塔的影響消失之後，也依舊以這個尺寸穩定下來。

在與戰場保持距離繞行的聯合國巨人機上，NERV USA職員看到US EVA（Wolfpack）beast暫時恢復的遙測資料後，被該機體的變化嚇了一跳，並在看到駕駛員（真理）的生命資料時愕然失色。

方才跟真嗣他們應該就像是意識相連般自由對話的真理，現在實際上卻只能發出像狗一樣的嗚叫聲，無法言語。折疊起四肢和她一起進入插入栓的支援機器人發出警報，告知施打藥劑之中有好幾劑不再被真理的身體吸收。

她的話語從以前就讓人難以理解意圖，所以為了得到溝通的頭緒，在系統介面上安裝了印象繪圖機，如今雖有將她的思考拼成文字顯示在通訊顯示器上，卻怎樣都無法理解。

姑且不論Wolfpack在獲得QR紋章時附加與增加的異常能力，要說技術人員們沒有預感到真理遲早會變成這樣是騙人的，聯合國機內的美國管制室瀰漫著一股內疚的氣氛。不理會這種氣氛，半獸半機的野生「群體」沒有聽從空中管制室下達的命令，沿著地形一路南進。

這架美國製造的ＥＶＡ也有裝設好幾道能遠距離限制行動的安全裝置，但是在失控時不會考慮人類情況的類生物組織影響下，不是被無視，就是被切斷了。只不過，Wolfpack的尺寸與質量都已變大一倍，就算讓它停止運作也無從回收……

真理操縱的Wolfpack在跑到長型的新地島南端後並沒有停下步伐，而是朝著巴倫支海縱身大跳。

被問到目的地，真理以簡短的字串回答〈明日香那邊〉。

或許是看到了強行把頭鑽進在場職員之間，一起探頭看著顯示器的黃金獵犬茉茉吧，她隨即補上〈把茉茉帶到綾波零No.Six與安士那邊〉這一行字。

要職員們把狗平安送還到箱根島NERV JPN——希絲——手上。真理並不知道希絲超過第二宇宙速度下落不明的事。

儘管曾派遣飛機追隨從海面露出頭部往南游去的US EVA beast一段時間，不過在抵達該海域自西方伴隨著濃密電磁雲襲來的暴風雨前線後，他們便無法再追蹤下去。在沒有衛星的現在，這頭無須救援的巨大野獸，就在因為巨大化月球的潮汐力掀起驚濤駭浪的大海失去行蹤。

超級ＥＶＡ飛行在已經就連白晝都會閃爍極光的北極海上。這是因為特洛瓦對於要再度使用轉移網路表示了不安。

多虧遠方的真嗣心臟將能量傳送過來，儘管不多也還是降低了ＱＲ紋章的影響。不過這樣一來，他們或許難以使用那個地下迴廊。

然而綾波No.特洛瓦有一半染成黑色的頭髮沒能恢復原貌。儘管如此，如今的她雖然面無表情，臉上卻得有些心情愉快，搖曳著從清澄的水色染成深黑的秀髮。

在以Vertex之翼進行次軌道飛行，要一口氣飛往日本的最終加速之前，真嗣與特洛瓦打開插入栓探出身子，外頭的空氣冰冷荒涼，讓人回想起補完計畫最初的實驗場地「蘋果核」上的那片沙漠大地。前往遠方的旅程到此結束。為了邁向更加遙遠的旅程。

在膨脹後接近到令人生厭的月球自東方的天空升起。

繞行地球的朗基努斯環比起奪走真嗣心臟並貫穿地球的時候更加延伸，天空中那道看不見的間隔變得愈來愈短。會在近期內連接起前後兩端成為真正的環，據說地球將會在那個時候毀滅。

劍介之後就沒再出現了。在新地島負傷，以意想不到的方式讓仿生義手換成自己的培養手臂的NERV JPN代理副司令鈴原冬二，由於仍躺在擔架上無法起身，所以跟著戰自先遣隊的春日二佐等人一同歸國。

他們的目標是箱根。

與月球膨脹成反比例的地球直徑大幅收縮導致了接連不斷的地殼變動。這讓世界各地的地形劇烈變動，就連他們要前往的箱根也變得截然不同，本來連接本州與半島的根部地區受到大深度地殼消失的影響下陷數百公尺，意外地讓箱根山火山臼在半島與本州之間的海峽中形成島嶼。

而NERV JPN正持續搜索著在次軌道飛行中無法停止推進器，不斷加速導致目前下落不明的小不點零No.希絲。在海底纜線寸斷、衛星飛散的現在，他們讓世界各地賴以維持通訊的貴重平流層飛船將天線朝上空伸去，並與電波天文臺交涉，想盡辦法要找出她所搭乘的F型零號Allegorica。

在搜索過程中，他們接收到微弱的特徵訊號，這道無人飛機用來通報自機位置的訊號，是來自在新地島作戰時，歐盟聯合軍為了確認Torwächter與明日香整合體開啟的「窗口」通往何處，所派去闖入「窗口」的倖存機體。訊號方向指著月球。

只不過，更進一步的事態變化，正在人類所無法前往的地下進行著。現在蘆之湖的水位已大幅下降。湖水在發生了許多事後，目前流到了NERV JPN基地正下方，舊Geofront區域裡了。

在這個Geofront的封印區域，包覆著舊本部設施的巨大ＨＴＣ（高硬度似曜岩混凝土）製石棺半球體之中，有著在中央核心區停止活動的莉莉斯。莉莉斯在補完計畫失敗後就與往後的世界隔絕關係，連同周遭空間一起讓時間停滯，真嗣的父親源堂與赤木律子博士等一五〇名以上的所員，以及闖入本部的數十

名戰自特種部隊隊員也全都遭到那個漆黑蛋狀物吞噬，停止了時間。這件事發生在爆發本部戰的三年前。

然而，對於那個應該沒有時間流動的漆黑空間來說，應該不論是三年前還是現在都毫無關係，所以今後也將一直不變，人們在不知不覺間這樣認為。

就在某一天，時間停滯球忽然消失了。

#10 我們所共度的明朗夜晚

■託付之夢

——哎呀……你這傢伙也真是的——薰在微笑，是苦笑嗎？

——你在繼心臟之後得到翅膀時，還記得我說了什麼嗎？

「我想想喔……人類若是想超越人類，人類的容器將無法維持……是吧——」

——沒錯，早在被槍奪走心臟之前，你的身體就已經開始出現了許多誤差吧？

「是這樣嗎……？」

在與現身於北非阿特拉斯山脈的阿爾瑪洛斯交戰之際，真嗣（超級EVA）因為沒能救回明日香的絕望發出咆哮，一如字面意思有如火山般地燃燒起來，發生了火焰身軀與實際機體開始出現誤差的奇怪現象。

——你本來應該會變得支離破碎，然而有人在那之前將你一分為二，以奇妙的狀態穩定了下來——

「是指朗基努斯之槍？你怎麼說得好像心臟被奪走是件好事一樣啊？」

——就結果來說呢，沒錯……這是個誤算吧，對黑色巨人來說……不過僅僅只是道具的它也沒有後悔的概念吧——

「你的忠告——該怎麼說好，因為是直指事物本質的表現，像我這樣的凡人難以推測——等等，你笑什麼啦？」

——你不可能凡庸吧，你可是我選上的人——

像是聽到了什麼笑話，薰咯咯笑起。

——對於接近的他人，你會在底線內拒絕他們，藉此讓你維持著你的存在，那是你孤高且美麗的模樣——

「……你在戲弄我嗎？」

——但相反的，你也想要一個能無限制地撒嬌的對象。要我給予你這個對象也行，但如此一來，世界就會就此封閉。

——人類自被創造以來最初的失敗，發端於聽信以人類所創造出的最初的他人，美麗的偽造物夏娃聽來的話語——

「美麗的偽造物？」

——意指一度發生的失敗是會再三發生的。現在你不也將自己的心臟交給了紅色狐火——

「是說明日香？——你該不會是在講女人吧？如果你是想說她們是偽造物……之後會很可怕唷……相信會被說教一整晚，所以還是別說了吧。再者，如果是從染色體來看，混了一條不同染色體的我們男性反倒比較像是偽造物，摩耶小姐是這麼說的……」

——然後把全身交給了白紙人偶。你「力量的形體」如今正在空中飛翔，你卻能像這樣入眠，是因為她處於你的深處——

「……對勒！有豪好地——」在越過北海道上空時，他們也與箱根ＮＥＲＶ本部取得聯繫。緊繃的精神舒緩下來，讓真嗣在不知不覺中睡著了。

之所以無法好好發音，是因為他在無意識間把臉埋在零No.特洛瓦的大腿上，眼前充斥著她裙底下黑色蕾絲短褲的下襬，與拉到大腿上和白皙肌膚競豔的緞帶之間的分界線。

「——好好地？」

「有好好地在飛啊……」

特洛瓦的左手握著操縱桿，本來似乎在拍撫他的右手停下動作，表示繼續睡也沒關係，用手將他輕輕壓回大腿上。但這個姿勢讓人猛烈地感到害臊。

「碇同學睡著後，超級ＥＶＡ的反應變得非常緩慢……就像一艘大船……光要維持方向就竭盡全力了。」

「是、是這樣啊……」

即使如此，但別說是沒有墜落，特洛瓦還能操縱這點嚇了他一跳。

ＥＶＡ的操縱桿（印象控制器）其實並不是操縱桿。插入拴雖然也有著讀取人類的思考傳達給ＥＶＡ的反饋機能，但思考控制並非萬能。

因為ＹＥＳ與ＮＯ、ＧＯ與ＳＴＯＰ的思考界線很曖昧。操縱桿是為了讓思考明確的扳機，也就是讓與思考命令匹配的命令承認訊號化，同時進行自我認知的開關。

然而特洛瓦卻在操控。由於超級ＥＶＡ就是真嗣本身，所以只要真嗣睡著就會無法運作，連他自己也是這樣認為，實際上到目前為止都是這樣吧。是因為收納在超級ＥＶＡ胸前的ＱＲ紋章被特洛瓦操縱過，所以讓許多事情漸漸改變了嗎？

——這次一定不是偽造物的「夏娃」，卻也因此才會被準備。

——只不過，偽造物立刻就會溶入真物之中——

「咦，什麼？」真嗣重新問向薰逐漸消失的聲音——

「？——我沒說什麼……」回答的卻是薰口中的美麗偽造物。零No.特洛瓦在ＬＣＬ裡眨了眨眼，以緋紅眼睛看著真嗣。

■久違的家

明明萬里無雲，月球的輪廓卻顯得朦朧。

月面上正以能從地球目視的濃度逐漸形成大氣層。要是軌道靠得這麼近，理當能看到更加奇怪的麻子臉，但就連月面地形也顯得有點模糊。

膨脹的月球在穿上大氣後，光學上的直徑變得更大，以日落前的光亮照著夜晚的地面。但這不是黃昏時該有的天色。耀眼的巨大月球周圍是一片不見星光的漆黑，水平線因為地面反射的月光呈現三六〇度朦朧紅光的奇妙夜景。

下方的海洋受到與月球相反的地球直徑收縮影響，因為重力下降翻騰起高如山丘的波濤，形成滿是閃著白色浪花的複雜海峽。

在這片海峽的正中央，箱根山火山臼作為島嶼探出頭來。

「燈亮著。」

那是第三新東京的光。超級ＥＶＡ在歸途中，看到好幾座熄燈的大城市。

『ＥＶＡ０１，空中管制已由NERV JPN箱根指揮所繼承，火山臼南方有一座你們所不知道的新機場，大觀山機場，拼音縮寫是ＲＪＪＮ，請注意。』

「日向先生！」真嗣感動不已——

『真嗣、特洛瓦，歡迎回來。ＳＥＶＡ請前往第二整備室，雖然還在修理，無法使用拘束壁，但已準備好用兩座武裝樹的機械臂進行靜態拘束了，之後請聽從整備室職員的指示，CP final。』

——咦？日向在迅速說完指示後就結束通訊。感動的——重逢之類的東西，看來是沒有了。

月光清楚照出本部設施的模樣。

有兩道橙光。在整備室的天花板開口部亮起警示燈的兩座武裝樹突出夜空，於混凝土壁面上形成長長的影子。不過有比這還要明亮的地方。在基地中央的圓形開口部，能看到下方二〇〇公尺的石棺半球體天花板的那個場所聚集著燈光與重機具。

——是要把什麼下降到半球體那邊嗎？

發出降落指示，讓超級ＥＶＡ下降到兩座武裝樹之間後，ＱＲ紋章仍在胸前發出暗紅光芒的那架ＥＶＡ隨即被嚴重拘束起來。聳立於左右兩側的武裝樹轉塔已改裝上機械臂代替武器托架，當合計十六座的機械臂抓牢超級ＥＶＡ後，巨人就連同武裝樹一起下沉，浸泡在整備室內的ＬＣＬ之中。

這裡確實應該是他與超級ＥＶＡ的家，但總覺得讓人待不下去。或許是察覺到這種心情吧，

「……碇同學？」特洛瓦向他搭話。

「是我自己覺得很尷尬啦……離家太久了——控制塔，操控已轉空檔，可以準備排出插入栓了！」

當他們大略講述完直到抵達為止的旅程內容後，EVA駕駛員的搭乘待命室已布置成簡易的檢疫室。兩人隔著一道布簾被收走全身衣物，進行大致上的檢查，過程本身雖然不太舒服，卻也沒什麼好驚訝的。

——不如說，這種程度就行了嗎？

沒有被分別帶去不同房間，即是沒有個別審問的必要，也就是我們遠離現實的旅程被相信了？要是我才不會信呢，大概啦。

不過就以迎接從外星歸來的人來說，在場的科學部職員人數太少，檢查行程也很簡單。

「放蕩的兒子和女兒終於回來啦。」

「冬月教授。」

搭話的老人撥開透明的抗菌塑膠簾走入室內。

把白色病袍穿得像連身裙一樣的特洛瓦，一面整裝一面從後方的布簾走來，坐在真嗣身旁，與他一起並肩看著冬月。

「嗯，手忙腳亂的讓你們嚇到了吧，我來大略說明一下無法在通訊上講的現在狀況。」

真嗣與特洛瓦這時才總算得知地下的莉莉斯——時間停滯球——消失的事。

以及零No.希絲下落不明的事。

現在摩耶好像率領著大半職員前往設施樓下深處，將舊Geofront的大量湖水隔擋在外的圓形石棺半球體裡頭，拚命設法找出消失的時間停滯球的移動痕跡。

停滯球是個不反射光的完全黑體，正確來說是一個蛋狀物，據說在它消失的位置上，舊ＮＥＲＶ本部被漂亮地挖走一塊埋著蛋狀物的形狀。位在中心的莉莉斯自不用說，就連超過一六〇名在三年前被捲入時間停滯的職員們也跟著被挖走的設施一起下落不明。

「——爸爸……」

關於小不點零No.希絲，她是在軌道上下落不明的，由於目前包含電離層在內從地表發出的電場極度惡劣，只能接收到有如瀑布般的大量雜訊，搜索是委託外部的航太機構進行。

但既然零No.特洛瓦已經歸還，那麼將會在近期內下令將特洛瓦送到在軌道上凍結機能的最後一架完好無缺的０．０ＥＶＡ上。

雖是因為０．０ＥＶＡ卡特爾機的造反，而將強力的伽馬射線雷射砲封住的同型機體，卻是位在最適合搜索的場所，且最為特別強化偵察機能的機體。

即使不提這點，如今所有衛星都因為地球的重力變化飛散，０．０ＥＶＡ之所以還能努力待在軌道上，單純是因為在重力變化時用來修正航線的推進劑容量很大，卻也不可能永無止盡，遲早必須派人上去補給與保養。

聽到這件事的特洛瓦，輕輕抓住了真嗣的病袍衣襬。

在司令部區域，前往指揮所的電梯樓層上，技術部職員們推著載有機材的推車排成一列，在電梯前等著進行安全檢查。

這讓通道變得很狹窄。這裡不論哪個所員都是來去匆匆，所以無法鬆懈下來。

真嗣與特洛瓦追在慢步行走的冬月代理副司令輔佐後頭，一面急著讓人們讓路，一面貼著牆壁前進，搭乘電梯來到指揮所。

「再度向布魯塞爾的歐盟立即反應部隊本部、德國NERV詢問新地島的狀況，以及明日香……Crimson A1的行蹤，也記得要詢問聯合國的安全理事會。」

青葉回應著美里的命令。

「當地類似巴別塔的資訊傳播異常還尚未完全平息的樣子，歐盟與聯合國都還在混亂之中，我想應該是得不到答覆……」

「所以才要問唷，累積我們有不停詢問的官方事實——就彷彿我們也陷入混亂一樣呢。」

美里注意到被冬月帶來的真嗣與特洛瓦——很無聊吧？以這種略帶嘲笑的表情答道。

「不過這種事實，之後能在文明人之間的交流上派上用場呢。你們兩個歡迎回來。」

NERV JPN總司令——葛城美里，能從這位最高負責人的表情，以及陳列在控制臺上的能量飲料空瓶上看出她的疲勞。原因約有一半是出在此時站在眼前的兩人身上。拜他們所賜，讓美里無法自主性地控制狀況，疲於奔命地幫明日香與真嗣這些擅自亂跑的巨人使者收拾善後。

這是在考驗她本身的管理能力與領導力的事態。

正因為她長期不在自己的崗位上，所以相對地疲累。

「ＥＶＡ初號機駕駛員碇真嗣。」

由於她改用嚴厲的語氣，所以真嗣也立正站好。

「你無法掌控狀況嗎？」

美里雖然無視了自己的行動，但她身為負責人必須糾正錯誤的行為。

「初號機儘管在物理上是你自己本身，但ＥＶＡ乃是由NERV JPN所保有，由旗下科學部與技術部進行追加研究與保養，應該在司令部所制定的作戰上運用的兵器。」

這些話已不再有實質上的分量。超級ＥＶＡ沒有活動時間的限制，只要沒有重度損傷與彈藥消耗，實際上也不需要基地支援。

這儘管很可靠，但反過來說就是不回基地也毫無大礙，這種不受控制的狀況對組織管理方來說，意味著相當棘手的問題。就算只有駕駛員一人，根據做法就算要與全世界為敵也不是不可能的ＥＶＡ之力，是應該受到限制的存在。就算不至於發生最壞的逃亡與造反案例，依靠信賴與命今的拘束力也變得微弱，實際上現在就是像斷了線的風箏般長期下落不明後的歸還。

之所以不在抵達基地之前告知希絲下落不明的事，也是因為不得不考慮真嗣他們在得知後，可能會決定不回基地，掉頭前去搜索的事態。

「姑且不論事情的對錯，你有以自身的意志操控巨人，行使最強且最惡之力的自覺嗎？」美里的聲音在指揮所內響徹開來。

真嗣也以周圍能聽到的聲音低頭。

「帶走特洛瓦，讓超級EVA長期離開基地，真是非常抱歉！」

真嗣也明白，美里這是想以口頭警告的方式讓這一連串的騷動告一段落。

以搜索莉莉斯與時間停滯球、明日香EVA整合體以及F型零號機Allegorica與希絲為中心的問題很多，沒空讓現況下唯一能實際運用的EVA與駕駛員受到長期懲處。此外，像這樣在眾人面前公開斥責，也能敦促他反省，同時要是不這麼做，也很擔心會讓真嗣在眾人之中遭到孤立。

同時——

〈成為EVA的人類碇真嗣，你是否有今後也要在人類社會之中生存的覺悟？〉

也是在暗中質問他這個究極的問題。雖說真嗣本人頂多是看到美里疲憊的表情，覺得因為她是管理職，所以會生自己的氣也是沒辦法的事。

而當他抬起頭，重新環顧著指揮所時——

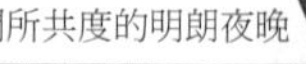

「北約代號——『Torwächter A1……！』」

他對於子顯示器上的明日香EVA整合體——Crimson A1的新識別代碼，被認定成大型威脅個體以Enemy（敵對存在）顯示出來一事感到錯愕。在人們來去匆匆的指揮所內，覺得就唯獨自己——唯獨自己和特洛瓦追隨不上眾人的速度。

■代理副司令的歸還

遲了真嗣他們一步，戰自的大型運輸機C eleven在黎明時分降落於大觀山機場。

跟著派遣到新地島的邁射車輛一起，接上蒼白手臂的冬二躺在擔架上，讓人從斜坡上搬運下來。雖然醫療職員有來迎接他，不過這時還很忙碌的主要職員當中，有前來迎接他的人，就只有閒得發慌——或是說待不下去的真嗣與特洛瓦兩人。

「唷……！兩人一塊出門，有好好地兩人一起回來呢，很好很好。雖然途中發生了許多事，但最後沒事就好！」

看到在跑道上前來迎接他的真嗣與特洛瓦，這名傷患當場發出不輸給噴氣噪音的聲量大喊道。聽到他的聲音，真嗣這才感到鬆了口氣。

我回來了——忽然間，他終於有了這種心情。

冬二立刻指出果然很顯眼的部分，特洛瓦的秀髮從本來的水色往後漸漸化為深藍，最後染成了黑色。

「……綾八？特洛瓦……妳那顆頭是走龐克風嗎？不像是〈從今天開始的叛逆期〉呢——啊，請等一下。」冬二叫住要從一旁走過的戰自隊員。

「不是啦，特洛瓦染成黑色的部分在後面。」他朝著以莫名其妙的理由幫腔的真嗣——

「抱歉，幫我搬一下這個筒子。」

真嗣從穿著迷彩服的戰自隊員手上接過約有腰這麼高的金屬筒——好重……

「這是什麼啊，上頭的指示器跟定時炸彈的好像？」

「才不是哩，笨蛋，那是我的裸腳啦。」

「咦！」哐啷！金屬筒的一端摔在地面上。

生物循環保存容器瞬間閃起紅光的指示燈，很快就恢復成綠光。

「大笨蛋！你就不能小心點搬嗎？……好痛！」

「抱、抱歉。」

穿著藍色緊身褲的特洛瓦跪在地上，從另一邊抬起被真嗣弄倒的金屬筒。

「喔？」「怎樣啦。」

「感情變好了一點嗎？」「才不是這一回事啦。」

我說啊——冬二說道。

「我才不管是不是這一回事，還是那一回事，你有把想說的話好好說出口了嗎？」

「——他說的很棒……」特洛瓦的喃喃自語，讓真嗣再度弄掉了金屬筒，生物循環保存容器這次開始重啟系統了。

「現在才說是從以前就有的觀察機誤差，根本於事無補吧！」美里怒吼著。

——哇！一踏進指揮所的中甲板，美里的聲音就從頭上傳來，讓真嗣與冬二縮起脖子。特洛瓦抬頭望向聲音的方向，司令官席所在的頂部甲板。

結果冬二不想躺在擔架上，儘管其實是想靠自己的腳走來，但不清楚術後用藥會對義腳造成什麼影響，所以現在是坐在特洛瓦推著的輪椅上，由真嗣將那個金屬桶～在抵達指揮所途中被安全檢查攔下了三次～扛在肩膀上，跟在兩人後頭。

青葉注意到三人到來，從自己的位置上偷偷用雙手食指擺出豎起犄角的手勢。冬二在收到訊息後，看起分成三層的主顯示器。

「報告！」他以特別大聲的音量宣告歸還。

「鈴原冬二歐俄作戰派遣官很慚愧地歸來了！請准許我解除任務並恢復代理副司令一職！」

——等等……大家都在看這裡啊，冬二……

現場劍拔弩張的氣氛也順道一起朝向這裡，讓真嗣畏縮起來。

美里看過來。

「我准許，辛苦你了——傷勢還好吧？」

「不影響業務，等藥效退去就能走動，不過雖是自己的手臂，卻是只能靠電刺激運動的豆芽菜，復健似乎會比之前的手臂來得費時。」

「使徒巴迪爾有顯現的徵兆嗎？」

「模式測量的結果是小數點以下6位數，就算連同雜訊的部分都算進來也是零，只是對面的醫生盡是些大驚小怪的傢伙，一直黏在我身邊觀察，說是術後的組織融合快得異常——使徒有可能是在等我接回四肢。」

他毫不遲疑地說出不利於己的發言。

冬二在三年前的巴迪爾戰時失去的左手左腳，本來並不是要裝上仿生義肢，而是應該接上以他的細胞培養組織的新手腳，讓他恢復原狀。

然而等到接合手術開始時，冬二體內卻出現應該打倒的使徒巴迪爾的顯現徵兆，於是暫緩接上活體的缺損部位治療，改裝上機械的手腳。

裝上的機械手臂在新地島作戰時失去，如今冬二在當地治療中接上的蒼白左手，是過去沒能

接上的他自己的培養手臂。當時因為現場陷入混亂所以讓手術暫緩，那麼這次是德國NERV有掌握到只接上手臂就無妨的確證嗎？不對，並不是這樣。他們也只是想要測試一下——倘若能實踐讓使徒任意出現的過程。並且得到了一定的成果。

恐怕是有人在背後煽風點火。認定是劍介煽動他們實施接合手術，並作為代價取回交到歐盟手上的冬二手腳會比較妥當吧。而繼左手之後，當現在扛在真嗣肩上的容器內容物——冬二欠缺的最後零件（左腳）接上之時——

「真嗣拿著的容器是腳吧，去追蹤調查這些東西是怎樣從我們設施外流出去的。只不過，冬二，讓你跟你的腳待在同一個地方會很危險，所以沒辦法這麼做，能再相信我們一次，把腳交給我們保管嗎？」

冬二咧嘴一笑道：「當然。」

美里稍微挑了下眉——哎呀？這孩子有這麼堅強嗎？不知何時來到頂部甲板的冬月，就像看到什麼好笑的畫面一樣，嘴角揚起笑容。

「聯絡筑波的野口老師——」冬二立刻朝日向這麼說後，重新轉向美里，用拇指指著背後顯示器上的感測器設置誤差狀況。

「這是時間停滯球觀察機器的誤差修正吧，先做一遍樣本測量，把每個感測器的誤差數值化吧，只要知道這些，我想就能反推出過去資料，得到正確答案了。」

要怎麼做？在美里詢問之前，日向說道：

「鈴原代理副司令，筑波技術大學的野口教授在外線三號等待，保密線路（等級2）。」

「要用我們自己的設備並重新設定數值，得花上好幾週的樣子，所以我就很丟臉地委託外部協助了。」

在冬二這麼說後，綾波把輪椅推到附近的控制臺旁，讓他伸手拿起有線電話。

「野口老師，抱歉這麼早打擾您，我想拜託老師用您那邊的粒子加速器往箱根的地底下射一發測量粒子，不知您是否方便——啊，這點我們會想辦法處理……是的，感謝您的協助，下午三點……那就有勞您了——」

他輕輕放下電話。

「好的——就是這樣，可以麻煩觀測負責單位中斷目前的檢驗作業，回到觀測業務上，在一四三〇之前把石棺半球體內部的感測器準備完畢嗎？」

冬二話一說完，指揮所內的各站人員便一齊聯絡起相關單位。

「根據真嗣的說法，量子流動傾斜儀的預測似乎對使用空間轉移的對手相當有效的樣子，所以配置在火山臼山脊的五座也——只要啟動其中一座進行試運轉，說不定就會接收到什麼訊號……」

聽到提議的美里想了一會——

「也是呢，就調查看看吧。要在測量粒子射來的時刻盡可能減少雜訊，除了高緊急性的設施外，下午三點的前後十五分鐘，合計三十分鐘內，中斷對全市的供電，麻煩聯絡自治團體。」

「你在發什麼呆啊，真嗣？你也要出動啦，在一個小時內前往筑波Ｇｏ！」

雖然沒看過鴿子被玩具槍打中時的表情，但此時的真嗣大概就是這種表情吧。

「喔——咦？為什麼啊？」

「現在那邊的電力不足以讓加速器運轉，今天的你是人類發電廠，記得帶上位相差發電機組啊。」

真嗣沒想到才剛回來就要讓各方面都很可疑的超級ＥＶＡ再度出動，來回看著一臉果然無法允許這麼做的美里與冬二，用眼神詢問著可以嗎？——在頂部甲板上表情為難的美里睜開眼睛，苦笑地點頭答應。

「路上小心。」

青葉朝衝出大門的真嗣叫道。

「發電機組的電力有波動起伏，把第一整備室容量最大的定電壓器也帶去，規格我會傳送過去。」

「我知道了！——就在對面接收……」真嗣跑了起來。同時，在銜接不上的這個場所、NERV JPN的時間之中，他的固有時間也再度與這裡同步，加速衝刺。

有如焦躁般的慌張感變成獲得目的的忙碌感，一切就像血液循環般地動了起來。

「我做得太過火了，對不起。」冬二說。在中甲板上，他坐著輪椅向美里深深地低頭道歉。本想說他幾句，卻被先發制人了。而且——他相當替朋友著想啊。

「戰自與機場，還有市府就由大姊姊去說明吧，畢竟根據情況，預定時間也有可能會變更吧。」美里也站起身。大人該去做大人的工作了。

美里雖然一臉疲憊，卻在不知不覺中露出爽快的表情。

雖說是被綁架，但就長期逃避總司令職務的意思上，她也跟真嗣一樣是擅離職守之身，不得不在歸來後補回失去的時間，說不定是把自己與周遭逼得太緊了。

儘管如此，從後方追來的腳步卻比想像中的還要快。

混著泡沫的洗淨液從超級ＥＶＡ的機身流下。才不過幾個小時，不可能修好在漫長旅程中受到的無數損傷，只有洗掉外裝上沾滿的鮮血。

真嗣隔著防爆玻璃小窗看著這一幕，在走進駕駛員待命室後，方才成為檢疫室的室內已將布簾等隔間之類的東西全部清走，清潔雷射的光幕緩緩移動，灼燒著室內空氣，提高光觸媒牆壁的除汙效率。

當他打開戰鬥服的生物密封櫃時，如影隨形地跟在他後頭的零No.特洛瓦很乾脆地脫起衣服，「等等！」嚇得真嗣連忙制止她。

特洛瓦維持著姿勢停下動作。

「不用看我這邊，快、快倒帶……！」

「……倒帶？」真嗣擁有父親的盤式數位錄音帶，但是對他以外的人來說這是個死語。

「這次——」真嗣說道：「我一個人去就行了。」

打算一起搭乘ＳＥＶＡ的特洛瓦停住了。超級ＥＶＡ在被奪走心臟後，遭到ＱＲ紋章植入，在以此為動力源流浪的旅途中，是由特洛瓦負責進行控制，但如今ＳＥＶＡ已能以真嗣的意思，接受被奪走的心臟從遠方傳來的能量。

「可是……」她露出有點不滿的表情。不對——是不安……嗎？

『我是指揮所的鈴原，特洛瓦在那邊嗎？』從天花板的喇叭——

『等下要進行０．０ＥＶＡ解凍計畫的會議，妳也過來提供意見。』冬二大聲說道。

啟動的超級ＥＶＡ還在調查外部裝甲的結構疲勞與必須修改部分的途中。

至於內部的身體構造，受到戰鬥時的異常活性影響，反而自我修復完畢了，只是再生的手臂——奪取塞路爾的新身體組織形成的那隻手臂，考慮到今後的狀況，也必須好好分析一下構造。

有趕上的，就只有將從側腹到腰部被槍貫穿破損的拘束裝甲換新，以及把肩部的刀懸掛架換裝為一般懸掛架的標準擴充（一般外裝），再度開啟頭部遮罩。

後方傳來喀的接觸聲。不需要外部電源的超級ＥＶＡ，背上也有著緊急時使用的臍帶電纜接頭，有如鳥類尾羽的位相差發電機組就接在這上頭。

「系統辨識到了，通電測試成功，增益是——不展開ＡＴＦ也不清楚啊。」

『真嗣，好久不見了——拿起武器。』是摩耶的聲音。

「咦？這不是戰鬥出動……可以嗎？」

對此指揮所傳來冬月的回答。

『仔細來講是違反條約，但目前已不是能講這種話的狀況了。不知敵人會在何時何地出現，視情況說不定還會是人類。』

「怎麼會……」

『你討厭這樣吧，儘管如此也要將他們打倒歸來。不然的話，在這裡的全員都會很傷腦筋的。」

在視野正面的整備室裡，看起來變得很小的摩耶在控制站裡把麥克風拿到嘴邊。

「不能帶Powerd 8，超級ＥＶＡ就算機體會擅自修復，在自我修復時成長的身體組織也會把未使用的電力導管壓爛，要是不重新製作，就無法使用大電力武器。」

超級EVA拿起高振動粒子刀與KEG46R（大和改）。無須供電可單獨使用的火藥砲，是使用舊時代戰艦主砲的EVA尺寸手槍。

——小刀是從手掌供電，所以沒問題吧……？掛在牆壁上那個不知道是弓還是迴力鏢的怪東西是什麼啊？——「摩耶小姐……這是弓？還是迴力鏢？」

『你要是丟出去，小心被我扁喔，都不是，那是能量導引武器？東照。』

「妳剛剛是用疑問句嗎？」Niall以及袈裟羅與婆娑羅……全是些只會讓人疑惑的武器。

『你看過蘆之湖的玻璃蛋殼了吧，是跟那個一起在水位下降的湖底發現到的挖掘品，目前正在修理的那個，大概是……如果我想得沒錯，應該會是Niall系的武器。』

「要是這樣，是很厲害啦……」

導引砲Niall是從超級EVA的心臟——高次元之窗——中取出未知粒子（摩耶認為是磁單極子），儘管砲身因為無法承受炸掉了，但也是一擊就讓被擊中的一架Torwächter發生組成崩壞，進而毀滅的驚人武器。

『EVA持有的話，就會像是拿著一把過大的弓……Crimson A1——明日香是在進行這個的實驗之前被綁走的，從地面中伸出像是扭曲的樹根，也像是鞭子一樣的某種東西把她捲走。』

總覺得有點印象——最近好像在哪裡看過——

「那個像鞭子一樣的東西，是將有如黑色膠卷或膠帶一樣的平面捆成一束，然後用力扭在一起的東西嗎？」

『你怎麼知道？』

真嗣回想起在轉移通道裡飛行的我的心臟，成為Torwächter的那個自己。

不斷飛越的漆黑管子在自己身後從全方位螺旋集中在一個點上，而將這些膠卷束起扭成一條的黑線，就被吸到自己的背上，Torwächter的背板之中。

「等我回來再跟妳講。」

——是Victor綁走她的？……不對，現在是Torwächter吧，是它胸前的我的心臟在呼喚明日香嗎？

整備室內響起要人注意初號機懸浮力場的警報聲。完成準備的超級ＥＶＡ頭上，厚重的裝甲天花板開啟，讓明亮的朝陽淡淡地照進整備室內。

■賞月宴

超級ＥＶＡ飛越在第二次衝擊時下陷的東京（關東灣）抵達筑波，完成擔任移動電源的職責，讓位處關東灣北岸的筑波高能研究所準時啟動質子加速器。以金屬鏡精準改變方向的質子束在產生π介子

後，打進地下岩盤約一三〇公里處，並在射入放置在箱根舊Geofront的石棺半球體內部的試驗水槽時，蛻變成為微中子與緲子。

取得基準粒子的樣本後，便讓觀測系統在微調後重新啟動，等到過去資料也修正完畢，就從持續記下的紀錄中得知時間停滯球看來是在大下陷的半天前消失的。因為來自宇宙，主要是自太陽穿透到地底下的緲子，本來應該會被任何物質都無法穿透的時間停滯球擋住，導致觀測不到，卻在那個時候被感測器接收到了。

戰自的春日二佐在看到出門移動發電的超級ＥＶＡ後，就提議將本來用來替ＥＶＡ貳號機上的整流天線供電的邁射塔微波天線朝向箱根北側——在下陷時被海峽隔開的本州方向。然後由AKASIMA將裝設中繼的整流天線、調整過輸出的戰自邁射砲車輛運到對岸。

支撐NERV JPN與第三新東京的Ｎ[2]反應爐還有多餘電力，在進行過對電力不穩地區緊急供電的測試後，傍晚歸來的超級ＥＶＡ就看到在微波聚焦束的光芒中，被燒成淡紫色的海上天空。

由於冬二提議要煎什錦燒，於是真嗣就抱著包心菜與小麥粉走在路上。是在筑波拿到的。在說出這件事後，就演變成這樣了。

蔬菜是從火山臼內到處倉促耕好的田地裡拿來的，據說在不會發生劇烈天候變動的前提下，能預期將來會有不錯的收穫量。而從火山臼外側到舊半島的外圍一帶，打從以前就有著許多果樹園。

不過能夠採集與能夠穩定供給是不同的意思。小麥要是儲備量耗盡，很懷疑下次是否還能從外部輸入，肉類也是——雖然特洛瓦好像會說沒肉也無所謂……至於魚類？儘管四面環海，但魚群會回到在地殼變動後變得波濤洶湧的漁場嗎？

想想就讓人不安。如果發生災害的是「這裡」或是「某處」，就還能獲得其他地區伸出的援手。但如果是廣範圍的災害、如果是全球規模，情況會變得怎樣？

——今後，還會有大家各自帶食物來舉辦派對的機會嗎？——

他邊想著這些邊走，碰巧在路上遇到拿著沙拉油與酒瓶的摩耶。看來她是什錦燒組的樣子

「……這不是在實驗室裡釀的……你是把我當成瘋狂科學家之類的人嗎？」

——真嗣一臉懷疑地把臉湊到酒瓶上。

「可是有一股花香……」

「剛才在進行水下作業，所以我先沖過澡了。」

真嗣在被認定為性騷擾之前修正對話。

「是舊核心區的試驗水槽嗎？」

「要是進到純水裡就不是純水了吧，是在半球體外，大家稱為地底湖的Geofront那邊唷——沒

有汙水味吧？」摩耶隔著白大衣袖子聞起自己的手臂。

「又沒有排汙水進去，應該沒有這麼髒吧。」真嗣說道。

「是在找時間停滯球的去向嗎？既然半球體沒有被打破，那果然是轉移嗎？」

石棺半球體封印著已消失的時間停滯球，在之前大深度地殼導致伊豆半島根部廣範圍下陷之際，感測器受到震災影響斷線，讓石棺以完全封鎖狀態關閉著。

由於沒有受損，所以當時趕著修復其他地區，等到事後打開來看時，那顆巨大黑色蛋狀物已連同地形與舊設施消失得一乾二淨，只留下一個蛋型缺口。

在今天掃描資料時，就只設法得知了消失日期與時間。

連同時間停滯球一起消失，也就是說莉莉斯並沒有釋放碇源堂與赤城律子等在三年前被囚禁在內部的人們。當時為了讓相關人員朝未來前進，基於方便將被囚禁的人們視為死亡，但如今要是時間停滯球整個消失，相關人員就——

「摩耶小姐作為科學家，很景仰律子小姐呢。」

但同時也知道她作為一個女人輕蔑著那個人。

摩耶將抓著白大衣袖口的拳頭對過來，以食指指著真嗣。

「說什麼景仰——輕易使用最高級的表現可不太好喔。」「啊，是的……」

真嗣抱歉地縮起身子，但摩耶隨後說出的話，卻跟他預想的有些不同。

「我反倒是有點震驚呢，對於前輩被困在停滯時間裡消失這件事，沒有感到太大震驚的自己……」是覺得無法原諒吧，她有點神經質地攏起頭髮。

「……早在莉莉斯將時間凍結的三年前當時，我就已經整理好自己的心情了——話說回來，真嗣你呢。」

風向轉向這邊來。明明應該知道話題會變成這樣。

「怎樣？真嗣，碇所長——你的父親消失了唷？」

就算問他怎樣？也不知道該怎麼回答——我還在困擾啊……

拋棄自己、欺騙自己、需要自己的父親。

如果能解開時間停滯球的詛咒與他重逢，真嗣想設法跟他好好相處，這是事實沒錯。

自己遲早會與三年前的父親見面，在這三年間他並非一次也沒有腦內模擬過這個情境，也不像以前那樣逃避與人的接觸。父親也跟自己一樣笨拙，所以能勉強做到像是在扮家家酒的表現吧，他是這樣想的。

同時，他也回想起以前那個被必要兩個字所束縛，並在這件事上找到生存之道的自己，感到毛骨悚然。在重逢之後，自己難道不會再度變回那個樣子嗎？一想到這，與想重逢的心情相反，也有著想拖延下去，不想與他重逢的心情。

時間停滯球消失無蹤，必須想辦法找出來，他注意到在這種強烈意識的背後，有著一個從詛咒中解脫，如今鬆了一口氣的自己。

「怎樣……——就跟摩耶小姐一樣唷。」

「真是狡猾的回答呢。」

冬二打算把加熱板上烤好半面的什錦燒翻面，但剛接上的左手——光是已經能動就夠驚人了——力道無法與右手同步，「呃啊！」圓形料理硬著陸在加熱板上，從餅皮的中間部分折起變形。

「身為關西人，沒有比這更悲傷的事了。綾八，之後交給妳了。」

他把雙手的小鐵鏟硬塞給特洛瓦，按起眼角。

「……不對吧，關西人最高級的悲劇，才不會以冬二的想法為基準。」

在切著追加食材的真嗣身旁，特洛瓦開始翻起什錦燒。

「希絲要是在，絕對會想翻看看呢。」

「下次再舉辦吧。」特洛瓦的視線沒有從什錦燒上離開。

連接綾波們的精神鏡像連結還是一樣狀況不佳，只不過「能明確地說她沒有死——恐怕是在沉睡，等醒來後就會找路回來，或是打電話回家吧。」由於特洛瓦用了以她而言很罕見的說法，讓眾人理解她對此感到樂觀。

「這邊的豬肉蛋什錦燒，就拿去給擔任『走失小孩電話專員』，一直守在通訊站等電話的大家吧。」

就只有邀請數人的什錦燒派對，在呼朋引伴之下，不知為何變成一場大宴會。

由於夜班人員也會利用食堂與自助餐廳，所以就決定在其他地方舉辦，而在作戰會議室偷偷開始的派對因為火警警報器響起，讓眾人被火源管理人狠狠痛罵了一頓後，結果還是把場地移到食堂，但這個時候人數已超過容納上限，所以將會場移到屋外。

在繁星與極光，還有朗基努斯環劃出一道細線的天空之下，冒著露水的蝶形天幕帳一一搭起，眾人在地面上鋪著墊子，或是把桌椅搬來，掛上LED的提燈。

「冬二，酒不知不覺擺出來了喔，這樣好嗎？代理副司令。」

「笨蛋，這種時候就要裝作沒看見，這樣就是大人自己的責任啦。」

「基地裡大家還在工作，輪下一班的人不能喝唷～」

美里一面這麼說，一面拎著脫掉的鞋子要墊子上的人讓出位子讓她進去。

「讓我奉陪吧？」

「啊……好啊，特洛瓦，把這個切半裝盤。」

如今已脫離當初的目的，隔著各種燒烤、火鍋香氣四溢的煙霧，將天幕帳當作螢幕播放著諸如新地島作戰的畫面等，從超級ＥＶＡ的視野紀錄中挑出的影像。

人們手持著飲料仰望影像，每當畫面切換時就會一陣嘈雜。不過，雖然也有播放補完計畫最初的實驗場地「蘋果核」上的不可思議風景，但觀眾的反應卻比想像中的來得小。

「說句難聽的，這些風景太超乎現實，反而像是三流電影裡的ＣＧ畫面呢。」

「這裡的人大半都是這麼想的吧～就算實際看到也沒什麼真實感呢。」

一部分熱衷看著這些畫面的人，是科學部職員的團體。

摩耶就在這群人裡頭拿著飲料用手邊的液晶平板繼續工作，不過她忽然站起，將自己放在地上的軟墊～似乎是不想讓其他人坐到～像是突然想到似的抽回抱在左手上，在坐下的人群之中往美里的方向走去。

「在大下陷發生之前，阿爾瑪洛斯有可能來過舊Geofront區域，又或者是軀體與它匹敵的某種存在——」

忍著不喝擺在眼前的酒，改喝著烏龍茶的美里差點噴出來。

「——妳說什麼！」嘈雜的會場變得鴉雀無聲。所有人都變得面無血色。

被視為世界現狀元凶的最大巨人，竟不為人知地出現在腳底下！

——開什麼玩笑！

「在這之前的半球體內觀測紀錄上什麼都沒顯示啊！」

「它沒有進到石棺半球體內，不過就如妳知道的，現在半球體外是在注入湖水後無法監視的地下空間……在半球體的外側，灌滿水的地方有留下痕跡。」

一旁的冬月把鈦製馬克杯拿離嘴邊。

「姑且不論感測器堆積如山的半球體內部，原來是在半球體外部啊……那一帶受到浸水的影響，探測網路也全毀了，但就算有裝上攝影機，也只能拍到漆黑的水面吧？」

「不是水面上——我為了確認基礎結構的損傷讓水下機器人潛下去了，地下第五層，現在的地底湖底……好，請看。」她遞出平板。

「好——等等……」美里半站起來，就像要讓摩耶遞來的液晶平板保持水平一樣，以慢動作接到手上，因為飲料杯就放在液晶螢幕上頭。

摩耶的手在放開平板後把杯子拿起。隔著水滴顯示在液晶螢幕上的是水中畫面？是隨著湖水流入地下區域的沉積物，表面上留著一道長長的凹痕。

「這是？」老實說，光是這樣根本看不出來是什麼東西。

摩耶拿著杯子的右手小指滑過平板，改變畫面。

「是因為地震讓形狀歪掉了，這種痕跡有好幾道，只要連接起來——」

變成一條延續的線。

「是足跡——！真的是阿爾瑪洛斯嗎？」

「在『足跡』外側，只有一邊有著一條延續的線。我認為這是它只剩下一片的背板在沉積物上留下的痕跡。就從跨步模擬所預測的身高來看，是它的可能性也很高。」

就算妳這麼說，但要是有ＥＶＡ近兩倍大的巨人侵入——美里說道：

「地震儀會感測到振動吧。」她邊說邊想起綁架自己的０．０ＥＶＡ變異體在侵入地下時，就沒有發出與留下任何放射。

「這道足跡莫名地長吧，是有如滑行般的移動唷，不知是怎麼辦到的，並沒有壓上體重——然後，阿爾瑪洛斯級的巨人就筆直來到石棺半球體前。」

「來到半球體前——」

「就到這裡，也沒留下回去的痕跡。」

美里看向真嗣。周遭的人也跟著看向真嗣。

而受到矚目的真嗣——特洛瓦把不愛吃的肉從什錦燒裡仔細挑出，拋到他的盤子上，真嗣嚼著這些堆成小山的肉，在受到矚目後連忙嚥下去。

「呃——是在哪裡潛下去了吧，靠那個——轉移吧——」

「嗯——」美里用手指描著畫面的足跡。最後的足跡以逆八字張開。

「……這個，是它在消失之前，注視著半球體的牆壁開腳站著吧。」

附近的人蹲下把臉靠近畫面，遠處的人踮起腳跟，或是爬到折疊椅上探頭看著。在鴉雀無聲的宴會場上，人人都想像起在半球體壁面前昂首佇立，胸部以下浸於幽暗水中的黑色巨人模樣，現場再度嘈雜起來。

「是因為它不需要再確認內部了吧。」冬月說道。

「有說過最初襲來的天使載體，曾打破半球體的牆壁確認到時間停滯球吧。」

「那麼，那個黑色頭子這次是來做什麼的？」

「哈呼，呦姆——」

「特洛瓦，先吃下去再說啦。」

「大概——是來呼喚的……」

呼喚時間停滯球的中心——莉莉斯嗎？

「為什麼會這樣想？」

「……所以才消失了——……很怪嗎？」反而是特洛瓦一臉意外的表情。

之後就只剩下被挖掉整個時間停滯球形狀的建築地基，這還有什麼好問的嗎？

「原來如此。」冬二接著說道：

「接著在那之後挖掉大地底部，讓這附近方圓二〇公里內平均下沉四〇〇〇公尺。忘記是何時

了，戰自的春日先生曾經說過，因為莉莉斯在這裡，所以不會發生大規模的地殼變動，也就是當莉莉斯消失後，災難就降臨了，哎——沒有矛盾。」

「等等等等，只是事情發生的順序剛好是這樣吧。」

日向呼籲眾人不要急著做出結論，美里也沉思起來，手指叩叩地敲著液晶螢幕。

「確實是太過缺乏證據沒錯。不過假使是這樣，問題就在於莉莉斯的時間停滯球移動到哪裡去了——」

特洛瓦露出以她來說很難得的焦急表情看著真嗣。

「很怪嗎？……」——就像在求救似的。

——這個氣氛——他直覺性地得到相同的結論。大概大家都一樣，就只是太不真實才不想說出口。特洛瓦的眼神讓真嗣下定決心。

「——已經夠了吧。」

「真嗣……？」

「大家都是成人了——因為物理上無法說明就假裝不明白，明明有注意到這很單純，卻裝作很複雜一樣。」

——我在說什麼啊——不過……

「只要認定這是有那裡不對勁的天地創造神話，去向就很清楚，都已經告知過了——對吧？

大家都有想到吧？成為下一個地球的舞臺……」

老人喃喃說出一句「是遷宮啊——」冬月用上很跳躍的表現。

「為神之產婦，在無使者吆喝的清蹕之下遷宮，如今不知何是最終目的地。」

「月球——或是說月面呢。」NERV JPN總司令終於說出那個名字。

儘管覺得這不是自己的角色，但就做到最後吧！真嗣轉過身來。

「就在那裡吧。」所指向的東方、強羅（註：強羅是神奈川縣的地名）方向處，今晚也耀眼升起凌駕夜空的月球。

「既然如此，總司令——」冬二說道。用力眯起眼睛。

「無論如何都要阻止對方所說的舞臺交換，所以要是不知去向的時間停滯球與莉莉斯已經在那裡，我們接下來就得去奪回來；如果還在途中，就要去阻止對吧。」

被問到今後方針的美里，將茶一口飲盡——

「——倒酒……！」把空杯伸向冬二。

「好的客官，要喝什麼啊？」

賞著巨大月亮的宴會上，特別是大人們有點自暴自棄地狂歡起來，即使警備部與情報部趕來抗議，也照樣繼續舉辦。

大概是本部周圍，戰自偽裝的監視人散播消息的吧。應該要返回島的另一邊，機場南側的AKASIMA部隊在聞到宴會的味道後，體格雄壯的迷彩服集團也扛著食物飲料參戰，讓這場熱鬧宴席無限制地擴大下去。

密接空中支援用
垂直起降對地攻擊機
YAGR-3B
聯合國軍、戰略自衛隊與
NERV 使用的 VTOL 機。
福音戰士
貳號機
德國 NERV 支部以量產化
為前提開發的機體。
ILLUSTRATION: 間垣リョウタ

POSTSCRIPT

是的，本集是《新世紀福音戰士 ANIMA》第 3 集，內容收錄了電擊 HOBBY MAGAZINE 二〇一〇年十一月號刊到二〇一一年八月號刊的連載故事。咦？這個故事是要往哪裡發展啊？的第 3 集。
故事在連載到這裡時發生了一場大震災，使娛樂供應方也不得不顧及民眾心情，甚至限制作品表現，讓電影暫緩上映。而 ANIMA 也收到要克制災難表現的通知。在這之前都是基於説到神話就是天災地變的刻板印象，以 ANIMA ＝災害的規模，每次都毫無顧忌地拚命破壞著地球呢。總之就以「在不是地球的其他地方」、「與彷彿內心糾結具象化般的自己交戰」等妥協手段，暫時性地變更劇情路線。這究竟會加深故事的深度，或者只是在繞遠路？事到如今以無從知曉。但願各位讀者能陪同走完剩下兩集的故事。

新世紀福音戰士機體設計　山下いくと

戰翼的希格德莉法 Rusalka (上)(下)

Kadokawa Fantastic Novels

作者：長月達平　插畫：藤真拓哉

「——讓我聽聽，妳的一切。」
飛舞於死地的少女們交織成的空戰奇幻故事，開幕！

人類的生存受到不明的敵性存在威脅，最後希望乃是被神選上的少女「女武神」，包含才色兼備卻不知變通的軍人露莎卡。她在歐洲的最前線基地遇上開朗得不合常理卻擁有強大戰力的少女。和她相遇不僅影響露莎卡的命運，也影響了人類未來的走向……

各 **NT$240/HK$80**

北下路来名 著
Text by Northcarolina
芝 畫
Illustrated by Shiba

毀滅魔導王與魔像蠻妃
The Sorcerer King of Destruction and the Golem of the Barbarian Queen
02
Kadokawa
Fantastic Novels

毀滅魔導王與魔像蠻妃 1～2 待續

作者：北下路来名　插畫：芝

最強病嬌大顯神威！殺戮與嫉妒的美神（？）
將再度為了睡伊大鬧一場！

睡伊與伙伴魔像太郎，終於一同來到了人類村鎮。自己的身世之謎、魔像的相關知識、歸返原本世界的方法……睡伊原本期待能夠找到種種情報的線索，誰知卻因為出手搭救了惹上麻煩的魔道具店店主，而與鎮上的惡霸組織槓上了……！

各 **NT$270~320/HK$90~107**

國家圖書館出版品預行編目資料

新世紀福音戰士ANIMA/khara原作；山下いくと作；薛智恆譯. -- 初版. -- 臺北市：臺灣角川股份有限公司, 2022.03-
冊；　公分

譯自：エヴァンゲリオン ANIMA
ISBN 978-626-321-288-6(第3冊：平裝)

861.59　　111000556

Kadokawa
Fantastic
Novels

新世紀福音戰士 ANIMA 3

（原著名：エヴァンゲリオン ANIMA 3）

2022年3月28日　初版第1刷發行
2024年8月27日　初版第4刷發行

作　者：山下いくと
原　作：khara
企劃、編輯：柏原康雄
譯　者：薛智恆

發行人：台灣角川股份有限公司
總　監：呂慧君
總編輯：蔡佩芬
主　編：林秀儒
編　輯：邱璨萱
設計指導：陳晞叡
美術設計：吳佳昫
印　務：李明修（主任）、張加恩（主任）、張凱棋、潘尚琪

發行所：台灣角川股份有限公司
地　址：104台北市中山區松江路223號3樓
電　話：（02）2515-3000
傳　真：（02）2515-0033
網　址：www.kadokawa.com.tw
劃撥帳戶：台灣角川股份有限公司
劃撥帳號：19487412
法律顧問：有澤法律事務所
製　版：尚騰印刷事業有限公司
ISBN：978-626-321-288-6